【主要登場人物】

田添杏美（58）　旭中央署副署長　警視
俵貫美佳（40）　旭中央署署長　警視正
安上邦弘（32）　同刑事課強行犯係　巡査部長
栗木洋吾（59）　県警本部警務部監察課課長　警視
有谷保径（55）　県警本部刑事部組織対策課課長補佐　警部
花野司朗（55）　県警本部刑事部捜査一課三係班長　警部
野上麻希（31）　同花野班刑事　巡査部長

上原祐介（33）　二年前の強盗傷害事件の被疑者、逃走中
橘真冬（28）　上原の内縁の妻。ホームセンター勤務
遠野多紀子（39）　上原の姉。洋装品店『華やぎ』店長
市之瀬ケント（37）　会員制バー「サウダージ」のオーナー
坂井有理紗（28）　幼稚園教諭
三河鮎子（58）　旭新地の社交飲食業組合長、不動産会社経営

仁志菜々美　六年前行方不明女児、当時五歳。父兼太郎、母英里子

プロローグ

笛の音が響き渡る。

太鼓のリズムが地面を這《は》い、束ねた鈴の透き通った音色が雲ひとつない空に溶けてゆく。見上げれば陽は、まだ真昼と同じ強さで輝いている。アスファルトの熱を踏みしだく人混みのせいで、この時季にしては強い風が吹いているのに、全身が汗みずくだ。お囃子《はやし》に混じって、あちこちから団扇《うちわ》を使う忙《せわ》しい音が聞こえる。

金魚の柄の浴衣《ゆかた》を着た仁志菜々美《にしななみ》は、最初こそピンクのナイロン兵児帯《へこおび》を窮屈だと嫌がっていたが、玄関を出て歩き出すとすぐに気にしなくなった。近所の人に、「あら、可愛《かわい》い。金魚さんの浴衣、似合っている」と声をかけられたせいだろう。

菜々美は、父の兼太郎《けんたろう》が伸ばした手を逃れて走り出した。幼稚園の年長組にもなると、好きなように動き回れないのを不自由と思うのか、園の友だちにそんな姿を見られるのが恥ずかしいのか、両親の少し先を歩く。

規制された通りや道路を警備員の指示に従って渡り、阿佐比《あさひ》神社の参道へと向かった。

毎年、七月の末の土日に行われる阿佐比神社の祭礼は、県内では随一の規模を誇り、多くの人で賑《にぎ》わう。旭中央市にあるこの神社は、Y県の一の宮で祭神は素戔嗚命《すさのおのみこと》、櫛稲田姫命《くしなだひめのみこと》。祭りには、奉納舞や祝詞《のりと》の奏上のほかに、大人神輿《みこし》に子ども神輿も出る。随行として山車《だし》と鉾《ほこ》もあって、氏子が紋付袴《もんつきはかま》を着て練り歩く。普段はどこかに預けられている神馬《しんめ》である白馬が、煌《きら》びやかな飾りを纏《まと》って行列の先頭をゆく。それを見るのが、子どもらにとっては屋台の次に楽しみだった。

神輿のスタートは午後三時で、兼太郎らが神社に着く少し前に大通りに姿を現した。笛や太鼓の音が大きくなる。神輿を担《かつ》ぐ法被《はっぴ》姿の威勢のいい声、沿道からの感嘆の声、馬のいななき。巡行する人々のなかに、若い女性があでやかな時代装束を纏っているのが目を引く。馬がぶるんと大きく首を振る。菜々美は、はっと兼太郎のシャツの裾《すそ》を握って体を寄せた。

行列が過ぎた道路は、がらんとした空間だけが残った。しばらくして制服を着た警官や警備員が現れ、防護柵《さく》を取り除《の》け始めた。そして道に広がる人々に、立ち止まらないよう促す。今日のこの時間帯だけ大通りは歩行者天国になり、道路の真ん中を通って神社に向かうことができる。

　窓に網を張った警察の大型バスが路肩に停まっていて、警察官がそこかしこに見えた。交差点の中心では男性警官がマイクを通して歩行者に注意喚起し、雑踏で走ったり、大声で騒いだりすることのないよう声をからしている。

　正面突き当たりに阿佐比神社の鳥居が見え、まだ陽があるのに奥に続く道には提灯《ちょうちん》が点《とも》っていた。人混みは更に膨れ上がり、両側に屋台が並ぶエリアに入ると道幅も狭まって、よそ見するとすぐに人にぶつかる。

「いっぱいお店が並んでいるけど、きょろきょろしちゃ駄目よ」

　母の英里子《えりこ》が言うのに、菜々美は殊勝に頷《うなず》く。兼太郎も予想以上の人出に不安が湧《わ》いてきて、菜々美の温かい手を握った。

　屋台の並ぶ道を通り抜けて本殿まで行き、周囲を見て回ったら夕闇《ゆうやみ》が下りてきた。帰り道はきたときよりも人が増え、向かってくる人を避けながら歩くので遅々として進まない。やがて陽は完全に落ち、提灯の灯りが強さを増した。大通りまでまだ距離があるのに欠伸《あくび》を頻繁に放つ菜々美を見て、抱き上げようかと考える。菜々美、と呼びかけたとき、英里子が耳元で囁《ささや》いた。

「ごめんなさい、ちょっとお手洗い」

「どうした、顔色が悪い」

「うん、ちょっとお腹《なか》が痛いの。買い食いし過ぎたかな」

そして屋台と屋台のあいだにトイレへの矢印を見つけると、ここで待っていてと駆け出した。

兼太郎は菜々美と共に、近くの店の脇《わき》で立ち止まる。先ほどまで眠そうにしていたが、金魚すくいを見つけると兼太郎の手を離して青い水槽の側にしゃがみ込んだ。夜の灯りを浴びてきらきらと泳ぐ魚影を追い始める。そんな様子を見つつ、時折、英里子の消えた暗がりに目をやって待った。遅いなと思い始めたとき、金魚に飽きた菜々美が立ち上がる。すぐに、ママは？　と寂しそうな声を出すから、兼太郎は慌《あわ》てて、「もうすぐだから。あとちょっと待って」と言うが、表情は段々と曇ってゆく。眠いのだろう、ぐずり出しそうな気配を感じて、咄嗟《とっさ》に向かいの屋台の綿菓子を指差し、食べようか、と誘った。

菜々美はぱっと顔を明るくし、兼太郎の手を引いて歩き出す。綿菓子を待つあいだ、後ろを振り返っては、英里子が出てきて捜すのではないかと案じながら目を配った。はい、どうぞ、と菜々美の手に大きな綿菓子が渡されたとき、反対側の屋台の脇から英里子が顔を出したのが見えた。不安そうに首を左右に振っているのに向かって名前を呼ぶが気づかない。こっちだ、と手を振りながら近づいた。英里子が見つけてほっと笑む。それを確認して菜々美の方へ戻りかけたが、いきなり高校生くらいの集団がじゃれ合うように現れ、前を塞《ふさ》いだ。人混みもお構いなしの無頓着《むとんじゃく》さで、何人かの大人が注意してちょっと騒然とする。兼太郎は高校生を払いのけて向こう側へ走る。いない。顔を左右に振ると、左手にあるヨーヨー釣りの水槽の前に金魚の浴衣が見えた。いつの間に、と安堵《あんど》して再び、英里子の方へ視線を向けた。やがて英里子も側に来て、「菜々美は？」と訊《き》くのに、指を差した。なんだという顔をしたが、すぐに顔色が変った。

「違うわ」

「え」

「帯の色が違う」

兼太郎も慌てて目をやる。ナイロンの兵児帯だが、色は黄色だ。浴衣の柄が金魚だったのでてっきり同じだと勘違いした。ぱっと走り寄って、その子の肩を摑《つか》んで振り向かせた。違う！　兼太郎と英里子は、弾《はじ》けるようにして左右に散った。

「菜々美っ、菜々美」

英里子は体ごとぶつかるようにして人の波に飛び込む。屋台の側に似たような姿を見つけると、駆け寄って覗《のぞ》き込んだ。大人の隙間《すきま》に小さな浴衣姿が見えると、両手で押し開き、その背を摑んだ。

いない——。英里子は膝《ひざ》の下ががくがく震えてくるのを感じた。

「どこ、どこなの、菜々美」

動かないで待っていてと言っても、興味あるものを目にした途端、走り出す子だ。決して手を離してはいけない子なのだ。こんな人混みならなおのこと。決して、離してはいけないのに。

人がうねりながら道いっぱいに広がり、視界を阻《はば》む。居並ぶ頭の向こうで、兼太郎が声を振り絞っている。目の前の群衆が巨大な壁に見える。英里子は体の震えを堪《こら》え、歯を食いしばった。懸命に言い聞かせる。大丈夫よ、絶対に見つかる。絶対、見つけてみせる。

兼太郎は菜々美、菜々美と連呼しながら駆けた。綿菓子屋の主人にも訊く。金魚の浴衣を着た菜々美に綿菓子を渡したのは覚えていたが、そのあとどこに行ったかは見ていないと言う。

「菜々美ぃーっ」

英里子が悲鳴のような声を上げる。同じ背格好の子ども一人一人の顔を覗き込み、近くの屋台を順々に調べた。金魚すくいに集まっている子どもらに、菜々美を見なかったかと問う。様子に気づいた屋台の主人が、「迷子かい？　本殿に警備本部があるから行ったら」と言ってくれた。すぐに英里子の側にいって声をかけた。

「英里子、本殿に行ってくれ。俺はこの辺を捜す」

小刻みに頷く英里子の顔は、提灯の灯りに照らされているのに真っ白に見えた。

シャツをぐっしょり濡《ぬ》らした兼太郎は、群衆のなかで声を張り上げた。

「菜々美っ。菜々美ーっ」

1

六年後。四月一日、日曜日。晴天。

田添杏美《たぞえあずみ》警視は、警部である江島恭二《えじまきょうじ》総務課長と一緒に署の裏にある狭い駐車場へと出た。江島は制服に制帽を被《かぶ》っているが、杏美は無帽だ。正式な挨拶《あいさつ》は明日の朝礼になるから、そこまで堅苦しくなくてもいいと思うが、課長としてはそうはいかないらしい。

総務課で総務係長を務める桜木《さくらぎ》も同じように制帽を被り、自ら門扉《もんぴ》を開ける。黒の乗用車が滑り込んできた。

停まると同時に運転席から制服を着た男性が下りて、後部座席のドアを開ける。江島と桜木が駆けてゆき、杏美もあとを追った。

ダークブルーのパンツスーツを着た俵貴美佳《たわらきみか》が、さっと降り立ち杏美ら三人へと顔を向けた。

年齢は四十歳。真っすぐな黒髪が肩の少し上で切り揃《そろ》えられている。色白で細身、身長は杏美より十センチは高い。大きな目は少し吊《つ》り上がり気味だが、顔も鼻も唇も丸みを帯びているから年齢の割には幼い雰囲気がある。剣道の有段者ということらしいが、筋肉質には見えない。

そんな貴美佳に相対して総務課の二人が挙手敬礼した。

「お疲れ様です」

杏美も続けて挨拶する。貴美佳は丁寧に頭を下げ、「俵です。田添さん、お休みの日にわざわざすみません」と言った。運転してきた警官は両手に荷物を提げ、係長と一緒に南東角にある署長官舎へと歩き出した。それを見送り、江島課長が、「では取りあえず、署長室へどうぞ」と促す。

貴美佳は江島のあとを歩きながら、並んで進む杏美に言葉をかける。

「田添さんとご一緒できて光栄です。日見坂《ひみざか》や佐紋《さもん》でのご活躍は耳にしております」

「みな署員らが頑張ってくれたことですから。それより、こんな古い官舎で良かったんですか。借り上げのマンションが用意されている筈《はず》ですが」と、杏美は少し見上げながら応《こた》える。

「いえ、せっかくですから官舎で暮らすのも良い経験かと。わたしはどうせ一年ほどでいなくなりますが、短いあいだだからこそ、できるだけ多くの経験を積んでおきたいと思っています。署と一体となった官舎に暮らせば、時間を無駄なく使えます。ですから」

貴美佳は、口調を少しだけ強めた。視線は前を向いていて、江島や杏美だけでなく自分にもいい聞かせているようだった。

「どうぞ遠慮なくご指導ください。現場にいてこそ、実務や現状が把握できますし、そうでなければ上に立つものは適正に職務を果たせないと考えます。一年でなにができるかと思われず、どんなことでもお任せください。皆さん方に教えを請《こ》いながら、精進していきたいと思っています」

杏美に顔を向けて、「そういう意味では、ベテランの田添さんのいらっしゃる旭中央署に来られたことはわたしにとってラッキーでした」と小さく笑んだ。杏美も笑顔を浮かべて言う。「こちらこそ、よろしくお願いします」

旭中央署は、Y県でもっとも繁華な街を管轄《かんかつ》するA級署だ。

庁舎は地下一階、地上七階建てで、署員数も三百を超す。地下にパトカーや大型バスなどが待機する場所があり、建物の裏口から出てすぐのところに地域課用のバイクや自転車などを置く駐車場がある。他にガソリンスタンド、倉庫があって、奥に署長官舎があった。

旭中央市には県警本部に県庁、市役所など目ぼしい官庁が集まる。市井《しせい》にあっては博物館、美術館、ドーム球場、県立図書館があり、大型商業施設はもちろん、旭新地という県随一の繁華街や阿佐比神社という一の宮社も持つ。

東西の最長部が六キロ、南北で十キロ強ほどの四角い土地に、約二十八万人の住民を抱え、流動人口は昼間でおよそ一・五倍になる。電鉄、地下鉄、バスが市内全域を網羅しており、旭中央駅を核にして大手企業の支社ビルやオフィスビル、マンション群が取り囲む。山林も田畑もない平坦《へいたん》な土地で唯一《ゆいいつ》、自然公園が南の端で緑を広げていた。

署長室は一階の受付の奥にある。貴美佳が現れると、休日の当直員が全員立ち上がり、室内の敬礼をした。ご苦労様です、と明瞭《めいりょう》な声で応え、課長が開けた両開きのドアを潜《くぐ》る。室内をひと渡り見回し、コートと鞄《かばん》を窓際《まどぎわ》の執務机に置いて席に着いた。

本日付けで赴任した俵貴美佳はキャリアで、階級は警視正。今日から旭中央署長を務めることになるが、本人も言った通り一年ほど経験して、またすぐ他の県警か警察庁に異動するだろう。地方県警に行った場合、キャリアは本部の役職に就くのがほとんどだが、貴美佳はわざわざ所轄の署長を希望したと聞く。半信半疑だったが、先ほどのセリフを聞く限り、本当かもしれないと杏美は思った。

その杏美は、旭中央署に来て二年目を迎える。ここの前は県の最北にある佐紋署の副署長として一年半務め、去年の春に辞令が出た。だから貴美佳が言うようなご指導ご鞭撻《べんたつ》を与えるほどの経験は杏美にもない。ようやく丸一年を過ごし、旭中央署のひと通りのルーティンを覚えたところだ。

県初の女性副署長としても既に三年が経過する。ノンキャリは警視か警視正まで昇って、署長や本部の部課長クラスで終わるのが概《おおむ》ね出世の終点。今回、貴美佳が女性署長としてやってきたがキャリアだから別格扱い。本当の意味で県内に女性署長はまだ一人もいないことになる。

「明日の月曜からが本番になりますが、このあとご予定がないようであれば署管内について少しお話しさせていただきますが」

そのために副署長、総務課長、総務係長が出張ってきていた。貴美佳はもちろんだという風に頷《うなず》き、部屋にある応接セットの正面一人用ソファに座る。

杏美と、総務課の二人が両側のソファに別れて座り、手元の書類を繰る。桜木係長が資料を貴美佳に渡し、テーブルに地図を広げた。貴美佳は自前のタブレットを出し、膝《ひざ》に置く。

「旭中央署は警察官二九三名。警察事務職員が八名の計三〇一名。女性職員が事務職合わせて十九名、そのうち産休に入っておりますのが二名。交番の数は七か所で——」

「失礼」と貴美佳が長い人差し指を立てて、桜木を止める。「その辺りのことは既に把握しています。現在署内で抱える事案や問題点などあれば伺いたいのですが」

きょとんとした桜木の顔を向かいから見ていた杏美は、口元が弛《ゆる》みそうになるのを堪《こら》え、「部署ごとに順次、現状について説明したらどうですか」と言い添える。江島に肘《ひじ》でつつかれ、桜木は慌《あわ》てて重ねた資料のなかをごそごそし出した。

貴美佳が遠慮がちに杏美に笑いかける。資料探しに手間取る桜木を横目に杏美が口を開いた。

「まず初めに、ご承知おきいただきたい事案は二つあります」

貴美佳は小さく頷くとタブレット用のペンを握った。

「六年前、阿佐比神社の祭礼の最中、仁志菜々美さん当時五歳が行方不明となり、今も発見できていません」

「六年前ですか」ペン尻《じり》を顎《あご》に当てて目を細くする。

「はい、事件事故の両面から捜索しましたが有力な手がかりはなく、一週間後、公開捜査に踏み切りましたが現在も不明のままです」

「お祭りの最中なのに、目撃情報がないのですか？」

「いえ、いくつかはありました」杏美は、全《すべ》てわたしに喋《しゃべ》らせる気かという目を向かいに投げる。桜木がはっと背を伸ばし、当時から現在に至るまでの目ぼしい情報などを口早に述べる。「ただ、どれもあやふやなもので、多くは勘違いや見間違いのたぐいでした」

「それで神社の境内にある林や池のなかを調べたが、なにも出なかったのですね。だから何者かに連れ去られたという結論に至った。そういうことですか」

「はい。一件だけ、それらしい目撃情報がありまして」

貴美佳は頷きながら、資料を捲《めく》る。「この菜々美さんと思われる浴衣姿《ゆかたすがた》の女児が、太った男性に抱かれていたという件ですね。目撃したのが同じ園の男児ということですが、本当に連れ去りでしょうか」

「は。それはどういう？」係長が戸惑いながら、江島と目を見合わせる。

「攫《さら》われたとして、犯人からはこれまでアクションがなかったんですよね」

「はあ」

「最初から菜々美さんが目的だったということは？」

菜々美さんの身近にいる者による犯罪の可能性。杏美は、きゅっと眉間《みけん》に力を入れ、そして体ごと貴美佳へと向けた。

「刑事課はその点も含め、捜査したということです。仁志夫妻に加え、仁志家の関係者も調べましたが、なにも出てきませんでした。夫妻と菜々美さんの関係に不穏なものは感じられず、またそのような疑いを起こさせる証言も出ませんでした」

「そうですか」

「俵署長」

「はい?」

「菜々美さんを見失われてから、ご夫妻は今も毎日、お子さんを捜し、無事に戻ることを切望しておられます。六年もの歳月を経てもそのお気持ちに変わりはないのです」

江島が両膝の上に手を組み、小刻みに顎を振りながら説明を加える。

「チラシを配り、ネットで情報を求める配信をし、どこかの県で子どもの連れ去りが起きたと聞くと、もしや同じ犯人ではないかと確認しに所轄に出向いておられますね。また毎年、祭りの時期には多くのボランティアや関係者と共に街頭に出て、写真のコピーなどを配りながら目撃情報を募っておられます」

「その活動には、もちろん警察も積極的に参加しています」と杏美。貴美佳が小さく首を傾《かし》げ、「それはどういう？」と尋ねる。

「お祭りのあいだ、ご夫妻と共に刑事課を中心とした署員や幹部が街頭に立ちます。改めて事件への関心を喚起し、解決に繋《つな》がる手がかりを得るよう働きかけます。これは六年前からずっと続いている申し送り事項です。俵署長もそのおつもりでお願いします」

「わかりました。被害者遺族の感情にも充分留意します」と貴美佳は資料にある仁志菜々美の写真に目を落としながら言う。

杏美はすうと大きく息を吸い、「遺族と決まった訳ではありませんので、言動にはくれぐれもご注意いただけますか」と強い口調で言った。

向かいの席で江島と桜木がはらはらした様子を見せる。この一年、杏美と共に働いた二人は当然ながら、杏美が忖度《そんたく》を嫌い、誰であろうと正しいと思ったことは遠慮なく述べる人間であることは承知している。そのせいで、ずい分と気を遣わせることも多かったようだ。だからといってこの性格を直す気も人に合わせる気もない。それもまた承知している二人だ。貴美佳がなにか言う前に江島がすかさず、「いずれご夫妻とは面談の時間を持っていただくことにもなりますので、合わせてご承知おきください」と割り込んだ。貴美佳が軽く頷くにとどめたのを見て、ほっとした顔で続けて言う。

「それから、もうひとつの案件ですが、こちらも未解決です」

「確か、強盗事件でしたよね」と把握しているように貴美佳は応えた。杏美はまた細かく訂正を入れる。

「強盗傷害事件です。二年前、わたしがまだここに来る前でしたが、十二月二十一日の夕刻、住川五丁目にあります信用金庫をナイフを持った男が襲撃しました。被疑者は、上原祐介《うえはらゆうすけ》、当時三十一歳。警備員と窓口の職員をナイフで傷つけ、現金およそ三十万を持って逃走。現在も行方がわからず、指名手配されています」

「どうして捕まらなかったのでしょう」

子どもが、なぜ空は青いの？　と問うかのように屈託なく訊《き》く。そう正面切って言われるのが警察官としては一番辛《つら》い。杏美はすいと視線を向かいに投げた。江島が渋々といった様子で答える。

「事件は閉店直前に起こりました。そのせいで一般客に被害はなかったのですが、警備員や職員が油断していたときであり、侵入するなりシャッターボタンを押していた警備員に切りつけたものですから信用金庫内はパニック状態に陥りました。通報ボタンを押すのが遅れ、机の上に広げていた現金を簡単に手にした被疑者は、たまたま側にいただけの女性職員までもナイフで傷つけました。酷《ひど》く血が飛び散ったことで職員らは恐慌《きょうこう》をきたしたようです」

「初動が遅れたとはいえ、緊急配備はしたのですよね」

「もちろんです。ですが、上原が車でなく徒歩で逃走したことが却《かえ》って裏目に出てしまいました」

「どういうことですか」

「はあ。防犯カメラで商店街に潜り込んだことまではわかったのですが、どこに潜伏していたのか発見できず、ローラーをし終わるころには既に、市内から逃亡していたと思われます」

「潜伏というと、誰かに匿《かくま》われたということですか」

「それが」

言いよどむ江島を見て、杏美が言葉を挟んだ。

「その辺りの詳細は刑事課から直接お聞きいただいた方がいいかもしれません。現状はとにかく今も逃走、手配中ということですから」

「そうですね。余計な口を挟んですみません。話を進めてください」

貴美佳が書類を閉じ、タブレットにペンを走らせ始めたのを見て、総務課の二人はほっと肩の力を抜く。

それから、各部署の現在抱えている案件や予定などについて説明をした。署長として今後すべき雑事をひとつひとつ挙げてゆく。貴美佳は復唱しながら丁寧にタブレットに書き込んだ。

「課長会議、朝礼、その際、適宜署長訓示を行う。その後、決裁書類の確認、打ち合わせなどがルーティンで、加えて月に一度の県警本部での署長会議、各課長との懇談、教練点検、署長賞授与、署員との茶話会、柔剣道大会を含めた各種イベントへの臨席。他に、対外的なものとして――」

「警察署協議会、防犯協議会、安全運転協議会への出席。自治連合会、自治体、消防などとの懇談会、他にも各課運動時における街頭パレードに」

「わかりました。そういうのは、総務で都度指示していただけるのですよね」

貴美佳は書くのが面倒になったのか、カレンダー風に作成された一覧表を手元に引き寄せ、ざっと目を通す。

「もちろんです。朝の課長会議の前にご説明に上がります」

「よろしくお願いします」と素直に頭を下げる。そして、杏美に顔を向けると苦笑いして見せた。

「思っていた以上に大変な仕事のようですね。椅子《いす》に座ってハンコだけ押していればいいと思っていました」

杏美も笑って応える。「わたしを含め総務課が全力でサポートします。なんでも気軽にご相談ください」——

「よろしくお願いします」

俵貴美佳はタッチペンを指で遊ばせながら言った。

2

五月。

執務室の窓は署の駐車場に面しているが、外はかすんで見えた。

ゴールデンウイークが明けて通常の業務に戻っているのだが、気怠《けだる》げな雰囲気が漂っているように感じるのはやはり天候のせいかもしれない。梅雨入りにはまだひと月近くあるのに、ここ数日雨が続いていた。

杏美は普段、署長室の隣にある副署長室にいる。スペースは半分ほどしかないが、署長室と違って扉は開けたままにしているからさほど狭さは感じない。執務机に座っていても表の受付エリアが見渡せる。出てすぐのところには総務の島があり、江島課長の幅広の背中があった。その向こうには桜木係長と部下の係員、反対側には教養係長と教養係員がいる。オープンスペースには、他に会計課、交通課規制係、各種許可申請係、相談係が居並ぶ。

杏美は立ち上がるとドアの側まで行って総務の主任を呼んだ。桜木も腰を浮かしかけるが、構わないと手を振る。室内の敬礼をして部屋に入ってきた四十代の主任に、「今年はどうですか、と尋ねる。察していたらしく、五月の出退勤表を差し出し、「今のところは問題ないようです」と言った。

大型連休が終わって十日経《た》つが、連続して休みを取っている署員はいないということだ。

「そう。ひとまずは安心していいかしらね」

「はあ。もう少し様子を見ないとわかりませんが、昨年のようなことはないかと思います」

「そう願いたいわ」

杏美は書類を返し、ありがとうと言った。主任は頭を下げて部屋を出て行く。

昨年の今ごろ、地域課の新人警官がいわゆる五月病になって出勤しなくなった。連絡もない無断欠勤で、慌てた地域課の係長らが自宅を訪ね、二十三歳の男性と面談した。はっきりした理由はなく、ただ、自分に警察の仕事は合わないとだけしか言わない。地域課長から報告を受けた当時の署長と杏美は苛《いじ》めやパワハラを疑い、調査するよう命じたが、これといった事実は出てこなかった。手を替え品を替え説得を試みたが出勤する意志を見せないということで、とうとう杏美が自宅まで赴いて、直接声をかけることになった。親と同居で家庭内に問題がある訳でもなく、心を病んで自室に引《ひ》き籠《こも》っているというのでもない。食事もするし、リビングでテレビも見る。親とも他愛ない話ならするし、コンビニにも普通に出かける。杏美は男性警官と向き合って、なんでも言ってくれ、力になると言ってみた。けれど本人はただ警察に向いていない、辞めたいとしか言わない。結局、夏に入るころ、依願退職という結末を迎えることになった。警察学校を出たばかりで半年もしないうちに辞めたことで、署長は本部警務部に呼び出され、説明をさせられた。杏美も人事課の知り合いから、本当はなにがあったんだと勘繰られ、難儀したのを覚えている。警察官も人間だ。こういうときもある、と諦《あきら》めるしかないが、組織はそう簡単には納得してくれない。杏美ら幹部はしばらく思い悩まされたのだった。

今年は決してそんなことがあってはならないと、総務課や地域課は戦々恐々とゴールデンウイークを迎えた。

「ひとまずは安心できそう」と杏美は独りごちた。そして席について左手の壁を見やる。そこにはドアがあり、署長室と繋がっている。

俵貴美佳が四月に赴任してから、ひと月半ほどが経つ。

すぐにあった春の交通安全運動では、大層張り切っていた。パレードの先頭でタスキを掛けた制服姿で街頭を練り歩き、そのあとも署に戻ることなく、地域のボランティアらと共に交通ルールを守ろうと声かけ運動をしたらしい。留守番として署に居残っていた杏美に、交通課の係長がおかしそうに教えてくれた。

署内でも活発に動き回り、署員に声をかけた。部署が抱える事案は、大小に拘《かかわ》らず気に留め、ときに担当者から詳しく聞きたがり、その後の処置やフォローについても心を砕いた。杏美のお株を奪われた感じもあったし、実際、桜木など、「去年の副署長を思い出しますね」などといって口元をにやつかせた。

交通安全運動が終わったころに警察署協議会があり、会員からの質疑にも難なく答えていた。一人の会員から出た、見通しの悪い交差点で自転車事故が続いたから、なんとかしてくれという話に、すぐに信号を設置すると返し、杏美や交通課長らを慌てさせたのは、今思えば笑い話だろう。信号は本部の管制センターが取り仕切っているのだから、所轄は勝手に設置できない。そういうときは、ひとまず承って善後策を講じるとだけいってください、と江島があとで教示した。

閉じたドアから目を離し、机の上のカップを手に取り、冷めたコーヒーをひと口啜《すす》った。そのまま、またドアを見た。

ゴールデンウイークは実家に帰省するかと思ったが、貴美佳は署長官舎に残った。お蔭《かげ》で杏美は休みをもらえて良かったのだが、明けて出勤した際には、期間中、出かける姿をよく目にしたと署員から聞いて気になった。世間話のつもりで声をかけてみようかとちらりと考えたが止《や》めた。同じ独身ではあるがキャリアで、この先、杏美の行けない地位まで昇り詰めようとしている女性だ。自分より年長で経験豊富な部下は、キャリアにとって扱い辛く、気を遣う存在でもある。仕方のないことだが、プライベートまで色々言われるのはうざったいだろう。そういう意味でも、ノンキャリの自分とのあいだには、それなりの線引きも必要だと考えているかもしれない。

朝の課長会議で仁志夫妻の話が出た。

「署長も落ち着かれたころでしょうし、そろそろ対外的な活動をお願いできますか」

江島が杏美の隣で声をかけた。

貴美佳は署長室の一人用のソファに座って、両側に座る課長らへと目を移し、ぼんやりと江島へ視線を戻した。江島は目を瞬《また》かせ、「来月には祭りの準備委員会も立ち上がりますので、その前に仁志菜々美さん行方不明事件についてご両親と話し合いを設けることになっております。その後は、地域の各連合会や組合の方々らと懇親を兼ねた打ち合わせを行います」

「仁志、菜々美」と呟《つぶや》き、はっと目を覚ましたように見開き、大きく頷いた。「ええ。そうですね。これまでの署長がなすってきたことですよね。もちろんです、江島課長、お願いします」

「……では、先方と相談して日にちを入れておきます」

「お願いします」

会議が終わり、そのまま五階の講堂まで出向いて朝礼をする。課長らは階段で行くというので、エレベータには貴美佳と杏美が乗った。ボタンを押して扉が閉まるとすぐに、「体調がすぐれないように見えますが」と訊いてみた。貴美佳は吊り上がった目を瞬《しばた》き、首を振る。

「なんでもありません。張り切っていたところに大型連休があって、気が抜けてしまったのでしょう。言うなれば五月病ですか。この歳《とし》になって情けないですね」

「いえ、そんなことは。署長がいてくださったので、わたしはお休みをいただけました。署長もお休み中、少しはリフレッシュできたのであれば良いのですが」とさりげなく問うた。貴美佳は、小さく肩をすくめ、「官舎に籠って、色々、整理していました。たまに息抜きに出かけはしましたけど」と短く言う。

ドアが開いて廊下に出ると、署員が貴美佳を見て慌てて頭を下げ、講堂へと駆け出した。

貴美佳の背を見ながら、首を傾げた。当直員の話では、貴美佳はほとんど毎日のように出かけ、ときに深夜に戻ることもあったらしい。気のせいだろうか、心ここにあらずの風が見られる。本人が言うように赴任後ずっと張り切っていたから、疲れが出たのかもしれない。昨年の地域課員のことがあるから、考え過ぎているのだろうと杏美は不安を振り払う。

そんな矢先、意外な話が、思いがけないところから入ってきた。

田添杏美は兄が結婚して家を出てから、寡婦《かふ》となった母とずっと二人暮らしを続けていた。佐紋署にいたあいだだけ、家から通える距離ではないから単身赴任となった。その間、母は一人暮らしだったが、八十を過ぎても矍鑠《かくしゃく》として杏美の世話をし続けていたくらいだから、離れていても不安はなかった。一年半後、再び、杏美が県の中心部に戻り、二人の静かな暮らしが始まった。なんとなく、ずっとこのままのような気がしていた。けれど、変化は突然やって来る。

昨年、母にすい臓癌《がん》が見つかり、三か月の入院であっけなく逝《い》ってしまったのだ。だから今、杏美は一人だった。二階建ての古家は、母と一緒のときから広過ぎると思っていたが、一人になるとかなり持て余すようになった。使わない部屋の方が多く、休みのたびに掃除をするのに億劫《おっくう》さが湧《わ》いた。放っておいても部屋は汚れ、埃《ほこり》は溜《た》まり続ける。階段や廊下に綿埃が舞うのを見るにつけ、家を売ろうかと考えるようになった。このまま一人でいる可能性が高いのだから、今のうちにマンションに買い替えておく方がいい。高齢になってからだと不動産を手に入れるのは難儀すると聞く。離れたところに住む兄夫婦と一周忌の相談に加え、そんなことなども話し合うため、このところ頻繁に連絡を取り合っていた。

居間のテレビ前にある気に入りのチェアに座って、食後のコーヒーを飲んでいると き固定電話が鳴り、兄か義姉からだろうと思った。

だが違った。名乗られてもすぐにはピンとこなかった。ずい分前に、所轄で顔を合わせた人だった。

「まあ、ご無沙汰《ぶさた》しています。えっと、今は本部でしたか」

野太い声の栗木洋吾《くりきようご》は笑いながら、「そう。去年、監察課長に就いた。顔を見せに来てくれるかと思ったら、なかなか来ないから避けられているのかと思った」と言う。杏美は、しまったと唇を嚙《か》む。素直に、ご挨拶もせずすみません、と謝る。常々、警察部内報で異動者の欄はチェックしているのだが、見落としていたらしい。

「嘘嘘《うそうそ》、そんなこと思ってないよ。だいたい、一緒に働いたのなんてちょっとのあいだだけだったんだから。むしろ、去年、ご母堂を亡《な》くされたとあとから聞いて、こちらこそ無作法しちゃった」と言い、改めてご愁傷さまでしたと告げた。

短く様子伺いをしたのち、栗木が固定電話の送話器を覆《おお》ったかのような声で言った。

「ちょっと、内々の話をしたいんだ。時間をもらえる？　こっちはいつでも合わせるから」

「署の方に？　それとも本部へ参りましょうか」

「いや、外で」

「わかりました」

そう約束して六月の最初の金曜日、軽く夕食を摂《と》ってから杏美は隣の市の駅前にあるカラオケ店へと入った。どこでもいいと言いながら、栗木はカラオケの個室がいいなと指定してきたのだ。

相当早くに来ていたらしく、一番奥の部屋の隅で既にテーブルにあるドリンクを空にし、音楽が流れるのを聞いていた。

「遅くなってすみません」

「いやいや、こちらこそ、お疲れのところすまないね」

栗木がドリンクとピザをオーダーするのに合わせて、杏美も頼む。店員が運んできて、軽くグラスを合わせ、しばらく互いの健康や家族の話などをした。機嫌良さそうに笑顔を浮かべながらも、なかなか本題に入らない様子を見て、杏美は嫌な予感を膨らませてゆく。

栗木洋吾は、杏美より一期上で同じ警視。しかも本部警務部監察課課長。そんな人間が内々の話があると言ってカラオケ店に呼び出し、笑いながら無駄話をするなど良い話の訳がない。なんだろうと思案しているうち、そんな杏美の顔色に気づいた栗木もそろそろかなという表情でグラスをテーブルに置いた。タブレットで適当な曲を選び、音量を上げると、杏美の座るソファへと席を移す。テーブルに身をかがませるように、一枚の紙を置く。杏美は黙って引き寄せ、開いた。

ＳＮＳの書き込みをまとめてプリントアウトしたらしい。ぎょっと目を剝《む》く。

『乱心、エロ警官！天誅！』『人の男を寝取るなんてどんな女だろうと思ってつけてやったら、なんと某A署にすたすた入って行くからびっくりした。駐車場の奥にボロ家があってそこに入っていったけど、お巡《ま》わりだよね、ビックリした』『エロ警官、男といちゃついているヒマがあったら、仕事しろー 横断歩道で子どもを誘導しろー このあいだ、コンビニでお釣を間違われたぞ、逮捕しろー』

すっと横から手が伸びて、紙を取り上げると栗木はそのまま内ポケットにしまった。

「すぐに削除させたから、もうないけどね」

「はあ」言葉が出ない。どうやって他人のツイートを削除したのだろう。本人から抗議はなかったのかと余計なことが思い浮かぶ。栗木がごほんと咳《せき》をして杏美を促した。

慌てて背筋を伸ばし、出てもいない汗を拭《ぬぐ》うように額をさすった。

「それで監察は?」かろうじてそれだけ言う。栗木は小さく頷く。「念のため、動いたよ」

バカなことを訊いた。栗木がここにいるということは、そういうことなのだ。杏美は自分が動揺しているのに気づく。

「短期間だけど調べた」

行動確認したのだろう。「それで」と、同じ言葉で続きを促す。それしか出ない。

栗木が口を引き結んで頷くのを見て、杏美は、どうっとシートの背もたれに沈んだ。

書き込みは本当のことで、某A署というのは旭中央署、駐車場の奥のボロ家というのは署長官舎で、つまりこれは俵貴美佳のことなのだ。

天井を見上げて両手を頭で組む。そんな杏美の耳に低音が囁《ささや》いてきた。

「このあいだの連休のときのだけど写真がある。今日は持って来なかったけど、あとで渡す。男に前はないけど、良くない」

体を起こしてふうと息を吐き、テーブルのグラスに残っていたレモンサワーを一気に飲み干した。しっかりしろ、と心の声を吐き、栗木の顔を睨《にら》むように見つめた。

「栗木さん、わたしにどうしろと」

「うん。言うまでもないが、キャリアは無傷で戻さないといけないだろ？」

将来があるから。いずれどこかの県警の本部長になるだろうし、更にいえば政府の中枢《ちゅうすう》へも食い込む人かもしれない。地方県で妙な傷を負わせる訳にはいかない。県警本部はそう考える。

「でも、どうしてわたしが？」

「どういう意味？」

「監察が直《じか》に当たられたらいいじゃないですか」

栗木は、オーマイゴッドと言わんばかりに大仰に肩をすくめて唇をめくる。

「まだなんにも起きてないんだよ。彼氏がイマイチだからって、俺らはママじゃないんだから」

監察案件になるまでは至っていないから、表立って追及はできない。せいぜい行確して、相手の身元を探るくらい。だから、栗木は顔見知りの杏美に声をかけてきたということだ。

「それはそうでしょうけど」

「それにさ」と栗木は焼酎《しょうちゅう》のロックを舐《な》める。「お宅なら、きっと一生懸命してくれるかなって」

「？」

「ほら、前科があるじゃない。去年の今ごろ」

ああ、と杏美はのしかかる肩の重さをなんとか堪える。学校を出たばかりの新人警官が半年も経たないで辞めてしまった。別に杏美らの責任ではないが、失態として数えられる。そのときの汚名を雪《すす》げるだろうと栗木は言うのだ。

「問題が起きないうちに穏便に引き剝《は》がしたい。女性同士だし、説得してもらえないか」

うーん。杏美が女性だからというよりは、長く警務や総務部門で働いてきた経験も買われたのだろう。だが相手の出方次第では、荒っぽい話にもなりかねない。そうなると幹部として少し捜査に関わった程度の杏美には難しい。そう言うと栗木はにっこり笑って、「なにをご謙遜《けんそん》を。日見坂署や佐紋署でのご活躍は警務部でも語り草だぞ」と言う。

杏美は遠慮なく、顔をしかめて見せる。栗木は気づかない風にグラスを手にし、カラカラと氷を鳴らした。

「どんな手を使ってもいい、とは言わないが、そこそこなら上も目を瞑《つむ》るらしい」

「はあ」

栗木は選曲用のタブレットを引き寄せ、今ネットで流行《はや》っている曲を流す。テンポの良い曲ながらも、突然曲調が変わったりして、歌い難《にく》そうだ。知っているのか鼻歌でなぞっている。「警視も三年か」

は？　といきなり話題が変わって慌てて訊き返す。

「県警初の女性副署長も、そろそろ県警初の女性署長になっていいころだよな。俺はそう思うよ。そう思っている人間は少なくない」

「……」

「来春だな」

「……」

「たぶん、いけるよ。君は優秀だ。ここ数年の活躍もみな承知しているからすんなり決まるだろう」

「所属長、ということですか」

「うん。本部の課長とかより、一国一城の主《あるじ》がいいだろう。同じ県内初でも副署長のときより、断然、注目度も増す。まあ、BかCクラスの署になるだろうが、悪くない」

今回の件と引き換えに、上からそれなりの感触を得たよ、とどや顔をした。杏美はどんな表情をしていいかわからず、疲れたように目を細めるだけにとどめた。うまくいけば署長、それならうまくいかなかったらどうなるのだ。また、最果ての田舎署か。

「必要なことがあれば、俺に連絡して。大概のことは用意する。田添さん」

「はい」

「これ、絶対だよ」

そういって唇を親指で左から右になぞった。極秘扱い。「俺、少し歌って帰るから」

杏美は重い体をソファから引き剝がす。そしてその場で室内の敬礼をし、手を振る栗木をあとに残してドアを開けた。離れ際、ちらりとガラス窓を覗《のぞ》くと、マイクを握り、上半身をくねらせながら唾《つば》を飛ばしている栗木洋吾の姿が見えた。

その動きを見て思い出した。同じ所轄で一緒に働いていたとき、栗木はいつも課長の側で指示を飛ばしていた。自分を良く見せることに余念なく、嫌う人もいたが、仕事はできる人だったから順調な昇進を辿《たど》った。杏美より年齢は上で、警視になったのも先だった。退職までにはもうひとつ昇りたいと思っていただろうが、警視正は試験や面接でなれるものではない。推薦や組織内のけん制など色んなことが絡《から》んでくる。署長の枠も限られていて、先輩の警視や警視正が順番待ちしている。そんななか、杏美が一足飛びに所属長に異動できるとすれば、それはやはり女性であるというアピールポイントがあるからだろう。時代の流れ、世間との兼ね合い、様々な要素が含まれる結果で、それもひとつの考えだし、それならそれでいいと開き直っている。マスコミ受けで署長になったと思われようとも、ようはその役職にふさわしい人間となり、誰もが納得する仕事をすればいいのだ。

栗木の胸の内には多少の鬱屈《うっくつ》もあるだろうが、杏美が女性署長になることに首肯している感はある。そう思いながらも、重たい石を無理に飲み込まされたような感覚が全身を覆った。

翌日、杏美の携帯電話に連絡が入り、夜、自宅で待っているとインターホンが鳴った。

モニターを見たが誰もおらず、慌てて門柱にある郵便受けに走ると宛名《あてな》のない茶封筒があった。それを手にしてちらりと道路の角を見やると、人影が動くのが見えた。

ご苦労様、と小声で呟き、なかに入る。

仏壇のある和室に入り、揺れる燈明《とうみょう》の火に目をやったあと、長卓で封を開けた。写真が数葉と相手の男性の経歴書がある。間違いなく俵貴美佳だ。どこかの店の半個室で二人仲良く並んで酒を飲んでいる。男のマンションらしい玄関を二人で潜っているところ、時間を置いて出てきてタクシーに乗り込むところもある。写真の日付はどれもゴールデンウイークのものだ。SNSを見つけたのがその少し前くらいなのだろう。

相手の男は、書類によると名前は市之瀬《いちのせ》ケント、年齢三十七歳。明るい茶の髪で目の色も薄く、彫りの深い容貌《ようぼう》にもしかと思ったらやはりハーフだった。母親が日本人で父親はアメリカ人らしい。詳しいことはわからないようだ。両親は結婚することなく、息子が生まれる前に別れている。前科はなし。

書類を広げたまま、杏美は畳の上に仰向《あおむ》けに寝転んだ。

キャリアだって恋をする。まして貴美佳は独身だし、相手も独り者だ。問題なんかない。物騒な前科があったり、反社組織に所属していたりするのであればマズイだろうが、市之瀬ケントにそんな形跡はなかった。現在も身元を調査中とあるが、ゴールデンウイークからこれまで調べて出てこないのだから、妙なバックはないのだろう。それでも本部が過保護ママのように神経を苛立《いらだ》たせているのは、ひとえに市之瀬ケントが水商売をしているからだ。それと。

杏美は起き上がって書類を手に取り、もう一度前科前歴の欄を見る。十七歳のとき、恐喝で補導されている。それだけで他にはなにもない。なにもないのが少し気になる。

市之瀬ケントは小さな会員制バーをやっていた。住所は旭中央市奥新地一丁目——。旭新地という大きな繁華街の北東角にあるビルの二階で、店の名は『サウダージ』。

思わず舌打ちが出る。うちの管内にある店ということは、赴任してから知り合ったのだ。署長だって別に飲み歩いて構わない。しかし、自分の管内で飲むだろうか、普通。署員ならともかく、署長が酔っ払って歩いているのを警ら中の警官が見たら、ぎょっとするだろうに。

赴任して早々、意気軒高と女性署長としての抱負を語ったときの顔を思い出す。貴美佳になにがあったのか。今になって、彼女のことをなにも知ろうとしていなかったことに気づく。

3

「祭りの打ち合わせ会議は午後四時からです」

朝礼前に行う署長室での課長会議で、桜木が予定を述べていた。

もうそんな時期なのだと、改めて青い夏制服のシャツに視線を落とした。薄い生地なので汗をかくと染《し》みが気になる。打ち合わせの初回だから、半袖《はんそで》でなく長袖にしようかと考えていると、貴美佳のタブレットがストンと膝から落ちた。課長らがいっせいに目をやる。慌てて拾いあげると、貴美佳は桜木に続けてという風に口元を弛めて見せた。

夕刻、決裁書類を確認している貴美佳に声をかける。不思議そうな顔をするので、例のお祭り会議です、と言うと、ああと席から立ち上がった。ロッカーの扉を開けて仕度をしながら、「場所はどこでしたか」と訊く。

「商工会議所です。毎年、初回はそこで行います」

「だいたい何回くらいあるんですか」

「そうですね。昨年、わたしも初参加でしたが結局、六回出席しましたね」

署長が出席するのは初回とあとは最後くらいだ。それ以外は杏美か総務課など関係部署が担当する。

「そんなに」

貴美佳らしくない陰りが浮かんだ。これまでどんな仕事にも積極的に参加し、倦《う》んだり、面倒臭がったりしたことなどなかったのに。

「体調でも？」と訊くと、驚いたように、「いいえ。なにか変ですか？　顔色悪いですか？」とすかさず頬に手を当てる。一応、首を振って見せたが、杏美は鎌《かま》をかけてみた。

「今日、旭新地の女性ドンも来られますけど、俵署長は初お目見えでしたよね」と笑いながら言った。

「ドン？」

「ふふふ。皆さん陰でそう言われるんですよ。ご本人も承知で、笑って受け流していますから陰口とも言えませんけどね。三河鮎子《あゆこ》さんという方で、わたしと同い年。新地の社交飲食業組合長をされています。生まれたときから新地暮らしだそうですから、知らないお店はないとか。あながち大袈裟《おおげさ》でもないようですけど」

「お店」

貴美佳の目が虚《うつ》ろに揺れた。

「ああいう場所には色んな協会や組合やらがあって、ひとつにまとめるというのは難しいのですが、三河さんは人望もあるようで、お祭りのことでは毎回ご協力いただいています」

これまで問題なくスムーズに実施できています、といったところで言葉を止め、顔をじっと見つめた。貴美佳が気づいて、すぐにロッカー扉にある鏡に顔を向け、髪に櫛《くし》を通す。

「その方も新地でお店を持っておられるのですか」

「いえ、以前は何軒か経営されていましたが、今は引退して不動産業の会社を経営されています」

「そうですか」

「でも、そういう方ですから新地の良いお店も多くご存知で、今度、紹介していただいて一緒に行ってみませんか。会員制のバーとかでしたら、人目につくこともさほどではないでしょうし」

鏡に貴美佳が頬を強張《こわば》らせているのが映った。

杏美はじっと見つめて口を引き結ぶ。嫌な予感がした。栗木に頼まれてからあれこれ悩み、どうとっかかろうかと考えているうちに時間が過ぎていた。ここのところ、貴美佳の様子がおかしい。今朝の会議では、タブレットを落とすほどぼんやりしていた。杏美が逡巡《しゅんじゅん》しているうちになにか起きたのか。それが市之瀬ケントに関することでなければいいと、単なる杞憂《きゆう》に過ぎないと思いたい気持ちを抱え、「それじゃ、先に駐車場に行っています」と署長室を出た。

署長車に並んで座るが、お互い心ここにあらずの妙な雰囲気が漂う。運転担当の署員と助手席に座る江島が怪訝《けげん》そうに視線を交すのが見えた。

「お初にお目にかかります。三河鮎子と申します。アユは、清流で銀鱗《ぎんりん》をくねらせながら縄張りを狙《ねら》う敵には体当たりでぶつかってゆく、あの魚の鮎と書きます」

名刺を差し出す五十八歳の女性を見て、貴美佳は気圧《けお》されたように目を開く。杏美も昨年同じように挨拶《あいさつ》をされ、同年齢と知るとにわかに砕けた態度を取られたことに閉口したのを思い出す。

鮎子は、ファンデーションとアイブロウとリップしかしない杏美と違って、完璧《かんぺき》なメイクをしている。豊かな黒髪はアップにして一本のほつれもなく、高そうなブランドスーツをさりげなく着こなす。白髪染めもしない杏美よりよほど若く見えた。

水商売からは足を洗ったと本人も言うだけあって、見た目は派手だが夜の女性の派手さとは違う。活動的なセレブの奥様と言えばいいだろうか。口の悪い商店街のオジサン連中は、見た目は奥様でも気性はメス虎《とら》だと言ってはばからない。新地で組合長をするとなれば、大人しいだの控えめだのとやっている訳にはいかない。ゴロツキ相手に、昔の任侠《にんきょう》のような啖呵《たんか》を切ったという伝説もある。早くに夫を亡くし、娘と息子を女手ひとつで育てた。死んだ夫は反社の人間だったという噂《うわさ》もあるが、さだかではない。

阿佐比神社夏祭りの主催者である神官と市長が挨拶をし、市役所の担当者が司会となって会議が始まった。

まず、貴美佳が今春赴任したばかりの初参加ということで自己紹介をする。その後、杏美、江島課長、警備課長らが順に紹介される。およそ会議は一時間ほどで終わった。初回は顔合わせ程度だ。大昔は、会議も遅い時間に開かれ、そのまま夜の宴会へとなだれ込んだが今はそうはいかない。夕方の四時は一番忙しい時間帯だからと商店街連合会の役員らが相当反発したが、それも鮎子があいだに入って取りなしてくれた。

「ねえ、田添さん」

帰り仕度をしていると鮎子が声をかけてきた。

「今度、新地で従業員らを集めて犯罪防止のセミナーをしようって話が出ているのよ。お店で働く子で詐欺《さぎ》まがいの被害に遭ったのが多いって聞いてね。最近、素人《しろうと》が投資とか保険だとかいって騙《だま》しにかかるから、うっかり引っかかるみたい。半グレとかややこしいのもいるし。面倒に巻き込まれないようにする方法とか、いざなにか起きたときの対処法などご教示いただけないかと思って。ご協力いただける？」

お店は持たないが、長く新地で活動してきたことを見込まれ、組合長を引き受けている。夜の店の主人らとも懇意にしていて、頼られると面倒がらずに動くから、誰もが親しみ、一目置いた。

江島共々、「もちろんです」と応《こた》える。

「良かった。なら、今からそのご相談も兼ねてうちにいらっしゃらない？　綺麗《きれい》な署長さんもご一緒に。おいしいお茶が手に入ったのよ」

貴美佳が困ったように唇だけで笑う。

「三河さん、申し訳ないけど一旦《いったん》署に戻らないと。この格好ですしね。またいずれ」と杏美が言うと、さほど残念そうでもなく、「そうお？　女性の署長さんなんて初めてだから、ぜひお話伺いたかったのに。じゃあまた今度、田添さんといらして」と微笑《ほほえ》む。

「はあ。ありがとうございます」と貴美佳はぎこちなく頭を振った。

「それじゃ、セミナーの件は生活安全課の方に伝えておきますので、折を見て一度署まで足を運んでいただけますか」と杏美。

「わかりました。お願いしますね。それじゃあ」

テーブルの上にあるエルメスのバッグを手にすると、小さく手を振って部屋を出た。

阿佐比神社の宮司と権宮司《ごんぐうじ》が揃《そろ》って鮎子に挨拶し、一緒に歩いて行く。

4

今日の面談が終わったら、貴美佳に声をかけよう。

朝、目を覚ましたらなぜかそう強く思う気持ちが湧いた。顔を洗って着替えて、トーストとコーヒーの簡単な食事を済ませて仏壇に手を合わせるころには、その気持ちは半分ほど目減りしていた。写真の母に向かって、どうぞ穏便に片付くように祈って、などと呟くほど常にない弱気まで現れる。

正義や法で良し悪《よ あ》しを判断できることに、迷うこともひるむこともないが、男女の恋愛には正しいというものがないから、杏美も日ごろの強気が発揮できない。そろそろ栗木からどうだと問われそうではあるが……。

自宅からはバスで二十分ほど。署の玄関を潜《くぐ》り、署員からの挨拶を次々受けていると、不思議なものでそんな迷いもぱっと霧消する。あとには、なんとしてでも解決してやろうという意欲だけが残った。そんな杏美の表情になにかを感じたのか、「お早うございます」と一旦通り過ぎた署員が、ふと立ち止まって声をかけてきた。

刑事課強行犯係の雑賀《さいが》係長だ。年齢は四十半ばだったと思うが、警察官になってこれまでの半分以上を刑事畑で過ごしてきた。盗犯や組対などを経験して、旭中央の強行に入って五年が過ぎる。あいにく、菜々美さん行方不明事件が起きたときはいなかったが、前任者から引き継いで以降、ずっと担当を引き受けていた。今日行う面談も、五回目となる。

雑賀は強行とは思えない柔和な顔立ちで丁寧な物言いをする。こんなので犯罪者を追いつめることができるのかと思う者もいるが、取り調べとなると形相が一変し、そのギャップの大きさに動揺し、落ちる被疑者が少なくないらしい。仁志夫妻に対しても、雑賀は必要以上に肩入れすることもない代わりに、きちんと耳を傾け、娘を見失った両親の気持ちに寄り添う発言をした。夫妻から深い信頼を寄せられているように感じる。

「副署長、今日の面談よろしくお願いします」

「もちろんです」

「それでなんですが、今日は主任の安上《あんじょう》も同席させようかと思います」

「安上……強行の安上邦弘《くにひろ》巡査部長ですか。わたしが赴任する前の年にここにきた細長い顔の人ですね」

「そうです、そうです。一昨年の春からうちの強行にいる馬面《うまづら》のバツイチ男です」と雑賀は出来のいい子どもを見るような目をした。思わず杏美も微笑む。

旭中央署はA級署だけあって署員数も多い。一年を経過して、なんとか三百人余の名前と顔が一致してきたかなという感じだ。雑賀には感心してもらえたようだが、内心では間違っていなくて良かったという気持ちもあった。

「わたしもそろそろ異動があるかもしれませんので、引き継ぎをスムーズに行えるよう安上を加わらせておこうかと思います」

「そうね。で、彼を選んだのにはなにか理由があるの？　まだ三十代だったわね」

「はい、三十二です。一緒に働いて丸二年になりますが、安上が刑事として優秀なだけでなく、なんというか弱い人間に安心を与えられるという特技があることが知れましたので、うってつけかと思いました」

「特技ですか。そういうの普通、器量とか、人となりとか言いませんか」

「ははは。そうですね、つい尋問技術が主になる考え方になってしまいまして」

「ふふ。でも、それは心強いかもしれません。仁志菜々美さんの件には、そういう刑事も必要でしょう。署長にはわたしから伝えておきます」

「はい。よろしくお願いします」

七月は夏祭りが管内では最大のイベントになる。それは同時に六年前の事件を再びクローズアップさせるときでもあった。

今年も、仁志夫妻と関係者らによって様々な呼びかけ運動がなされる。それに合わせて、旭中央署でも改めて仁志菜々美さんの捜索活動を行う。

六月十九日の火曜日午後三時に、仁志夫妻が署長室へ招じ入れられた。

貴美佳と杏美が並んで立ち、挨拶する。

「ご挨拶が遅れました。今春、旭中央署の署長を拝命しました俵です」

そう言って手を差し出した。仁志兼太郎は驚いた顔をしたが、妻の英里子は、よろしくお願いしますと両手で包み込むように握手した。

仁志兼太郎は現在、四十一歳で妻の英里子は三十九歳。職場結婚で、英里子は菜々美を妊娠したのを機に仕事を辞め、パート勤めをしながら子育てをしていた。六年前の事件から一年ほど、夫妻は娘の捜索に精力的に動き、その様子はネットやマスコミにも大きく取り上げられた。神社付近を通る人や車にチラシを配り、情報集めに動いた。警察署にも何度も足を運び、捜査の進展を聞き、少しでも手伝いができないかと訴えた。夫妻の友人知人やボランティアの協力を得て、大々的な捜索が続けられたが、これといった手がかりもなく翌年の祭りを迎えた。

祭りに毎年来る人は多い。そのタイミングで聞き込みやチラシを配れば、なんらかの情報や目撃者が現れるかもしれない。それは理に適《かな》ったことで、再び、菜々美さん捜索活動が活発化した。けれどなにも得られないまま祭りが終わり、一年が過ぎ、それから毎年、祭りのときには大々的な捜索が繰り返されるようになった。

兼太郎は仕事を続けているが、英里子はパートを辞め、菜々美さん捜索に日々を費やすようになった。二人の顔は似ている。顔の造作でなく、髪の傷《いた》み具合、皺《しわ》の深さ、肌の衰え、老《ふ》け込み方が似ているのだ。それでも、二人の目には同じように、必ず娘はどこかで生きていて、自分達の元に戻ってくることを信じる強さに満ちている。杏美にはそう見えた。

六年の歳月は短くない。ときに挫《くじ》け、諦める気持ちに襲われることは時間と共に増すだろう。それでもこの祭りの時期になると弱気が嘘のように掻《か》き消え、当時のときと同じような意欲が出てくると言った。

『どうしてなのかわからないですけど。あの祭り囃子《ばやし》が聞こえると、沈みかけた船がもう一度浮上してくる心持ちがするんです。菜々美を見つけよう、今度こそ、あの子を取り戻せる手がかりを手に入れよう、きっとあの子は待っているんだっていう気持ちが、胸の奥からせり上がってくるんです』

杏美に向かって仁志英里子が呟いた言葉だった。

二人の姿は、去年と少しも変わっていなかった。

応接セットのソファに座り、向き合うように貴美佳と杏美が並んだ。壁際《かべぎわ》にある会議用テーブルには江島、刑事課長、雑賀、安上が着く。

「まずは、お詫《わ》び申し上げます。今もって菜々美さんを発見できずにおりますこと、旭中央署の責任者として、また、いち警察官として慚愧《ざんき》に耐えません」

貴美佳なりに考えてきたらしい言葉を心を込めて、一語一語丁寧に述べる。けれど両親にしてみれば、ほぼ二年ごとに替わる所属長のそのたび聞かされる弁明の言葉に、正直心を動かされることは最早《もはや》ないだろう。

去年、杏美も初めて同席して身に沁《し》みていた。ひと通り、貴美佳の話が終わったらさっさと打ち合わせをして、段取りその他を決めてしまおう。そんな気配が夫妻からは窺《うかが》えた。ソファ席の後ろにあるテーブルに着く刑事課の三人も同じ考えらしい顔をしながら、ノートや手帳を広げて待っている。

「それでは、今回の街頭での呼びかけの段取り等を確認いたしましょう」

江島の声で夫妻はすぐさま、トートバッグから見本チラシを出した。何枚かを離れて座る刑事課員らにも渡す。毎年、チラシは新しく作られる。警察でも作成するのだが、それだけでは物足らないと夫妻は自費で作っていた。

刑事課長が今回の捜索について説明し、強行犯の係長である雑賀が細かな配置などを打ち合わせする。夫妻は黙って耳を傾けていた。

「祭礼の初日には、わたしも駅前に立ちます」

打ち合わせの最後に、貴美佳がそう告げた。夫妻は、よろしくお願いしますと頭を下げる。

「必ず、菜々美さんを見つけましょう。きっと今年こそ手がかりがある筈《はず》です。旭中央署は一丸となって捜索に当たる所存です」

貴美佳の率がない言葉に、僅《わず》かながらとってつけたような感が滲《にじ》んだ。隣にいた杏美がそう思ったのだから、向き合っていた夫妻は余計感じたかもしれない。英里子が、立ち上がりかけた腰を落として、目に力を込めた。

「本当にそう思っていただけているんでしょうか。毎年、同じようにこうして伺っていますが、おっしゃることもされることもいつも同じで、なんだか祭りの時期のルーティンワークと化しているとしか思えないんです」

「英里子」夫の兼太郎が、控えめに呼びかける。言っても詮《せん》無いことと思っている風だ。

貴美佳がはっと顔色を変えた。慌《あわ》てて取り繕おうとしている様子が見えて、杏美はどきりとした。

「そんなことはありません。わたしは、これまでのやり方を踏襲するだけでなく、もっと踏み込んだ現実的な方法を試すのも良いかと考えています」

杏美は呆気《あっけ》に取られた。テーブル席にいる面々も、ぎょっと顔を引きつらせる。江島などは目を剝いたまま固まっている。杏美がそっと貴美佳の袖を引こうとする前に、英里子が尋ねた。

「それはどういう方法ですか」

二人は身を乗り出すようにして貴美佳を凝視する。二人の目が期待に染まるのを見て杏美は内心慌てた。一体、なにを言い出すのか。そんな話は聞いていない。事前に打ち合わせもなく、なにをするつもりだと驚きが怒りへと変わってゆく。

貴美佳が口を開いた。

「今年は、唯一《ゆいいつ》の目撃者でもある菜々美さんと同じ幼稚園の男児にもご協力いただこうかと思っています。そして更には、菜々美さんの当時の姿のままの等身大のパネルを作って、神社の境内や駅前、人通りのある交差点の何か所かに立てかけようと」

「署長っ」

杏美が低く諫《いさ》める声を放つ。貴美佳はちらりと視線をやって、「これまでなんの情報も手がかりも得られなかったのです。同じようなことをしていては意味がないと考えますが」と向きになったような声で言う。

テーブル席から刑事課長が、「目撃者の男児はまだ小学生です。本人はもちろん、ご両親もそういったことに参加させるのは躊躇《ちゅうちょ》されるでしょう」とすかさず付け足す。

知らない男性と一緒にいたというあやふやな証言を当時の刑事課は徹底的に調べた。だが、幼稚園児の目撃談をどこまで信用していいのか、相手が幼いだけに強く追及するのは憚《はばか》られた。両親も、執拗《しつよう》に聴取しようとする刑事の態度に不信を覚え、その後、表立った接触はできずにいる。そういうことも全《すべ》て説明している筈なのにと、江島も刑事課連中も苦虫を嚙み潰《つぶ》した顔をした。

その上、浴衣《ゆかた》を着た等身大のパネルだと。杏美が慌ててフォローしようとしたが、向かいの席の二人は青ざめていた顔色を既に真っ赤に染めていた。

「等身大の、菜々美の、パネルをあちこちに？」と英里子が両手で口を覆いながら叫ぶ。「菜々美を広告のキャラクターみたいに飾り立てるというのですか」

「いえ、仁志さん」

杏美は両手を差し延べながら、腰を浮かせる。

テーブル席から雑賀が立ち上がったのが見えた。だがそれを押さえて、安上がソファ席へと素早く駆け寄った。

「仁志さん、大丈夫です」と安上はカーペットに膝《ひざ》をついて細長い顔で二人を見上げる。「署長は赴任されたばかりでもあり、我々の説明がきちんと伝わっていなかったのです。申し訳ありませんでした。決してお二人が案じていらっしゃるようなことは致しません。ただ、菜々美さんを今年こそ見つけだそうと考えている、それだけなのです。それはお母さんもお父さんも同じですよね」

夫妻は戸惑いながらも、耳心地の良い、落ち着いた声で語りかける安上へゆるゆる視線を向ける。安上が英里子の目を見ながら言葉を繋《つな》ぐ。

「我々の心のなかには菜々美さんの姿が、あのときのまま色褪《いろあ》せることなく入っています。浴衣は赤い金魚柄でしたね。帯はナイロンのピンクの兵児帯《へこおび》。草履はお厭《いや》だと言われて帯と同じピンクのスニーカーでしたね。靴下はテントウムシの刺繍《ししゅう》の入ったお気に入りのもの。帯が窮屈と言っておられたのに、神輿《みこし》を見るころにはすっかりご機嫌になられた。神馬《しんめ》がいななくのを怖がって、お父様のシャツを握られたのですよね」

英里子の目に涙が盛り上がってきた。その震える手を兼太郎がそっと握る。そんな二人の手に、安上は自分の両手を重ね、「きっと見つけましょう。我々は決して諦《あきら》めてはおりません」と力強く告げた。

二人が揃って頷《うなず》くのを見て、杏美は崩れるようにソファに腰を落とした。

5

仏壇の前で手を合わせたあと、貴美佳は母の写真をしばらく見つめた。

座布団《ざぶとん》を下りると、「おいくつでしたか」と訊《き》いてきた。杏美は襖《ふすま》を開け放ち、続きのリビングで淹《い》れたコーヒーをテーブルに置きながら、「八十六歳でした。平均寿命には少し足らなくて」と答える。

貴美佳が立ち上がって、コーヒーの前に座った。

「わたしの母は、わたしが中学のときに亡くなりました。まだ三十六歳でした。その後、父が再婚して、今は義理の母と長野の方で田舎暮らしを楽しんでいます」

「そうでしたか」

カップに口をつけ、小さく息を吐く。杏美も向かいに座り、カップを持ち上げた。

「今日はすみませんでした」

貴美佳がいきなり謝ったのに、思わず目を瞠《みは》る。仁志夫妻に不快な思いをさせたことを誰にも咎《とが》められはしなかったが、さすがにまずいことをしたのだとは気づいていたようだ。ただ、貴美佳の言う、これまでと同じようにしていては解決に繋がらない、というのもあながち間違いではない。

杏美は貴美佳の殊勝な態度に安堵《あんど》し、「いえ。お気持ちはわかります」と笑んで見せた。

「署長の考えは、根本的なところでは間違っていないと思います。ですが、正直なところ悲観的な考えが多くを占めているのが現状です。これではいけないとわかっていても、仁志夫妻と面談し、駅に立ってチラシを配り、神社にポスターを貼《は》って情報を集めるのを繰り返しています。わたしも歯痒《はがゆ》く思いはしますが」

「警察は他にも多くの事件を抱えていますしね」

「はい。事件が起きればそちらを優先する。それはどうしようもないことです」

コーヒーを飲み、少し間を取って、「お酒の方が良かったですね。飲みますか」と言った。

杏美が、退庁間近に署長室に入り、今夜、折り入って話があると告げたとき、貴美佳はなんとなく覚悟しているような表情で首を縦に振った。それが、仁志夫妻との面談における失態についてと思っていたかどうかはわからない。だが、杏美の問いかけに、「酔っていてはちゃんとお話しできないから、これで結構です」と答えるのを聞いて、気づいていたのだと知った。そうとなれば遠慮するまい。杏美は単刀直入に口にした。

「ある筋から、署長が男性とお付き合いをされていると耳にしました」

「ある筋ですか」卑屈に歪《ゆが》んだ笑みが浮かんだが、すぐに真面目《まじめ》な顔になって、うな垂れる。「いえ、当然のことですよね。少し前なら、人のプライベートを探り回るような下劣な行為に、憤怒《ふんぬ》し、断罪しようとしたでしょう。ですが今は」

「今は？」

両手でカップを包むようにしながら、こくんと頷いた。「監察が調べるのももっともなことだったんです。でも、わたしはそうと気づかなかった。愚かでした」

「なにがあったんです。話してください」

カップに杏美の動揺した指が当たり、コーヒーがテーブルにこぼれた。とろりと流れ広がる茶色い液体を貴美佳は、息を呑《の》むようにして見つめた。

よくある話だった。ただ、問題は狙われたのが警察キャリアだということだった。

市之瀬ケントと知り合ったのは、夜の新地でキャリアの同期と食事をしたあとだった。ワインを飲み過ごし、別れたあとタクシーを拾おうと通りに向かう途中で気分が悪くなった。トイレがないかとコンビニを探したが、まだ地理不案内のためすぐに見つけられなかった。我慢し切れず路地に駆け込み、吐き戻した。そんな貴美佳にケントが声をかけてきたのだ。

ケントの店は路地を抜けたビルの二階にあった。買い足しの用事で通り抜けようとしたところで出くわしたらしい。貴美佳は無視しようとした。ケントはその頑《かたく》なな態度になにかを感じたのか、通りに出てタクシーを停めると、さっさと貴美佳を乗せて背を向けた。タクシー代を払って名前も言わなかった。

翌日の夜、その路地近くまで出向いた。タクシー代を返そうと思ったのだが、見つからず、それから暇を見て捜し、ようやく一週間後に会うことができた。会員制のバーをしているというのでお礼代わりに訪れた。酒を飲み、ケントと話をし、自分がキャリアとまでは言わなかったが警官であることを告げた。妙な真似《まね》はするなと牽制《けんせい》する意味があった。

ケントはちょっと驚いた顔をしたが、すぐに高校生のときに補導されたことがあると笑った。そして、もう誘わない方がいいかなと、寂しそうに目を伏せたのだ。

「わかりました。それから男女の関係になったんですね?」

だらだらと恋愛話を聞いていても仕方がない。栗木から預かった写真を差し出して見せた。貴美佳は一瞬で顔を真っ赤にし、きつく目を瞑る。

「ここはケントのマンションです」

「念のため言いますが、市之瀬ケントに前科はありません。また、反社組織に属していたという情報も上がっていません。戸籍では父親の欄が空白で、噂ではアメリカ人ということです」

反社でないと言ったところで安堵に目を開けたが、すぐに憂鬱そうに首を振った。

「今となっては余り意味がありません」

「市之瀬ケントはなにを言ってきたのですか」

杏美が問うと、眉《まゆ》をきつく寄せて絞り出すように言う。

「最初は警察の話を」

「えっ」

「いえ、情報とかそういうことではありません。たとえ誰にであれ、そんなことは決して口にしません。警察の仕組みとかそういうことです」

「仕組み？　組織のですか」

「ええ。階級の種類とか、部署の役割とかを面白そうに聞きたがったので」

「はあ」それらは今やネットを検索すれば出てくる。問題はないだろう。

「それから、わたしのことがバレました」

「旭中央署の署長であることがですか？」

「それもありますし。キャリアであることも」

「そうか。警察の仕組みを知れば、キャリアがどういう存在かもわかった訳ですね」

「はい」

「俵貴美佳が旭中央署のキャリア署長と知って市之瀬が要求してきたのはなんですか」

「……」

「俵署長」言いにくいかもしれないが、それは言ってもらわないとこちらも動けない。

意を決したように顔を上げ、杏美の目を見つめながら言った。

「別れたくないと言うんです」

ある晩、うっかり眠り込んだときにケントが携帯カメラを向けているのに気づいて叩《たた》き落とした。すぐにチェックして残っていた写真を全て消去させた。ケントは単なるいたずらで、愛情表現だと言ったが貴美佳の気持ちは一気に冷えた。それが相手にも伝わったらしく、会うのを渋る貴美佳につきまとうようになった。怒りに任せるように別れ話を切り出すと、どこに隠し持っていたのか、貴美佳のあられもない姿の写真を見せて、撤回しろと迫ったのだ。

そうしないと写真をばら撒《ま》く。ネットに拡散させると。

「リベンジポルノですか」うーん、と杏美は腕を組んだ。

「あっても一枚か二枚だと思うんです。気をつけて撮らせないようにしていましたし」

一枚でも充分だ、と杏美が眉根を寄せると、貴美佳も押し黙って目を伏せた。

市之瀬ケントの目的はなんだろう。本当に貴美佳とよりを戻したいだけなのか、それとも、警察キャリアの弱みを握ってなにかに利用したいと考えているのか。

「ケントは、結婚も考えていると言いました」

「結婚？　失礼ですが、署長のご実家が裕福であるとか？」財産狙いか。

忙《せわ》しなく首を振る。「さっきも言いましたように、父と義理の母は退職金を使って長野に引き籠《こも》り、自給自足に近い暮らしをしています。父の生命保険も義母が受取人ですし、他に財産らしいものはありません」

「結婚について、どう言っているんですか」

「ただ、愛しているからと。ずっと一緒にいたいと」

「うーん」

もういい。理由などこの際どうでもいいと杏美なりに切り替える。とにかく写真だ。するべきことが決まった以上、いかにして表沙汰《おもてざた》にならないよう始末をつけるか。それだけを考える。熱いコーヒーを淹れ直した。

リビングのテーブルに向かい合わせに座って、揃ってカップを持ち上げる。口をつけようとしたとき、携帯電話が鳴った。違う音が合奏のように鳴り響き、杏美と貴美佳は思わず目を交わす。二人の携帯が同時ということは本署からの連絡に違いない。

貴美佳が素早くバッグを広げ、取り出す。杏美も和室の長卓の上に置いていたのに飛びついた。

杏美の電話は桜木からだった。貴美佳には江島が連絡しているのだろう。

「副署長、先ほど刑事課が上原祐介が目撃されたとの情報を入手しました」

「上原祐介」必死で思考を巡らす。そうだ。「強盗傷害の手配犯ですね」

「はい。これより強行、盗犯係の刑事らを招集し、地域課員らと共に捜索に当たるようです」

「わかりました。わたしも本署に行きます」

「了解です。ところで、署長がどこにおられるかご存知ないですか。官舎にいらっしゃらないようなんですが」

「知っています。わたしからも署に戻るよう連絡してみます」

そう言いながら、貴美佳を睨《にら》んだ。携帯電話を耳に当てながら江島の話を聞いている貴美佳は察して頷き返す。杏美の自宅にいることは黙っていた方がいい。

刑事課の部屋に行くと、課長が杏美の顔を見て執務机のひとつを手で示した。座ってパソコンの画面を睨んでいた課員がすぐに場所を開ける。防犯カメラの映像のようで、杏美は課長と共に目を凝らした。

人気のない通りを足早に黒い上下を着た男が過《よぎ》った。すぐに別のカメラの映像が出て、同じ男が路地へと滑り込むのが見えた。

「他には？」と訊くと、課長は口を歪めて首を振った。係長の雑賀が替わりに説明をする。

「本日の午後九時過ぎ、上原が園川一丁目の私道を歩いているのを見つけた人間が、近くの交番へ通報してきました。通報者は、上原の高校時代の同級生で利害関係はありません。すぐに付近の防犯カメラを精査しましたが、見つかったのはこの二つだけ」

「確か、上原はここが地元で知り合いは多いですよね。訪ねて行きそうな家は？　内縁関係の者がいたと思いますが」

「はい」と雑賀が応え、課長席の横にあるホワイトボードへと視線を振った。

「橘《たちばな》真冬、現在二十八歳。上原の内縁の妻で、住所は今も上原と一緒に暮らしていたアパートです」

　杏美も立ち上がってボードの前まで行く。上原祐介の二年前に手に入れた写真と、目撃された場所や証言、そのときの服装に加えて、卒業した学校、友人など改めて箇条書きされている。更には関係者の写真も数葉あって、杏美はそのなかの一枚に目を留めた。

　色白で明るい色の長い髪をした女性が、怯《おび》えたような目で見つめ返している。橘真冬だ。少し垂れ気味の目が濡《ぬ》れて見え、小さな唇と黒いホクロが艶《つや》っぽい。グラビアアイドル並みにスタイルがいいから、地味な服を着ていても目を引く。

「今、そこには？」

課長も雑賀も頷く。「張り込ませています。あと、両親はおりませんが実の姉が一人」

ホワイトボードにある別の写真に目を向けた。遠野《とおの》多紀子《たきこ》、旧姓上原多紀子。現在の年齢は三十九歳で、繁華街で働く女性相手の洋装品店『華やぎ』で雇われ店長をしている。写真からでも頑丈そうなのが窺える、顔立ちのはっきりした女性だ。髪をひっつめ、派手な服とアクセサリーを身に着け、お客に笑顔を振り撒いている。二年前の事件発生後、橘真冬と同様、一番に任意同行して取り調べた。

確か、離婚して子どもを一人育てていた筈だが、とボードの先を追う。息子の名と十二歳という年齢、その隣に調書にはなかった男性の名前も書き込まれている。

「現在は、別の男と一緒に暮らしていて落ち着いているようです。相手は堅気らしく、今さら手配犯の弟が現れても迷惑なだけと思っている節がありますから、可能性は低いかもしれません」

それでもたった一人の弟だ。いざとなればどう動くかわからない。調書を読む限り、二年前の事件直後の事情聴取では、余り協力的ではない様子が窺えた。弟には手を焼いていると愚痴を繰り返しながらも、祐介の立ち寄り先や親しい人間については知らぬ存ぜぬで通していた。

「そうですか。今のところ新しい情報は？」

「はい。残念ながら」

壁の時計をちらりと見る。午前一時を回ったところだ。通報を受けてから刑事らが街に散って、既に三時間以上経《た》っている。カメラ以外、なにも得られないということは見失った可能性が高い。

「うーっす」

安上が後輩の刑事と共に部屋に入ってきた。杏美を見て、思わず姿勢を正す。張り込みを交代して戻ってきたらしい。

「どんな様子だ」雑賀が訊く。

「はい。橘真冬は、ホームセンターの仕事を終えたあと部屋に戻り、今は休んでいます。他に人がいる気配はありませんでした」

ひと通り報告をすると二人揃って席に着き、パソコンを開けて書類作業を始めた。若い方が欠伸《あくび》を嚙《か》み殺し、安上に睨まれて肩をすくめている。

杏美は安上の側へ行き、小さく声をかけた。

「今日、いえもう昨日か、仁志菜々美さんの打ち合わせのときはありがとう」

へっ？　という顔をして慌てて立ち上がろうとする。それを押さえて、「フォローしてくれて助かったわ。資料を読み込んでくれていたのね」と言うと、座ったまま横顔だけ向けて、照れたように口元を弛《ゆる》める。

「いえ、大したことはしてません。雑賀係長みたいに信頼されるようになれるかどうか」

「そうね。それが大事ね。忙しいでしょうけど、よろしく頼むわね」

「了解です」

雑賀らは馬面だと言って笑うが、人より少し面長なくらいでアーモンド形の目が優しげだ。笑うと刑事とは思えない人懐《ひとなつ》っこさが浮き出るし、疲れた様子を微塵《みじん》も見せないパワフルさが馬を連想させるのかもしれない。側にいるだけで安心感を与えてくれそうな、およそ刑事とは真逆な雰囲気を持っている。会ったばかりの仁志英里子だが、安上は既に一定の信頼を得たのではないか。雑賀の人を見る目は満更ではないな、と感心する気持ちが湧《わ》いた。

やがて、遠野多紀子宅の張り込みを交代した刑事らも戻ってきた。芳《かんば》しい報告はなかった。他にも上原が立ち寄りそうな場所をいくつか挙げて、それぞれに捜査員を送ったが、どこにも姿を現していないようだった。

「二年も経ってから、なにしに古巣に戻ったんでしょうね」

「警察が待ち構えているとわかっているんだからな。余程のことがあったのか」

「それがわかれば、居場所を絞れるかもしれませんね」

「うむ。こっちで相談に乗ってくれそうな、犯罪者と知っても手を貸してくれそうな人間はいないか、もう一度調べるんだ」と課長が言えば、雑賀が細かな指示を出す。

「朝になったら、学校の同級生らに聞き込みをかけろ。卒業後、バイトしていた先の同僚らも訪ねるんだ」

「はいっ」

「宿泊できそうな場所はリストアップしているか」

パソコンから打ち出した資料を配り始める。課長が席に着いて、リストを追いながら腕を組むのを見て、杏美は部屋を出た。刑事課のあるフロアだけ熱気が充満している。夜間は、不必要な冷房を切っているので当然かもしれないが、他の階がしんと静まり返っているので余計だ。

バタバタと階段を駆け上がる音が聞こえた。すぐに今年刑事課へ入ったばかりの巡査が顔を出し、暗がりに杏美の姿を見つけてぎょっと立ち止まる。苦笑いしながら、「ご苦労様」と声をかけた。

「あ、はい。お疲れ様です」

九州出身で、管内にある独身寮に暮らす二十五歳だ。刑事課では一番若く、噂では、交通課の女性警官と付き合っているらしい。まだ幼さの残る顔で、両手にふくらんだビニール袋を提げたまま汗を滴《したた》らせていた。夜食の買い出しに行かされたのだろう。

「コンビニ?」と訊くと、はいっ、と元気良く返事をした。

「ついでに寮まで行って、田舎から送ってもらったのをかき集めてきました」

それで息が上がって汗だくなのか。「ご両親からの仕送りなんでしょ? いいの、みんなで食べて」

「はい。あんまし好きじゃないんでずっと放ったらかしていたんです。真空パックとか自家製の瓶詰なんで、こういうときに大勢で片付けてもらったら助かります」

「ふふ。ご両親も甲斐《かい》がないわね。たまには連絡しなさい」

はいー、とちょっと間延びした返事をし、頭を下げると刑事課の部屋へと駆け込んで行った。

杏美はそのまま廊下の窓から下を覗《のぞ》いた。

角にある署長官舎の一階の窓から灯りが漏れている。まだ眠っていないようだ。歩きながら携帯電話を取り出した。栗木に今日わかったことだけでも伝えておこうかと思ったが、真夜中であることに気づいて止《よ》した。

6

結局、署に泊り込み、朝の五時に目を覚ました。自然と目が開いた訳ではなく、枕《まくら》元《もと》に置いていた携帯電話がバイブしたのだ。半身を起こして画面に知らない固定電話の番号を見る。短い躊躇《ためら》いののち応答した。

「早くからすまないな」

栗木洋吾だった。「今、どこ？　署か？」

そんな風に訊くということは、自宅を確認したのだ。壁際のベッドで仮眠を取っている署員の様子を気にしながら、そっと寝床を出た。

「昨日、事案が発生したものですから」

「そう。忙しいところ悪いが、例の件で資料が手に入ったから目を通してもらいたいんだ」

「そうですか。こちらもご報告があります」

「うん。じゃあ、あそこにニィイチマルマルで。よろしく」

返事をする間もなく切られる。夜の九時にまたあのカラオケボックスで冷凍ピザの食事かと思うと、全身からため息が出る。布団を畳んで押入れにしまい、制服に着替えて洗面台に向かう。

杏美が寝ていたのは、六階の奥にある女性用更衣室兼当直室だ。折り畳みベッドが三台に布団類、ロッカーにトイレ、洗面台、シャワールームまである。フローリングの隅には二畳ほどの畳敷きのスペースがあって、杏美はそこに布団を敷いて横になっていた。

鏡の横にある細長の窓からはもう真夏のような光が差し込んでいる。自然光をまともに浴びて、いやでも歳《とし》相応の顔が正面に浮かび上がる。身長が一五五センチで、体重も四十三キロと小柄なお蔭で若く見えると言われ続けたが、それもここ五、六年めっきりなくなった。素顔に散らばる染《し》みや皺、去年、母が亡くなったあとばっさりショートに切った髪に白髪が斑《まだら》に広がっていては、最早、若く見えるもない。指で頰を撫《な》で、そのまま下へ引く。母の顔にそっくりだと我ながら思う。母も小柄で良く動き回る人だった。

学校を卒業後、繊維会社に勤めていたがなにを思ったのか、突然、交通巡視員に転職した。当時は、女性の警察官がおらず、県内にいるのはみな巡視員だった。交通課専属で、交差点に出て笛を吹き、車両の誘導や駐禁の取締りを行う。その後、婦人警察官へ切り替えが行われたが、ちょうどそのタイミングで結婚することになって本官になるのを諦めた。退職して子どもを二人得て、しばらくは専業主婦をしていたが、杏美が小学校に上がるころ、働きに出ることにした。新しくできた運転免許試験場での事務作業だった。父が、自動車教習所の教官だったからか、そんな仕事があるのを知って申し込んだようだった。

免許の更新や講習を行うところで、勤めているのはほとんど警察官かOBだった。母は警察官、いや警察という仕事にこだわりを持っていたのだろう。杏美が子どものころから警察官を身近に感じ、大学を卒業後、迷うことなく警察に奉職することになったのも、今から思えば自然なことだった。

父は、女性として平凡な幸せを手に入れて欲しいと思っていたようだが、母は、警察という仕事にのめり込み、昇任してゆく杏美を応援してくれた。結婚する気がないことに説教めいたことはなにひとつ言わなかった。兄が家を出て、父が亡くなってからも仕事で忙しくしている杏美のために家事いっさいを引き受けてくれた。それは亡くなる少し前まで続いたのだった。

母が今の杏美の年齢くらいのころ、制服を持ち帰ったことがあった。お風呂《ふろ》から上がって何気なく部屋を覗くと、背の高い姿見の前で母が制服を身につけ、敬礼の真似をしていた。思わず噴き出しそうになったが、必死で堪《こら》えて知らん顔した。

どうして警察官に憧《あこが》れたのか聞くことはなかったけれど、若いころからの夢であったのは間違いない。もう会うことの叶《かな》わない人ではあるが、今、鏡のなかに娘の制服を身に着けた母の顔を見つけて、戸惑いながらも自問してみる。ここまで頑張ってきた、自分なりに一生懸命やってきた。誰よりも働いたとは言わないが、できることは全てしてきたつもりだ。それが認められ、女性警視として副署長まで昇りつめた。

あとひとつ上がれば、署長だ。署長になれば、その先に警視正という昇任も見えてくる。階級や役職に執着してきたつもりはないが、今、目の前にそのチャンスをぶら下げられて、口のなかに唾《つば》が溜《た》まってゆくのを感じたのも本当だ。そんな自分に嫌気がさす一方で、働く限りは上を目指すのはおかしいことではないと言い聞かせている。引け目に思う気持ちを融和させようとしている。母なら、そんな杏美の気持ちをどう思うだろう。そして、署長となった自分の姿を母は喜んでくれるだろうか。

「どう？　なってみる？」

鏡のなかの母は困ったように笑っていた。

「三河鮎子さんが怪我《けが》をした？」

「どうやら旭新地でちょっといざこざが起きて、それに巻き込まれて腰を打ったとか」と桜木が言った。

「いざこざ？　うちの扱い？」

「いえ、喧嘩《けんか》とかいうのではなく、業者と揉《も》めたらしくて」

「業者」

江島がようやく口を開く。「市役所がずい分前から、県道に面した外新地一丁目周辺の一画の再開発を進めているのですが、賃借人らが立ち退《の》きに反発しておりまして」

「市役所がどうして新地を？」

杏美も去年きたばかりで詳しくは知らない。桜木が説明する。

旭新地の土地の一部は市の所有となっている。相当昔に一般に貸し付け、借地料を得ていたが、ここ数年の不景気でテナントが出てゆき、空きビルが増えた。古びて火災や犯罪の温床となる危険性もあるため、改築するよりも立ち退いてもらおうという話になったらしい。ちょうど、市の施設を建設しようという案が浮上していたこともあり、一帯を再開発するのがいいと交渉を進めていた。

「契約はどうなっているんですか」

杏美が問うと、当然ながら更新期限は切れています、と言う。それならどうしようもない。

「まあ、そうはいっても借地人が居座っている以上、簡単には運びませんよ」桜木は言うが、交渉するにしても裁判に持ち込むにしても警察が介入することはない。とはいえ、怪我人が出るほど揉めるのなら知らん顔もできないか。杏美が言うと、江島も渋々のように頷く。

「しかも三河鮎子がからんでますからな」

「三河さんは再開発反対側？」

「そうらしいです」

「うーん」

思わず壁のカレンダーを見る。気づくと江島も桜木も見ている。祭りの日は刻々と近づいている。これからまだまだ打ち合わせもある。鮎子は、旭新地を仕切る社交飲食業組合の主だ。祭りの神輿は新地のなかも通る。警備するにしても通りに面した店は閉めてもらうなどして安全を確保しなくてはならないから、組合の協力は欠かせない。

「なんだって今、そんなことになるのかしら。市役所ってこういうの地道に交渉するものじゃないの？」

「市役所に聞いたところ、これまで散々手を替え品を替え交渉してきたと。それもそろそろ限界で、もう裁判に持ち込むしかなくなったと言っています」

「代替地は用意しているのでしょう？」

「当然」

「でも納得しない」

「そうですね。だから揉める」

「とにかく、我々が介入できる話じゃないわ。荒っぽい事態にならないよう、せいぜい釘《くぎ》を刺すくらい」と言いかけて、はっと杏美は視線を流した。江島と桜木が申し訳なさそうにしながらも、首をこくこく振っている。

ようはその釘を杏美に刺しに行けということだ。わたしが？　と思わずむくれたように唇を歪めて見せた。

「総務の主任を一緒に行かせますから。まあ、様子見ということでお願いします」

桜木は殊勝に頭を下げる。江島は、もう用件は終わったとばかりに書類を出し始めた。

午後からは会議や溜まった書類の片付けに手を取られ、気づくと退庁時間になっていた。仕方なく帰り道に寄ることにする。総務の主任も着替えると、近くのパーキングに停めていた自家用車を出してきた。表向きは私用で出向くという形だ。

桜木らに機嫌良く見送られ、署をあとにした。

鮎子の自宅は署から車で十五分ほど南下した住宅街だ。新地の喧騒から外れた閑静なエリアで、新しいタワーマンションが建つなかに古くからの住民の住まう大きな戸建てが並ぶ。三河宅は、そのひとつで二階建ての古家だ。塀から緑の老松が伸び上がっているのが見え、門扉《もんぴ》の向こうの前庭では、緑に苔生《こけむ》した佇《たたず》まいが涼しさを醸《かも》していた。脇《わき》にあるガレージには軽自動車が停まっている。

夫が死んだあと免許を持たない鮎子は車を手放したと聞いていたから、誰のだろうと思いながらインターホンを鳴らした。応じる鮎子の声が聞こえたと思ったら、すぐに石畳のアプローチの先の玄関扉が開いた。鮎子でなく若い女性だった。目鼻立ちが鮎子に似ている。案の定、「娘の及川彩里《おいかわさいり》です」と言って、軽く頭を下げた。

確か、年齢は三十歳で、大学を卒業して間もなく結婚し、別の市で暮らしていると聞いている。もう一人、淳史《あつし》という息子もいて、彩里とは三つ違いだというから三十三歳だ。アメリカ在住だと言っていた。まさか海外から呼び寄せる訳にはいかないから、手近な娘に怪我をしたといって来させたのだろう。

「旭中央署の田添です」

三和土《たたき》に入ると、靴箱の脇に大振りのトートバッグが置いてあり、彩里は上着をきちんと身に着けている。帰るところだったらしい。廊下の先から鮎子が顔を出す。玄関先で挨拶《あいさつ》だけするつもりだったが、執拗にせがまれ仕方なく家に上がる。

広く清潔なリビングに通され、革のソファに総務の主任と並んで座った。古びた感じこそあるが、壁の絵や凝った柄の絨毯《じゅうたん》、サイドボードとそのなかにある洋酒の類《たぐい》まで、どれも値の張りそうなものばかりだ。黒光りするサイドボードの上にはヘレンドの花瓶があり、写真立てが並ぶ。目を凝らすと、亡くなったご主人との旅行の写真が見える。先ほど見た彩里と淳史のもある。大学入学時のものらしく、スーツを着て畏《かしこ》まっている二人は、共に細身で、顔も面長なところが揃《そろ》って鮎子に似る。聡明《そうめい》そうな顔をしているが、浮かべた笑顔がぎこちなく見えるのは気のせいか。

足を引きずるようにして鮎子は、コーヒーを用意しようとよろよろキッチンへ向かう。ケーキだ果物だと言うのを断るが、鮎子は戻ってこようとしない。玄関ドアが開く音が聞こえて、杏美は慌ててリビングを出た。トートバッグを肩から下げた彩里が、体半分外に出しかけていた。

「もう帰られるのですか」と声をかけた。呼び止めたつもりも、深い意味があって聞いた訳でもないのだが、彩里はドアを閉めて向きを変える。

「あれくらいの怪我なら大丈夫です。大袈裟《おおげさ》に電話してくるから一応、来てみたけど。あの人は心配ありません、なんでも自分でできますから」と愛想のない言い方をする。

「はあ」としか応《こた》えられない。なんでも自分でできるかもしれないが、鮎子が娘に電話したのはそういうことではないだろう。

「心細く思われたのでしょう。怪我をしたりすると、独り暮らしが身に沁みると聞きます」

「そんな殊勝なことを感じる人じゃないですよ」と低い声で遮る。一応、奥に聞こえないよう声は抑えたようだが、それが余計に冷やかさを強くした。すぐに、初対面で大人気ないと思ったのか、僅かに口元を歪めて声を和らげた。

「母はああいう人ですから。夜の世界を女一人で生きてきた。相手が男であろうとヤクザであろうと体を張って、一歩も引かないで自分の理を通してきた。ご存知ですよね、強い人なんです。その代わりわたし達子どもは、置いてきぼりにされましたけど」

「そうでしたか」

「単に寂しいだけならどうってことないんです。ただ母がそういう仕事をしているということで色々、嫌な思いをさせられました。母が敵を多く作ったお蔭《かげ》で、兄やわたしまで巻き込まれて、仕返しの的にされたり」

「……」

親と子は別と、割り切って考えてくれる人ばかりではない。子どもや身内も同じだと容赦なく攻める愚かしい人間もいる。また子ども同士の世界でも大人の世界は影響するから、理不尽な嫌がらせや仲間はずれが起きるだろう。鮎子の二人の子どもは、ずい分と辛《つら》い思いをしたらしい。

「わたしも兄も、いっときは引き籠りのようなことになりましたから。今は、結婚してようやく普通の暮らしを送れていますけど。でも、いまだに昔のわだかまりは消せないんです。夜の仕事から離れたのだから、もう終わったことだと母は単純に考えているかもしれませんが、本当のところはなにもわかっていないんです」

親子としてちゃんと向き合う暇がなかったからと呟《つぶや》き、諦めたような表情を浮かべた。ただ、少なくとも彩里は、呼ばれて駆けつけられる距離に暮らすのだから、まだ母を労《いた》わる気持ちがあるのだ。長男はもうずっと戻ってきていないと聞く。そのことを言うと彩里は申し訳なさそうな顔をする。

「わたしよりも辛い思いをしたと思います。自分のことで精一杯だったから、兄のことまで気が回らなかった。気づいたときには人相や姿まで変わり果て、アメリカに行ったと聞かされたときは、兄なりに逃げ延びたんだと思いましたけど。お蔭で一家はばらばらです」

自嘲《じちょう》気味に、ふふっ、と笑った。リビングの扉が開いた。

「田添さん、お茶が入りましたよ。あら、彩里、帰るの？」

「じゃ」とだけ言って、彩里はドアの向こうに消えた。

杏美は鮎子に促されてリビングに戻る。ソファに座って、具合を問う。

「大したことないのよ。腰でなく自分で滑って足を捻《ひね》っただけなの」と笑った。確かに見た感じでも、それほどの怪我には見えない。ただ、そのときの悶着《もんちゃく》の様子をあれこれ言って、市役所のやり方がどうのと言い出したところで釘を刺す。

「鮎子さん、ご存知でしょうけど、我々は行政との交渉ごとに関与できないですから。どちらかに肩入れすることもできません。今日は、お怪我の様子を見に伺っただけです」

ふふふ、と柔らかに笑う。「わかってますよ。市役所との喧嘩もほどほどにしろってことでしょ」

「もちろん、なにか暴力行為など法に反することがあれば別です。そのときは遠慮なく、一一〇番なさってください」

「はいはい。この怪我も、わたしがテナントのオーナーさんを宥《なだ》めようとしたときに足を滑らせただけのことですから。警察のお世話になるような話じゃないんですよ。娘にも年甲斐なく出しゃばるからだと叱《しか》られたばかり」

同い年の杏美は、苦笑するしかない。

リビングのガラス戸越しに、車が走り去る音が聞こえた。そちらに視線を向け、

「小さい子を置いてきたから仕方ないんだけどね、たまにはゆっくりしていけばいいのに」と、鮎子はしんみりとした声で呟いた。

「お孫さんはおいくつですか」

「六つ。今年から小学校」と言いかけて、あ、しまった、と慌《あわ》てた表情を浮かべた。

「いけない。瑠理《るり》ちゃんにと思って買っておいたお洋服、渡すの忘れた。まだ間に合うかしら」

立ち上がってよろよろとドアへ向かう。杏美と主任が揃って立ち上がり、「取って

きましょう」「追いかけましょう」と言った。

総務の主任が玄関で待機し、杏美は鮎子に言われて二階の寝室にあるという紙袋を取りに上がる。そのあいだ鮎子は娘に電話をして、待つように説得した。

一階はリビングやダイニングが広く取られているので個室はないが、二階は主寝室に二人の子ども部屋、仏間、書斎、客用の部屋が並ぶ。トイレや洗面台もあって、一人暮らしとなった鮎子にしてみればほとんど使うことのない部屋ばかりだ。静かというより寂れている感さえ漂う。廊下の突き当たりが主寝室で、ここ以外はどの部屋も半開きになっていた。閉め切って空気がこもらないようにとの配慮だろうが、それが余計長く人の出入りがないことを知らしめる。

鮎子に言われて寝室のドアを開けて入る。ベッドが二つにドレッサー、クローゼットだけしかないから広々としてひと目で見渡せる。どこにも紙袋が見つからず、階段まで戻って下にいる鮎子に問うと、娘の部屋かもしれないと言う。

主寝室の隣にある彩里の部屋のなかに入った。部屋は小花を散らした壁紙に白い家具やベッドが今も埃《ほこり》ひとつなく置かれていて、その上に百貨店の紙袋があった。手に取って外に出、他の部屋もなんとなくちらちら覗きながら行く。客間と仏間は畳敷きで、ほのかに木の香りがした。息子の部屋は綺麗《きれい》に片付いているというより、引っ越したかのように物がなかった。ベッドにはマットレスだけ残っていて、百貨店の紙袋がひとつ置いてある。彩里の部屋よりも更に、使用されていない感があった。

怪我をしたりすると二階屋は不自由だ。家は老いたときのことまで考えて造ってはいない。以前は、多くの客を家に招き、主寝室はもとより子ども部屋も差し出して寝泊りさせていたと聞く。

二十六年前、鮎子は子ども二人を育てながら、夫の跡を継いで夜の世界に入った。やがて周囲に認められ、押しも押されもせぬ新地の顔となった。それが、十年ほど前から徐々に店舗を手放すようになり、七年前には不動産会社経営という地道な仕事へと完全に鞍替《くらが》えした。宅建士や土地家屋調査士の資格まで取り、今ではやり手の女社長だ。もっとも社員は数人で、社長自らが管理物件の点検、補修をし、売買の仲介をするため顧客回りまでしているらしいが。

平穏な暮らしを得たのかもしれないが、気づいてみればこの大きな家に一人きりとなっていた。普段は気を張っていても、心細さを感じるときはあるだろう。

杏美は、そんな鮎子の寂しさが蹲《うずくま》っているような二階から階段を下り、玄関先で待っていた主任に紙袋を渡した。

「娘は今、タワーマンションの前にいるの。あそこ一方通行で、戻るとなると大回りになるから、そこで待っているって」と鮎子が申し訳なさそうに言う。主任が飛び出すのを見送り、鮎子とリビングで待つことにする。コーヒーを飲み干し、祭りについて色々話をしたあと、時計を見て、「そろそろ戻るでしょうから、外で待っています」と告げた。鮎子が、そうお？　と心もとないような顔をする。

「その足でお独りでは、不自由でしょう。どなたか手伝ってくださる方はおられないんですか」

「まあ、昔お店にいた子で親しくしているのがいるから、頼んだらきてくれると思うけど」

「お願いしたらどうですか。足はちゃんと治しておかないと、癖になったら厄介ですよ」

「そうね。田添さん」

「はい？」

「あなたも去年、お母様を亡くされて、今はお独りなんでしょ？　仕事が終わったら、いつもなにしていらっしゃるの」

「なにって……特別なことはなにも。趣味らしいものも持ちませんし」

「そう。仕事が大変だから、すぐに眠れるのかしら。そういうのいいわね」

杏美は、眠れないですか、と尋ねるのを止《や》めて、「わたしはずっと一人だったようなものですから。賑《にぎ》やかだった経験がない分、他の人より寂しさを感じる度合いも低いのだと思います」と言った。

「そういうものかしら」と鮎子は自分の手に視線を落として撫でさする。さすがに長く水商売をしていた人だけあって、染みひとつない白く滑らかな肌をしている。

「そうね、寂しさなんて人それぞれよね。変なこと訊《き》いてごめんなさい」

「いえ」

「わたしって、ほら、こんなじゃない？　口の悪い商店街のジイサン連中なんか、メス虎《とら》がまた睨みを利《き》かせているなんて陰口叩くけど、昔は男を立てるつつましい奥さんだったのよ。夫が亡くなったときはまだ三十過ぎで、どうしていいか右往左往するばかり。隙《すき》あらばとって替わってやろう、なんてやつが次から次に近づいてきて大変だった。それこそヤクザ連中もいたし、怪しげな宗教団体や青少年を守る会とか言って寄付金名目の金をせびろうとする輩《やから》もいた。大概、怖い目にも遭《あ》ったわ。だけど、夜のお店でもね、気骨を持って水商売をやっている人は多いのよ。男に頼ったりせず、働いて稼いだもので子どもや家族に、ちょっとでもいい将来を作ってやろうと腹をくくって勤める女性も大勢いる。そんな人達のためにも、おかしな連中に好き勝手はさせたくない。夫もそういう人だったし、側でずっと見てきたから、わたしが踏ん張るしかないと思った」と鮎子はらしくなく、感情的に喋《しゃべ》る。そのことに羞恥《しゅうち》を覚えたのか、微《かす》かに頬を染めた。それでね、と話を続ける。

「必死に頑張ったこともあって、組合長をお引き受けするまでになったのよ。それでまた余計に発奮したわ。そして七年前、水商売から足を洗おうと思ったとき組合長も引退しようとした。だけど皆さんが引き止めてくださった。わたしが頑張ってきたことはちゃんとわかってもらっていたんだと、嬉《うれ》しかったわ」

でも、と鮎子は指にある大きな緑の石の指輪を回す。サイズが合っていないのかくるくる回る。

「がむしゃらに仕事をしていたせいで、色々なことを見過ごし、犠牲にもしたわ。今になって心無いことをしたなと、後悔することも多いの」

子ども二人のことだろう。先ほどの彩里の言葉があったから、杏美はなにも言わずに目を伏せる。

「そういうの取り戻そうと思っても、時間が戻せないのと同じで無理なのよね」

「そうかもしれませんね。ですが、取り戻せなくとも新たに作ることはできるんじゃないですか」

鮎子は、顔じゅうの筋肉を弛めた笑みを浮かべる。

「やっぱり、田添さんとは気が合うわ。実はわたしもそう思ってるの。水商売を辞めて会社の経営を始めたのもそのためよ。一人で働いて一人でこの大きな家で暮らして、寂しいと思うときも沢山あるわ。でも、いつかまた新しい関係が生まれて、新しい暮らしができると信じているの。そのためにも、もうしばらくは頑張るつもり」

杏美は、黙って頷《うなず》いた。

あ、と鮎子が声を上げ、杏美も思わず腰を浮かした。緑の石の指輪が抜けて絨毯の上に転がったのだ。屈《かが》んで探そうとする鮎子に替わって、テーブルの下にはいつくばって拾う。

「ごめんなさい、副署長さんに拾わせて」

「いえいえ、高価な指輪ですから」

「あら、これ偽物《にせもの》よ。ガラス玉」

指に嵌《は》めながら、にんまりと笑う。

「こんな成金的な宝石を身に付けているのも、わたしなんかには必要なの。欲に目がくらんだ軽薄な連中には、ある意味、いい目くらましになる」

なんだ、というのが顔に出たのだろう、杏美を見て豪快に笑う。

「わたし、本当はチャラチャラしたのが大嫌い。人間は素っ裸で生きて、素っ裸で勝負するものよ。わたしはそうしてきたつもり。肝心なときは、権謀術数よりも正直な声が一番伝わったわ。ごちゃごちゃ飾り立てるのはオスのすることで、それもメスを誘うため。動物はみんなそう。でしょう？」

「ふふふ。そうですね。人類だけは逆ですが、でも最近は男性も着飾るようにはなったようですよ」

「そうみたいねぇ。ということは、そういう着飾る男をメスが選んでやればいいのよね。そうだ、田添さん、お独りでしょ。家庭を持たないと決めた訳じゃないんでしょ？　まだまだわたし達、引退する歳じゃないし、そうよ、田添さん、頑張りましょうよ。ねえ、良いお相手、今からでも捜せるわ、わたしが知り合いに声かけてみる。ほら、例のマッチングアプリ？　あれでもいいし、ご一緒に、ねえ」

杏美は慌てて立ち上がる。ドアの開く音がして、走るようにして玄関へ出た。上がり框《かまち》に片足をかける主任に、失礼しましょうと急《せ》かし、靴に爪先《つまさき》を突っ込む。

「それではまた祭りの打ち合わせのときに。どうぞお大事に」と放り投げるように挨拶して背を向けた。主任と共に車を停めている有料駐車場まで小走りする。今日は、このまま自宅に戻ることになっているから、家の近くまで送ってもらうことにして、ほっと息を吐いた。

後部座席で、今後祭りの打ち合わせは貴美佳に全部振ってしまおうかと真剣に考える。総務の主任がバックミラーを覗きながら、にっこり笑うのが見えた。

「三河さん、すっかりご機嫌な感じでしたね。副署長に来てもらえたのが余程嬉しかったんでしょうね」

杏美はシートの背に深くもたれて、ため息を呑《の》み込んだ。

7

午後九時。前と同じ部屋だった。

栗木洋吾はやはり先にきていて、ドリンクをすっかり飲み干している。杏美がオーダーするのに合わせて、ピザと焼酎《しょうちゅう》のロックを頼んだ。

「ネットで呟いた女の身元が判明した」

そういって書類をテーブルに滑らせた。杏美は、手に取り目を通す。

坂井有理紗《ありさ》、二十八歳。ハンナ幼稚園教諭。大学卒業後くらいから市之瀬ケントと交際、最近別れる。坂井のアパート（隣接の市内）でケントと六年ほど同棲《どうせい》。現在の店を開くに当たって相当な援助をしたと思われる。その出所金は不明。本人は結婚するつもりだったらしいが、振られたことで逆恨み。今年の春ごろ、嫌がらせをしたことから警察で取り調べを受ける。ただし、説諭のみですぐに釈放。

「今年の春」そう呟くと、栗木は、「お宅の管轄《かんかつ》じゃないよ。ゴールデンウイーク前だったか、市之瀬が車で外出するのをつけ回し、挙句、パーキングエリアで停まった隙に、お好み焼きを買ってフロントガラスに投げつけたらしい。その場で確保され、所轄で聴取。市之瀬が被害を申し出ず、穏便にしてくれと言ったため事件にはならなかった。それ以降は問題を起こしてはいないが、市之瀬を追い回すことは止めていなかったようだな」

「そこで、運悪く新しい彼女を見てしまった」

「そうだな」

「この女性の背後関係は？」

「今のところ特に出ない。幼稚園の方には、器物損壊で任同されたことはバレていないようだ。ただ、もし知られたら働けなくなるだろう。さすがにそのことがわかっているから無茶な真似《まね》はしなくなったとも思える」

「だったらいいんですけど」と言いながら、レモンサワーを飲み、目だけ向けた。栗木は画面の映像を見ながら、音楽に合わせて体を揺すっている。

監察はもしかすると、既にこの坂井有理紗と接触しているのかもしれない。これ以上、妙な書き込みをしたり、貴美佳に近づいたりしないよう首根っこを押さえているのではないか。そうでなければ、幼稚園に器物損壊の件はバレていないとか、知られたら働けなくなるなどという言い方はしないだろう。

杏美も当然ながら本部勤務の経験はある。警務部では教養課にいて監察課と接触することは余りなかった。それでも同じ部だから仕事の話は耳に入るし、噂《うわさ》も聞く。傍から見ていても、常になにか表に出せないものを抱えているような密《ひそ》やかさだけは感じられた。よもや違法なことはするまいが、事案によっては少々強引なことはするかもしれない。なにせ、警察官を調べる部署でもあるのだから。

監察課の職員は人並み以上の冷静さと優れた観察眼、痛手を被《こうむ》った際にはより軽く済む落しどころを探る判断力を備えねばならない。組織を守るという大義があるから迷いもないし、どんなことでもできると信じている。

「それで？」

いきなり声をかけられた。機嫌良く鼻歌を歌っていたと思ったら、杏美が言い出すのを待っていたらしい。慌てて、貴美佳から聞いた話を告げる。

「そんなことだろうと思った」

栗木は焼酎のロックを飲み干し、音を立ててテーブルに置く。

「なんとかそれ回収してよ」

「はあ？」

「そうしてくれれば、あとはこっちでなんとかする」

こっちでなんとか、ってなんだろうと思いながらも、いやそれよりも、と意識を戻す。

「どうやって回収しろと？　うちのを使ってもいいんですか」

「あー、それ駄目。ヒラや主任はもちろん、警部クラスであっても、どこからどう漏れるかわからないから。俺は、田添さんを見込んで頼んでいるんだよ」

「ですが、大人しく交渉に応じる相手とは思えません」

「そこはなんとか考えてよ。ご本人にも手伝ってもらって」

「署、いえ彼女にですか」

「そうだよ。元は自分の不始末なんだから。なんか方法あるでしょ」

そういって、さっさとタブレットを引き寄せ、曲を選び始める。イントロが鳴ってマイクを握るまで、杏美を見ようとしなかった。仕方なく席を立ち、室内の敬礼をして部屋を出た。

短い廊下を辿《たど》ってエレベータの前に立つが、上から降りてくるのがわかって突き当たりの非常階段を下りることにする。踊り場を回って出口の扉を押しかけたとき、ふいに頭の奥でなにかが反応した。立ち止まって階段を見上げる。もう一度戻って確かめようか。いや、間違いない。ちゃんと記憶に入っている。

市之瀬ケントの元カノである坂井有理紗が勤めているのは、ハンナ幼稚園。それは確か、仁志菜々美さんが通っていた園だ。

六年前、坂井有理紗は幼稚園で働いていたのだろうか。

考え過ぎてよく眠れなかった。

いつもより早い時間に起きて、そのまま出署する。近くのコンビニで買ったパンとドリンクを持って、更衣室に上がった。まだ始業時間前なのでそっとドアを開け、なかを窺《うかが》うとベッドに人がいる気配がする。足音を立てないよう、奥の畳敷きへと入った。そこでパンを齧《かじ》っていると、トイレから誰かが出てくるのが見えた。

刑事課の女性捜査員だ。当直だったのか、それとも上原祐介の追跡で泊まり込んだのか。顔色が酷《ひど》く悪く、上半身を僅《わず》かだが屈ませている。

「どうしたの。具合でも悪いの」

誰もいないと思っていた畳敷きから声をかけられたせいで、びっくりした顔をした。

「あ……お早うございます、副署長。いえ、大丈夫です」

納得しない顔でじっと見つめていると、観念したように眉《まゆ》を寄せる。

「その、夜中に腹痛がして、それからずっと――」と言いかけてふいに、うっと呻《うめ》く声をあげた。両手でお腹《なか》を押さえ、そのまま前のめりに倒れかかる。杏美は咄嗟《とっさ》に手を伸ばしたが、重くて支えきれない。

「誰かっ。ちょっと来てっ」

叫ぶと、奥のベッドで女性が跳ねるようにして起き上がるのが見えた。裸足《はだし》のまま、「副署長」と叫びながら駆け寄る。すぐに察して女性刑事を抱えた。二人でゆっくり床に下ろして覗き込むと女性は顔じゅうに汗をかき、固く目を瞑《つむ》って細かに体を震わせている。

「しっかりしてっ。救急車を呼んで」

「はいっ」

女性署員は携帯電話を耳に当てながら、更衣室を飛び出して廊下から声を張った。すぐに反応があって、当直の署員らが駆け上がってくる足音がした。

「どうした」

「あれ、副署長？」

「彼女を畳の上に運んで」と杏美はすぐに指示する。ジャージ姿の男性らが、抱え上げてそろそろ移動する。杏美は、横たわる女性に何度も声をかけるが、返事はおろか目を開けることもしない。

「いったい、どうしたんですか」

「わからないわ。深夜から具合が悪かったらしいの」

騒ぎを聞きつけた当直責任者が顔を出し、私服姿の女性警官もやって来た。出署したばかりらしい桜木も、薄いジャケット姿で顔を覗かせる。

救急車のサイレンが聞こえて杏美は立ち上がった。桜木に、あとはお願い、と声をかけて更衣室を出る。

「仕事の疲労からきているとしたら問題だわね」

次々に出勤してくる署員に挨拶しながら階段を下りる。途中、刑事課に寄ってみようかと思ったが、余計なことまで言いそうなので止《よ》す。朝の課長会議で詳しいことがわかるだろうし、そのとき捜査員の勤務状況を尋ねればいい。

ひとまず署長室に入って、杏美自ら貴美佳に報告する。間もなく江島と桜木も制服姿でやって来て、近くの総合病院に搬送したと伝えた。いっとき、受付や署内が慌だしかったが、すぐに落ち着く。

それを見て安堵《あんど》したのか、江島が昨日の鮎子の件を持ち出した。総務の主任が報告したらしく、二人とも喜色満面の顔で引き続きお願いしますと言う。なにが引き続きなのかと突っ込みたい気持ちを堪え、次の祭り打ち合わせ会議の日程を確認する。それから朝礼前の会議のため、再び署長室の扉をノックした。

昨日の当直の報告を聞く前に、杏美は今朝の騒動を持ち出した。

「まだ詳しいことはわからないけど、刑事課員に疲労があるなら」と言いかけて言葉を止める。向かいに座る刑事課長の様子がおかしい。瞼《まぶた》が重く垂れて、気怠《けだる》そうにしている。頭を振って、時折、喉《のど》を押さえて空咳《からぜき》までした。桜木も気づいて、「夏風邪でもひきましたか」と訊くが、存外にはっきりした口調で、ちょっとした睡眠不足でしょう、と苦笑いを返した。そして、女性刑事が搬送されたことについては、すぐに誰かを病院に行かせて確認する、とだけ応えた。

「それで上原祐介の方はどうなのですか」

貴美佳が改めて問うと、真剣な顔をした。

「はい。立ち回り先と思える箇所は全《すべ》て捜索し、二十四時間態勢で張りついておりますが、今、現在も発見できておりません」

「ここに戻ってきた理由は判明しましたか」

課長は小さく首を振る。

「できれば姉である遠野多紀子及び内縁の妻である橘真冬の電話履歴を調べたいと思っているのですが。現段階では盗聴は無理だろうということでしたから」

貴美佳は眉を顰《ひそ》め、杏美を振り返る。杏美も首を傾《かし》げて見せた。

既に多紀子と真冬の二人には刑事らが聴取していた。上原と会ってもいないし、連絡もないと言っている。許可をもらって室内や店内の捜索もしたが発見どころか、潜伏していた気配もない。両名の態度に怪しむべきところはなく、上原の姿を捉《とら》えたカメラ映像だけでは盗聴許可は下りないだろう。

盗聴できないことには、刑事課長もあっさり納得したが、代わりに電話履歴を調べたいと言う。上原と思われる人物からの通話が見つかれば、それを端緒により緻密《ちみつ》な張り込みを行い、追跡ができるからだ。上原本人でなくとも、普段、連絡を寄越さないような人間からの番号があれば怪しむに足りる。刑事課にしてみれば、少しでも上原の足取りを摑《つか》みたいし、そのためには誰をマークすればいいのか絞り込みたいのだ。万が一にも、刑事課が把握していない協力者がいたら目も当てられない。そのことには貴美佳も危惧《きぐ》を覚えているらしく、頭ごなしに否定せず、「もう少し、多紀子と真冬の二人を調べる根拠となるものが出てこないですか」と言う。

戻ってきた指名手配犯を捕らえることは、今の旭中央署では最大の任務であり、市民への危険性を考えれば最優先に扱う事案だ。一刻も早くという気持ちがあるのは、貴美佳も課長も杏美も同じだ。更に言えば、署長をしているあいだに上原祐介を確保となれば、キャリア警視正の面目も立つ。貴美佳の抱える私的問題を鑑《かんが》みれば、挽回《ばんかい》しようと多少は強引なことをしかねないのではないか。杏美は杏美でおかしな案じ方をしてしまう。

「課長、大丈夫ですか」

桜木がまた声をかけるのに、杏美も貴美佳も顔を向けた。額に妙な汗をかいている。杏美は今朝の女性刑事のことと合わせて、「捜査員らの勤務に余り無理なことはしてないでしょうね。緊急事案であることはわかりますが、体調を崩してはなんにもならないですから」と言わずもがなのことを言っておく。課長は小さく頷くと、いきなり立ち上がる。

「ちょっとお先に失礼します」と部屋を出て行った。

桜木が、「トイレでしょう」と言い、江島も肩をすくめる。その途端、ドアの向こうから椅子《いす》かなにかが倒れるように音がして、悲鳴らしき声が上がった。杏美と貴美佳がばっと立ち上がり、課長らがいっせいにドアへ駆け寄る。

受付を見ると、署員らがカウンターの手前に集まって、「課長、課長っ」と叫んでいる。側には、回転椅子が横倒しになっていた。

「どうしたの」

「なんだ、なにがあった」

一人が振り返り、「刑事課長が」と言う。

「え」

カウンターの向こうを通りかかった署員も引きつった表情をしている。杏美らが駆け寄ろうとしたとき、集まっていた輪が崩れて、なかから刑事課長が起き上がった。青い顔に脂汗《あぶらあせ》を浮かべ、署員に肘《ひじ》を支えられている。

「大丈夫ですか」

「どうしました」

「病院へ」

課長や桜木が口々に言うが、刑事課長は乱暴に手を振って周囲の署員を払いのける。

「いや、お気遣いなく。なに、ちょっと足下が滑っただけです」

「刑事課長、そんな訳ないでしょう」

　杏美が強い口調で言うと、無視もできずに渋々のように顔をこちらに向けた。桜木が署員に、持ち場に戻れと手を振り、貴美佳が替わって近づく。

「具合が悪いのなら無理をしないで、ちゃんと病院で診てもらってください。体調の管理も職務のひとつです」

　署長の言葉にはさすがに頷いてみせる。階段をゆっくり上がってゆくのを見送った。

　朝礼に刑事課長は姿を現さなかった。講堂に集まる署員らを目で追ううち、杏美は刑事課強行犯係からの出席者がいないことに気づく。事件捜査中は出席しなくても構わないが、一人二人くらいは大概出ているものなのに。

　刑事課員の体調も気になったが、今の杏美にはそれ以上に頭から離れないことがあった。

　午後から無理に時間を作る。私服姿になったのを桜木らは不思議そうに見やるが、杏美は声をかけられる前に、そそくさと出る。バスを乗り継ぎ、住宅街を歩いた。

　単なる偶然だろうか。否《いな》、と首を振った。昔、ベテランの捜査刑事が、『こと事件においては偶然などという理由付けはない。一度は疑ってかかるべきだ』と言っていたことを思い出した。警察官として確認しない訳にはいかない。

角を曲がればハンナ幼稚園が見えるところで足を止める。そろそろ園児らが帰る時刻だ。迎えにきた親と送り出す教諭らの様子を窺う。

園児らは揃いの薄いブルーの服を着て、黄色の鞄《かばん》、臙脂《えんじ》色《いろ》の帽子を身につけていた。遠目に見てもすぐにハンナ幼稚園の制服とわかる。旭中央署に来てすぐ、頭のなかに刻み込んだ姿だった。写真のなかの仁志菜々美さんは両親に挟まれ、恥ずかしそうに笑っていた。

事件があって以来、この幼稚園も変わったと聞く。防犯対策が強化され、余程近くの住まいでなければ、園児はみな送迎バスに乗る。送り迎えにおいて保護者の確認は厳しくなった。園内だけでなく、門扉やフェンス際《ぎわ》にも防犯カメラが設置された。

だから杏美は近くに寄らず、カメラの視野から外れるように電柱の側に立った。陽射《ひざ》しを遮るものがなく、細い柱の陰に身を置いてハンカチで汗を拭《ぬぐ》い続ける。

栗木から見せられた写真の顔を頭に浮かべ、園内を注視する。すぐに坂井有理紗を見つけた。栗色《くりいろ》の髪をひとつに結び、薄い化粧をして微笑《ほほえ》んでいる。園児に向ける笑顔や清潔そうな容姿を見る限り、激情に任せて元彼の車にお好み焼きをぶつける女性には見えない。だが、穏やかな幼稚園教諭の姿が作り物で、男への未練からストーカーをし、感情のまま事件を起こすのが彼女の本性ならとんでもないことだ。表と裏の顔を持つ、歪《ゆが》んだ心の持ち主がもし、幼稚園で働き、幼い子どもの側にいるとしたら。

　杏美の側を園児の手を引いた母親らしき人が通りかかる。目が合ったので、軽く会《え》釈《しゃく》して訊いてみた。

「知人のお孫さんが、ハンナ幼稚園にお世話になりたいと言っていましてね。それでお散歩のついでに覗《のぞ》いてみたんですけど。どうですか、良い幼稚園だと聞いていますが」

　母親は子どもに目をやって、ちらりと幼稚園を振り返った。

「いい園ですよ。園長先生も先生方も良い方で、きちんと保護者の話も聞いてくれますし」と、にこっと笑う。

「先生はベテランの方ばかりですか？　知り合いのお孫さんは人見知りが激しいらしくて、ご面倒をおかけするのじゃないかと心配しているんですよ」

「えっと、確か一年目の先生が一人で、あとは皆さん十年に近い方ばかりじゃなかったかしら。園長先生がとにかく厳しい方で、雇われる際にも長く勤めることを条件にされていると聞いています。その分、勤務条件や福利厚生面もしっかりしていて、職場としては恵まれた環境のようですよ。その方が、先生も安心して集中してくれるから、結局は保護者や園児にとっても良いことですしね」

「なるほど。いいことを伺ったわ。すぐに友達に話して安心させてやります。お引き止めしてごめんなさいね。ありがとう」

バイバイと言って子どもに手を振り、杏美はそそくさとその場を離れた。

署に戻るバスに乗って、大きく息を吐いた。

自分はいったいなにをしているのだろう。気になるのなら、刑事でも総務の係員でもいいから、相談して捜査を命じればいいのだ。だが、それができない。坂井有理紗は、貴美佳に繋《つな》がることだから慎重にならざるを得ない。仁志菜々美さんのことも、上原祐介の件も祭りのことも、みな同じだけ気になる。こんな大変なときなのに、またひとつ自分一人で抱え込むことが増え、心も体も重くなる気がした。

腕を組んで目を瞑る。少しして目を開き停車ボタンを押した。降りてから一旦《いったん》、署に連絡し、夕方の地域運動会議までには戻ると桜木に伝える。ついでに貴美佳の様子を尋ねた。特に変わりはないといって電話を切りかけた桜木が早口で言った。

「刑事課長が先ほど近くの病院に行くと出ました。薬をもらってすぐ戻ると言っていましたが、ずい分、しんどそうでしたね」

「そう。女性の捜査員は？」

「治療を終えて今は落ち着いているようです。医者の話では食べ物に当たったようだということでしたが」

「他の捜査員はどう？」

「え？　いや、特には聞いていませんが。みんな捜査に出払っていると思います」

「わかりました。それでは、なにかあれば連絡ください」

歩道端から手を振り上げ、タクシーを停めた。そして、旭新地へと向かった。


三河鮎子が新地で経営していた最後の店舗を手放し、本格的に不動産業を始めたのが七年前と聞いている。

それまでは、バーやスナック、ラウンジにライブハウス、ディスコなどの商業店舗だけでなく、駐車場まで扱っていた。経営も悪くなく、それこそなに不自由のない暮らしをしていた。それが少しずつ人手に渡したり、店を閉めて買い手を待っていたりする状態に変わっていった。自分の店の賃貸借を扱うために始めた不動産業だったが、今は、他のテナントや土地の売り買いの仲介にまで手を広げ、新地のなかでは重宝されていた。

奥新地の西端に細長い店舗ビルがあり、その一階に事務所を構えている。

ガラス扉を開けて入ると事務の女性と営業の男性が振り返って、元気な挨拶をくれる。軽く会釈をして奥を窺う風をして見せると、女性がすぐに社長室のドアを開けて鮎子に声をかけた。足を引きずるようにして出てきた鮎子が、杏美を見て大きな笑顔を広げる。

「あら、田添さん、昨日はお見舞いありがとうございました。今日もまた会社まで来てくださるなんて」

入って入ってと手で招き、女性社員においしい紅茶があったでしょと指示する。すぐに断り、ちょっとお聞きしたいことがあって、と言った。

鮎子は軽く目を瞠《みは》る。あら、わたしに？　と呟いて頷いた。

「なにかしら。いいわ、こちらに来て。ああ、お茶はあとでね」と先に立って、奥の部屋のドアを開ける。

「お忙しいのにすみません」

「いいの、いいの。忙しくなんかないのよ。さっきまで、あんまり暇だったから、うちの若い子に、マッチングアプリっていうの？　それを教えてもらっていたくらいよ」

六畳ほどの部屋にある質素なソファセットを示して、鮎子もひとつに座る。

「それでなにかしら。なんでもおっしゃって」

鮎子は興味津々《しんしん》という目つきで、両手を揉《も》みしだく。

杏美は、少しだけここに来たのを後悔した。

8

終業時刻が過ぎて当直態勢に入ったころから、妙な知らせが入り始めた。

「強行犯の刑事が？」

「はい。一人、青い顔をして戻ってきたようです」

桜木が言い、総務の係員に、そうだな、と確認する。

「どうしたのかしら」

「今朝の女性刑事や刑事課長のこともあったので、ちょっと気になりましてね」と桜木が言うのに、杏美も改めて訊く。

「課長は病院から戻ってきたのよね。今は、課にいるの？」

「はい、戻ってはいるようですが。聞いたところによると、医師からもっと大きな病院に行った方がいい、それもすぐにと言われたとか」と他人事《ひとごと》のように困った顔をして見せるから、思わず声を荒らげた。

「なんですって？　どうしてそれを早く言わないの」

杏美は自分の顔が険しくなるのを意識せずにはいられない。桜木も他の署員も杏美の権幕に腰を浮かしかけた。苛立《いらだ》つ気持ちが顔に出るのを抑えられない。今どき、事件のため捜査のため、家庭もなにもかも犠牲にして身を粉にして働いた末、寿命を縮めるなど誰も立派だと褒めたりしない。刑事課長はそろそろ五十になろうという刑事畑のベテランで、少々気は荒いが物のわかった人物だと思っていた。いくら指名手配犯が近くにいるからといって、なんと愚かなこと。

刑事課に向かおうとしたら、廊下から私服姿の貴美佳が現れた。

「あ、署長」

「副署長の部屋の灯りが見えたので、なにかあったのかと戻ってきたのですが」

署長室も副署長室も駐車場に面して窓があるから、官舎にいれば見通せる。

「なにかありましたか」杏美の様子がおかしいのをすぐに察したようだ。

「はい。刑事課で課長を含め、複数の課員が体調を崩しているようです」

「複数？　今朝の女性警官以外にということですか」

「ええ。女性の方は食中毒の疑いがあるということでした」

「刑事課長はまだ部屋にいるのですか」と問うたとき、けたたましい電話の音が鳴り響いた。

応答した署員が、「通報です！」と叫ぶ。

「どうしたの」杏美が問う。

「張り込みに出ていた刑事が搬送されましたっ」

杏美や貴美佳、桜木らが動きを止め、啞然《あぜん》として口を開けた。すぐに別の電話が鳴り出し、署員が飛びつく。

「強行係の雑賀係長が具合が悪くて動けないと言っています」

詳細を直《じか》に聞こうと、杏美が近づきかけたとき、また電話が鳴った。次々に他のも鳴り出し、当直員らが慌てて対応する。

「現場の刑事から、至急、誰かを寄越してくれと」

「こちらは救急隊員からの連絡です。うちの署員が搬送された模様」

「どうしたんだ。今どこにいるっ」受話器を取った桜木までが、真っ赤な顔をして怒鳴っている。

貴美佳が茫然《ぼうぜん》と、その光景を見つめていた。「なにが起きているの」

「署長っ」

すぐ側から張りつめた声が聞こえ、杏美も貴美佳も驚いて振り返った。見ると、刑事課の当直員が駆け下りてきたらしく、息を切らしてカウンターに手を突いている。上半身を乗り出して、唾《つば》を飛ばした。

「署長、橘真冬が死亡しました。留地《とめち》二丁目の雑居ビルの屋上から落ちたと、たった今、連絡が入りました」

「なんですって」

杏美が叫ぶと、電話応対をしている桜木や他の署員も、見開いた目をこちらに向けた。

「橘？」貴美佳が戸惑うように呟く。杏美がすぐに、「上原祐介の内縁の妻です」と震える声で言う。

「どういうこと？」と貴美佳が、目元を痙攣《けいれん》させた。

「詳しく報告してっ」杏美が怒鳴る。

「は、はい。安上刑事と共に橘真冬を見張っていた久野《くの》刑事からです。一時見失った真冬を捜していたところ、安上刑事が地面に倒れている真冬を発見し、久野に連絡。久野が現場に着いた時点では、既に死亡していたと」

ただ、と言いかけて口を閉じた。桜木が苛立ちを抑え切れないように、どうしたと唾を飛ばす。

「は、はい。その際、安上刑事はビルの屋上に人影を見たと言っているそうです」

「なんですって」

「本当ですか」

上司二人に揃《そろ》って叫ばれ、報告にきた刑事は緊張に顔を強張《こわば》らせる。

「すぐに安上刑事を呼んで」

だが、当直員は途方に暮れたような顔を左右に振った。

「安上刑事は救急車で運ばれました」

全員が声を失い、その場に固まった。まさか、犯人に襲われた？

「いえ、いきなり意識を失ってその場に倒れたようです」

真冬のために呼んだ救急車だったが、死亡確認をしたため、急遽《きゅうきょ》、安上の搬送に回ったらしい。

「襲撃された訳ではないのですね」

貴美佳が念を押すように強く投げる。当直員は小さく頷くが、すぐに横にも振る。

「それが一緒にいる久野刑事も具合が悪く、動けないと言うので当直の他係が応援に向かいました。現場には交番員が先着し、規制線は間もなく張られるかと思いますが」

いきなりサイレン音が轟《とどろ》き渡り、貴美佳が驚いて両肩を跳ね上げる。本署に待機していたパトカーがいっせいに出動したようだ。

鳴り止まない電話と飛び交う声に囲まれていながら、杏美はなぜか声が遠のくのを感じた。耳の奥に水が溜《た》まったときのような薄い膜が張る。焦《あせ》って喚《わめ》き散らす声が濁って響き、どこか現実離れして聞こえた。ぼんやりしていたのだろう。

「田添さん」すぐ横から貴美佳が悲痛な声を上げたのに、ぱちんと膜が弾《はじ》けた。生の声が頭に突き刺さってくる。

「旭中央署の刑事課はどうなっているのです？」

そう呟《つぶや》くのが聞こえた。


全員が座ったまま黙り込んでいる。署長室、午後十一時四十三分。

刑事課長を除く全課長が呼び寄せられ、執務机に貴美佳が、応接セットの一人用ソファに杏美が座って江島課長が近くに控える。刑事課からは他の係の係長が出席し、後ろの会議用テーブルに着いた。クーラーが効いている筈《はず》なのに、中年の男性はみな扇子を忙《せわ》しなく動かしている。それが暑さを凌《しの》ぐためだけではないのはわかっている。

桜木や総務の係員は総合病院に出向いており、つい今しがた報告が入ったところだった。

ボツリヌス菌中毒。

それが刑事課強行犯係のほとんどと盗犯係の一部の係員の病名だった。一番、重篤《じゅうとく》なのは刑事課長で、橘真冬死亡の一報を受けた騒ぎのなか、部屋で昏倒《こんとう》した。呼吸ができないようで酷く苦しがり、すぐに救急搬送。他にもあちこち捜査に出払っていた刑事らが体調不良を訴え、動ける者には自力で病院に行くよう指示、症状の重いものは署から一一九番に連絡して救急車に迎えに行ってもらった。

その一方、真冬の事件には、強行犯係で無事な者に加え、知能犯、暴力犯係など全てを駆り出し、交番員から当直員まで動員して現場保存と地取り捜査をさせた。防犯カメラも探して精査させたが、真冬以外で現場付近に怪しい人影は見当たらなかった。

飛び降りたと思われる留地二丁目の寿《ことぶき》ビルは古い雑居ビルで、空き部屋も多く、防犯カメラは入り口にひとつあるだけ。非常口やエレベータはおろか、外階段にも設置されていなかった。鑑識調べと初動捜査では、真冬の死亡を殺人と結びつけるものはなにも発見されなかった。

重苦しい雰囲気のなかでも、明らかになってゆくことを集め、整理し、優先順位をつけ、対処法を明確にしていかねばならない。それも出来る限り早急に。

俵貴美佳は、本領発揮と口を開いた。

「間もなく桜木係長から各捜査員の個々の容態が知らされるでしょう。医師の見解では恐らく菌の入った食品を摂取したためとのことですが、これには田添副署長に心当たりがあるそうです」

杏美は鈍い怠《だる》さを感じながらも、腹に力を入れる。

「上原祐介が管内で目撃された夜、招集された強行犯や盗犯の刑事らが夜食を摂《と》ろうとしていたのを見ています。九州出身の若い巡査が、実家から送ってきた真空パック食品や自家製の瓶詰を運んでいました。明日朝には、本署刑事課及びその巡査の寮の自室に保健所が立入調査に入ります。食品の残りがあるか確認し、あれば検査に回すということです」

考えられるのはあのときだ、とすぐに頭に浮かんだ。屈託ない顔で寮から駆け戻ってきた若い刑事。

「中毒の発生源、感染ルート、消毒などは保健所に任せるとして、病状ですが、ボツリヌス菌中毒は食中毒のなかでも危険度の相当高いものだそうです。酷い場合は脳障害を起こし、筋力麻痺《まひ》、呼吸困難となって気管挿管、数か月の入院も余儀なくされます。また回復しても運動機能の低下をリハビリで元に戻すまで、数年かかる場合もあると言います」

そこで一旦口を閉じ、貴美佳は大きく胸を上下させた。

「旭中央の刑事課強行犯係は、今や動けるのは二、三名のみで、実質不能状態です。このことは既に本部に連絡しましたが、こちらからもなんらかの対処法を提示すべきと考えます」

杏美も付け足す。

「今は指名手配犯上原祐介が管内に潜伏している可能性があります。そこに上原の内縁の妻、橘真冬が不審死しました。加えて、阿佐比神社の祭礼まであとひと月ほど。仁志菜々美さんの捜索活動も始めなくてはなりません。今、旭中央署が抱える現状と今後を鑑みれば、強行の係員を失った埋め合わせを他の係で補うのは難しいと、署長とわたしは判断しました」

課長らは杏美を見つめたあと、その向こうの執務机にいる貴美佳へと視線を移す。会議テーブルに着く刑事課の係員も黙って待っている。

貴美佳が言う。

「本部には、強行犯係の替わりとして、幹部を含めた複数名の捜査員を応援に回してもらうよう要請するつもりです」

課長らが頷くようにして背をシートにつけ、なかには大仰に息を吐くのもいる。

「誰が来るかは本部の判断でしょうが、刑事課の他の皆さんは元より、全課、全署員、この緊急事態を乗り切るためご協力をお願いします」

貴美佳が立ち上がり、頭を下げた。課長や係員は気圧《けお》されたように頷き、各々《おのおの》頭を下げる。

杏美が立ち上がって、貴美佳に近づいた。なんでしょう、と目を向けるのに杏美は再び腹に力を入れる。

「本部に応援要請をされるのであれば、ぜひ、呼んでいただきたい捜査一課の班があります」

貴美佳は不思議そうに目を瞬かせた。

9

遅くまで貴美佳や江島らと今後の話を詰めていたため、結局、杏美はまた署に泊ることになった。

朝早く一階に下りると、目を赤くした江島課長が近づいてきた。

「来られましたよ」

「誰が？」と思わず眉間《みけん》に皺《しわ》を寄せた。

もう記者連中が来たのかと思った。マスコミ対応をするのは副署長の役目だ。

「本部の応援に決まっているじゃないですか」と逆に不思議そうな顔をする。杏美は、慌《あわ》てて話を合わせ、「ああ、早かったわね。じゃあ、先にちょっと刑事課を覗いてみるわ」と踵《きびす》を返そうとしたら、江島がすぐに手を振った。

「とっくにいませんよ」

回りくどい言い方をするなと睨《にら》むと、江島は頭を掻《か》く。

「署長が本部へ行って留守だと知ると、そのまんま現場に出て行かれました。班長が直々にですよ」

「ああ、そう」

あの男なら、そうするだろう。杏美は、そのまま副署長室に向かう。把手《とって》に手をかけたとき、「田添副署長」と声がかかった。振り向くと、カウンターの側で若い女性が笑顔でこちらを向いている。その場で姿勢を正し、室内の敬礼をした。

「あなた、確か、佐紋の」

「はい。野上《のがみ》です。佐紋署刑安課にいました野上麻希《まき》です。ご無沙汰《ぶさた》しています」

軽快に走り寄ってくると、嬉《うれ》しそうな顔でまた頭を下げる。

「確か、刑事係だったわね。こっちに異動したの？」

佐紋署は田舎の小さな署で、刑事課と生活安全課を合わせた刑安課がひとつあるだけだ。そのなかで野上は生活安全係として働いていた。元々、刑事になることを希望していたから、刑事講習を受けたあとは、刑事係員という立場に替わって務めていた筈だ。

「はい。昨年秋の異動で捜査一課に配属されました。今は花野《はなの》班長の下で働いています」

「そうなの。じゃあ、今は巡査部長？」

「はい」

偶然なのか、花野が引いたのか。当時、生活安全係だった野上麻希を刑事にしたらどうだと勧めたのは花野だった。自分の手元に置いて育てようと考えるほど、あの男は殊勝でも勤勉でもないが、野上の様子を見る限り、充分期待には応《こた》えている気がした。

後ろに同僚らしい若い捜査員が立って待っている。

「今、現場から戻ってきたの？　花野さんも一緒？」

「あ、いえ。わたし達は病院に確認に行っていましたので」

「ああそうなの。話は聞けた？」

「はあ、まあ」

まずは班長に報告してからという顔をする。配属になってまだ一年にもならないのに、すっかり花野班のメンバーのようだ。

「あ」とその野上がふいに声を上げた。同時に、課長席にいた江島が慌てて立ち上がる。

釣られるように桜木や近くの署員も椅子を蹴立《けた》て、みな同じ方向を向いた。

弾丸のように飛んでゆく野上を目で追って、杏美は振り返る。署の裏口から入ってきたのだろう、大きな熊《くま》が廊下の角から姿を現わした。濃い茶のスーツに臙脂色のネクタイ、ズボンのポケットに左手を入れながら、のしのし歩いている。その周囲を人相の悪い子熊が取り囲んでいた。

県警本部刑事部捜査一課三係の花野司朗《しろう》警部。

年齢は杏美より三つ下の五十五歳。三十年ほどの警察官人生のほとんどを捜査畑で生きてきた男だ。見上げるような巨体にスーツがはち切れそうな肉付き、刑事でなければ犯罪者しか持ち得ないような冷たい目。

そんな人間が黒い集団と共に現れ、カウンターの前で足を止め、一帯をねめつける。

号令をかけられた訳でもないのに、その場にいた総務課員や交通課員らは口を噤《つぐ》み、空気を揺らすのさえ憚《はばか》るように動きを止めた。出勤してきた地域課員は、なにが起きたのかとぎょっと足を止め、挨拶《あいさつ》の声を呑《の》み込んだ。

花野の感情のない目が、すいとこちらに流れる。どうやら杏美を待ってくれているようだとわかって近づく。

「お久しぶりです、花野班長」

「どうも」

花野とは、佐紋署での事件で顔を合わせて以来だから、およそ二年半振りだ。

「現場に行っていたそうですね。なにかわかりましたか」

「ご指名いただいたそうで」

この場で事件の話はする気はないという顔で訊《き》く。

「え。ああ」

本部に応援要請するのなら、できれば花野の班を呼んでもらいたいと貴美佳に頼んだ。たまたま扱っている事件がなかったこともあり、すんなりと通ったようだ。

「色々面倒なことが起きそうなので、できれば知っている人間に来てもらう方がいいと思いました」

花野は三係を率いる班長だ。杏美が副署長として初めて赴任した日見坂署で、刑事課長をしていた。噂だけは耳にしていたが会うのはそのときが最初だった。

見た目からなんのひねりもなくグリズリーと呼んでいる。階級が上だからか、端《はな》から杏美のことなど気にしていないからか、咎《とが》めるようなことは言わない。優秀であるのは聞いた通りで、実際、その手腕を目の当《ま》たりにしていた。

「色々面倒なこと？」

「今回のようなケースは初めてですから、多少は不安も湧《わ》きます」

「初めてのケース。食中毒が？　手配犯の関係者の飛び降りが？」花野は頭二つ分下にある杏美の顔を見つめて目を細めた。「それとも他にもなにか？」

杏美はうかつな言い方をしたと焦る気持ちが顔に出ないよう、口角に力を入れた。

「わたしの個人的な感想です」

「なるほど」

それきりなにも言わず、花野は背を向け、階段へと向かう。野上が会釈して、最後尾から駆け上がって行った。

黒い集団が見えなくなると、たちまち雰囲気は元に戻った。音声機能が復活したように、指示する声や仕事の会話が耳に入ってきた。花野のことを話題にするひそやかな声も聞こえる。杏美は自室に入り、机に着くと小さく肩で息を吐く。そして溜まっている書類を片付け始めた。

貴美佳は朝から県警本部に出向いていた。警務部などに状況を説明するためだが、恐らく本部長とも会うことになるだろう。

旭中央署では、県警本部からの指示を聞いた上で杏美が記者発表を行う。まず保健所が署にやってきた。署長不在のまま、朝礼をいつもより長めに行い、桜木が詳しい状況の説明を行う。そのあと杏美が、旭中央署の署員としてうろたえることなく、毅然《きぜん》と、そして冷静にいつも通り粛々と職務を行うよう訓示する。

その後、講堂を記者会見場に変え、記者への発表後、質疑応答を行った。所轄《しょかつ》の刑事課が食中毒で職務不能となるなど前代未聞《ぜんだいみもん》の話で、顔見知りの記者らはいつにも増して杏美にくどいほどの問いかけをなす。額を流れる汗を拭う間もなく、ひとつひとつ答えていたが、保健所が引き上げるタイミングを捉え、強引に終わらせた。

貴美佳が戻ってきたと聞いて、すぐに署長室に入る。杏美を見るなり、貴美佳は眉間の皺を深くさせた。

「あの花野さんという方はどういう人物なんですか」

いきなりの問いで、既に花野班と顔を合わせたことを知った。

「なにか言われましたか」

「逆です。なにも言われない」

弛《ゆる》みそうになる口元を慌てて引き締める。貴美佳は首を傾げるようにしてパソコンの画面を見る。覗くと人事データだ。花野の経歴や過去の取り扱い事案などを見ていたらしい。

そのなかには日見坂署や佐紋署の事件もあるから、当然、杏美と面識があることも知っている。

「これで見る限り、優秀な刑事のようですね。本部に要請したとき、一課の課長から訊かれました。厄介な事件でもあるんですかって」

だから、わざわざ花野を名指ししたと思われたらしい。だが、上原の内縁の妻が不審死した件は、まだ自殺とも事故とも殺人とも断定されていない。

「どうして署長室に来ないのでしょう。事件にすべきかどうか判断するためにも、なるべく早く報告に来てくださいと言っておいたのに」

「わたしが確認してきましょう」

「そうですか」と珍しくしみじみとした息を吐く。「田添さんとは親しいようですから、お任せしますが」

言葉が途切れたのに、ちらりと視線を向けると、貴美佳は目を伏せたまま言う。

「あの件はくれぐれも田添さんだけに留めてもらいたいです」

杏美は、貴美佳が視線を上げるのを待って、「本部の人員でも、今は旭中央の署員です。俵署長の部下なのです。なんの遠慮もいりません。また、署長の許可なく、事を運ぶことはありません」と強い口調で言った。そして、心配は無用です、と囁《ささや》くように告げた。

決裁書類にひと通り目を通したら、また本部に行くことになると言う貴美佳を置いて、杏美は二階への階段を駆け上がる。一段飛ばしという訳には行かないが、それでも全身に力が満ちてくる気がした。

刑事課は三階にあってフロアのほとんどを占めている。他には取調室や留置場、面会室、相談室、会議室があった。

廊下に沿ってドアがいくつも並んでいる。杏美は階段から一番近いドアを開けてなかに入る。外倒し窓が反対側の壁面に並び、夏の朝陽がまともに射し込んでいた。

その窓を背にして中央の課長席に花野が座っている。上着を脱ぎ、ネクタイを外してシャツの両袖《りょうそで》を捲《まく》っている。手にはタオルと団扇《うちわ》が握られていた。もう、何年も前からこの課長席に座っていたかのような態度だった。

団扇で扇《あお》ぎながら、壁際に置かれたホワイトボードを見上げている。ボード前には花野班だけでなく、体調に問題のない強行、盗犯の係員も集まっていて、席に座っている者は一人もいない。

横長に広い部屋は、腰高の書類棚によって中央で二つに区切られている。向こう側には知能犯、組対、薬対があり、棚に寄りかかるようにして花野らの様子を眺めていた。なかにはボードの近くまで寄って、覗き込んでいる者もいる。

杏美の姿を見つけた係員が慌てて背筋を伸ばし、挨拶をくれた。旭中央の署員らはみな声をかけてくれるが、花野班は野上以外、みなボードを睨んだままだ。杏美は、むっとしながらも遠慮せずずんずん進んで、集団の一番前へと強引に割って入る。視野に杏美の姿が入った筈なのに、花野の表情はぴくりとも動かない。

「安上はどう言っている」

花野の問いに、野上と若い捜査員が同時に返事する。手帳を広げながら野上が報告した。

「かろうじて聞けた証言では、やはり屋上に見た動く影は人に違いないということでした。下を覗き込んで、安上刑事がいるのに気づき慌てて顔を引っ込めた、そんな印象を持ったそうです」

「人であるということだけで、容姿、背丈、服装はおろか、男性か女性かもわからないそうです」ともう一人の捜査員が言う。

「橘真冬を追尾していなかったことについては」

「それが、詳しく訊こうとしたところ安上刑事の容態が急変、呼吸機能障害が起き、気管挿管までしそうな気配となりました。意識も混濁しているようで話をするのは無理だと医師から言われて」

杏美はぎょっとする。そんな話は聞いていない。安上がそんな状態なら、課長や雑賀、他の係員はどうなのだろう。江島にすぐに確認させなくてはと、携帯電話を取り出す。そこにもう一人の捜査員が、「その代わり、安上刑事と一緒に真冬に張りついていた久野刑事が軽症であったため、話を聞くことができました」と声を上げた。杏美も思わず動きを止めて耳をそばだてる。

「橘真冬は九時過ぎに仕事先であるホームセンターからアパートに戻りました。それから安上刑事と久野刑事が共にアパートの横のビルで張り込んでいたそうですが、午後九時四十分ごろ、隣室に出前が配達され、住民が応答したものの間違いだったらしく、少し揉めたそうです。その間、ドアが開いたままで、隣の真冬の部屋のドアが開いたのに気づくのが遅れた、と言っていました」

「逃げられたのがわからなかったって言うのか」と誰かが言うのに、野上が、「安上刑事も久野刑事も、既にそのとき体調が悪かったようです」と付け足す。ベッドで苦しむ安上らの姿を見ているだけに、つい庇《かば》いたくなったのだろう。

「安上刑事、久野刑事は二手に別れて周辺を捜索したそうです」

安上は主任で年齢も上だから、久野に素早く指示を出した。花野は、「それで」と促す。

「真冬は真っすぐ飛び降りたビルに向かったと思われます。ビルの名は寿ビル。六階建ての古いオフィスビルで、半分ほど空き室です。真冬のアパートから徒歩十五分ほどの距離にあり、途上の姿を防犯カメラがいくつか捉えていました」

「真冬の電話はどうなっている」

飛び降りた衝撃で、携帯電話は回復不能なほどに破損してしまっていた。

「今、履歴照会をしています。上原祐介が現在、携帯電話を所持しているかどうかわかりませんが、公衆電話若《も》しくは過去にかかってきたことのない番号であれば可能性は大ですね」

「そうなれば、上原の犯行と類推できます」と他の捜査員も顔を僅《わず》かに明るくする。

「まだ早い。解剖所見は？」

「今日の午後には出るかと思います」

そこで花野は目を上げ、周囲に集まっている捜査員のなかから、旭中央の刑事課員に目を向ける。知能犯と組対係の係長だ。

「今、遠野多紀子に張りついている者に連絡を取ってくれ」

「は、はい」

強行・盗犯係が捜査不能となってから、他の係員が替わりに対応している。上原祐介の実姉には知能犯係の刑事がついていた。

「多紀子を任同するよう指示。もし、上原が真冬に会いに戻ったのなら、なにか理由がある筈だ。真冬の直近の様子を知るには、同じ旭中央に暮らす上原の姉から聞くのが手っ取り早い。調べもそっちでやってくれるか」

「わかりました」

係長らが走って自分の島に戻る。離れて見ていた他係の捜査員らも慌ただしく動き出す。その姿を目で追う花野に、杏美は声をかけた。

「花野さん、それでは事件性ありということで捜査本部を立てるのですね」

「そんなことは言っていない」

「は?」

花野は椅子から立ち上がるとホワイトボードの前に行き、貼《は》ってある現場写真を掌《てのひら》で叩《たた》いた。

「ここの鑑識が調べた内容に、今朝方、わしらが直接見た現場の状況からすれば、自ら飛び降りたとしか思えん」

「えっ。でも、安上刑事が」

「あくまでも安上一人の話だ。相棒の久野は離れて捜し回っていたため、現着したのが遅れた。夜間で、逃げた真冬を追うのに必死だったというのもある。更には食中毒で体調だけでなく、意識も朦朧《もうろう》としていたかもしれない。ボツリヌス菌中毒は脳障害を起こすと聞いている。そんな男が、ビルの側の地面に真冬が倒れているのを見つけて、驚いて見上げた屋上でなにかが動いたのを、咄嗟《とっさ》に人影だと思い込んだとしてもおかしくない」

「そんな」

杏美はさっとボードに貼られた写真を見つめる。

野上が写真の一枚を指差した。「この手すりの部分から真冬の掌紋が検出されています。両手でしっかり握り込んだつき方です。襲われて突き落とされた場合、こんなに綺麗《きれい》にはっきりとは残らないと思います」

別の刑事らが写真のいくつかを示して説明してくれる。

「遺留品のサンダルなどはあとで置けるので証拠にはなりませんが、現場の足跡を調べた限り、真冬のものにほとんど乱れはありません。出入り口から真っすぐこの手すりに向かっているのがわかります」

「近辺で聞き込みを行った結果、飛び降りたと思われる時刻に悲鳴や人の争う声など耳にした者は今のところおりません」

近辺の聞き込み？　いつそんなことをしたのかと怪訝《けげん》な表情をしたのを認めたのか、何人かがにやりと口角を上げる。野上が、近づいてそっと言う。

「要請がきて、すぐに招集されました。それからずっと聞き込みとかに動いていたんです」

確か、今日の午前一時過ぎに終わった会議のあと、貴美佳が警務部に掛け合った筈だ。夜間だが緊急事態だから、各関係所管に連絡し、本部長の判断を仰いだ。早ければ午前三時ごろには一課長から指令が飛んだことだろう。それから招集されて動いていたというのか。今までずっと。

周囲を見回すと、捜査員の顔には寝不足の様子も疲れも見えず、服装に乱れすらない。野上も少し目は赤いが、きちんと化粧もしている。

「現場確認は朝陽を待ってからになりましたけど」と野上が言うのを聞いて、さっき一階で顔を合わせたときはおよその捜査を済ませていたのだと気づく。

「そう。ご苦労様」杏美はかろうじてそれだけ言って引き下がる。

「事件性の判断は今しばらく待ってもらう」と花野の声を背中で聞きながら部屋を出た。

10

午後になって、遠野多紀子が任意同行されてきた。

杏美は、江島だけに告げて三階に上がる。刑事課取調室の手前にある監視部屋へと入った。薄暗いなかに捜査員が一人、メモを取りながら窓越しに見つめている姿があった。杏美に気づくと会釈して、場所を開けてくれた。

多紀子は二年前にも、祐介の事件で任意同行、参考人聴取を受けている。被疑者の身内だから警察に対して良い感情を持っていないだろうに、どう説得したのか。多紀子は不貞腐《ふてくさ》れてはいたが、それほど機嫌が悪そうにも見えなかった。店に出るにはまだ時間があるせいか、簡単な化粧を施し、髪もひとつにまとめているだけで、着古したロングTシャツにストレッチパンツという格好だった。

最初、弟である上原祐介とは二年前から会っていない、連絡も取っていないと頑《かたく》なに否定した。だが、花野班の捜査員が周到に調べたところ、雇われ店長をしている店の近くの防犯カメラに上原らしき男性の姿があったと告げると、あっさり認めた。しかもその映像は、最初に目撃されたという一報よりも四日も前のものだ。所轄の刑事課では、そこまで追い切れていなかった。聞き込みに行ったとき、多紀子は既に上原と接触があったのに、図々《ずうずう》しくしらを切ったのだ。

取り調べの担当は、花野班の女性刑事が行なっていた。野上の先輩に当たる五年目のエースだと聞いている。

「弟と仲が悪かったというのはお芝居?」

多紀子は不服そうに、赤い口紅を塗った唇を歪めた。

「悪いのは本当よ。あの子には昔からどれほど迷惑をかけられてきたか。その挙句が、強盗で指名手配だなんて。情けなくて涙も枯れ切って目がひび割れするよ」

多紀子は若いころに一度結婚したが、数年で離婚、その後も男性との関係はそれなりにあっただろうが、今は堅い仕事をしている男と暮らしている。前の夫とのあいだに息子が一人いるが、新しい同居人との関係も良好なようだ。生活が順調であればあるほど、弟のことで面倒に巻き込まれたくないと思うのは正直な気持ちだろう。だがいざ、目の前に助けを求めてこられたなら、無視もできないのではないか。

「でもたった一人の弟でしょう？」

「あのね、前にも言ったけどさ、祐介は子どものときから面倒ごとばっか起こしてんだ。学校に行けば同級生に怪我《けが》をさせる、仕事をすれば同僚に金をせびる、挙句に殴り合いの喧嘩《けんか》だ。上司も同僚もへったくれもないのよ。思うようにならないとすぐキレる。祐介はもう、ここの神経の一本がどっかブチ切れてんのよ」

そう言うなり、自分のこめかみ辺りを苛立たしげに指で突いて見せた。

杏美は上原祐介の身上経歴を思い出す。二年前の調書は隅から隅まで目を通している。特に多紀子の調書は、祐介を知るには一番の資料だった。

多紀子と祐介の姉弟は旭中央市で生まれ、育った。父親が早くに亡《な》くなったため、母親が水商売をして二人を養ったのだ。姉弟の母親は、旭新地にある店を転々としながらも長く勤めたらしい。キャバクラから、スナック、バー、雀荘《ジャンそう》、パチンコ店、深夜のファミレスまでありとあらゆる客商売に手を染めた。

男性関係も派手で、多紀子と祐介は母親が男との逢瀬《おうせ》を楽しむ時間は家を追い出され、しばしば新地界隈《かいわい》をうろついて遊び場のようにしていた。母親を知る水商売仲間は、そんな姉弟を快く受け入れ、店の片隅や裏手で客の残り物やときに酒などをふるまってやっていたという。

母親の死後、多紀子はそのまま新地で勤めを見つけ、祐介は姉の願いもあって堅い仕事に就いた。けれど多紀子が言うように性格に問題があるのか、どんな仕事もまともに続けることができなかった。それならと多紀子のツテで新地のキャバクラのボーイを始めたが、結局、それも客と揉めて追い出される羽目となった。橘真冬とはそのとき知り合ったようだった。二人が一緒に暮らすようになってからは、もっぱら真冬が働いて暮らしを維持していた。

女性刑事は、手元の調書をもったいぶった手つきで捲《めく》る。そして書類を閉じると、じっと多紀子を見つめて息を吐《つ》いた。

「弟に手を焼いていたというのはわかった。だったら、そんな上原祐介の面倒を見てくれる橘真冬の存在は有難かったでしょう」

「はあ？」と嫌悪《けんお》に顔を歪《ゆが》めた。

「あら、橘真冬とは親しくなかったの？　嫌いだった？」

多紀子は肩をすくめる。「ま、弟が気に入って一緒になった女だからね。全くの知らん顔はしなかったけどさ」と言った。多紀子は、弟のことなど愛想が尽きたと言いながらも、そんな祐介と連れ添う真冬の存在をどこか好ましく思っていない風だった。

女性刑事は、また急に話を変えた。

「上原祐介と密《ひそ》かに会っていたのに、旭中央の刑事が来たとき、ずっと会っていないと言ったわね」

多紀子は慌てたように弁明する。

「そりゃ、面倒に関わりたくなかったからよ。二年前みたいにしつこく刑事に調べられるなんてウンザリだし」

「そう。それで久々に見た上原祐介はどんなだった？　話くらいはしたのでしょう？」

「話？　そんなのしやしないよ。あれは金をせびりに来ただけよ。面倒臭いから、いくばくかの金を渡してやったけど。これ以上近づくな、あんたとはもう縁もゆかりもない、赤の他人だって追い返したわよ」なにせ、今の男との暮らしを大事にしたい、今度こそ逃がしたくないと思っているのだから、自分も必死だったのだと懸命に言い募る。

そしてちょっと表情を和らげると、胸を張るようにして付け足した。

「一応、自首するように勧めたわよ。観念して、罪を償いなさいって。あたしも身内として、できるだけのことはしたんだから」

「それで？」

多紀子はきょとんとした目で、「それでって？」と見返す。

「弟になにを教えたの」

「は？」

「橘真冬のことで色々教えたんじゃないの」

「だから、なにも言わないって。ちょっと、あたしが言ったこと聞いてなかったの？　金を渡して、お店が忙しくなるころだから、早く出て行けって追い出したんだってば」

捜査員は互いに目を交わす。真冬が死亡したことはニュースで知っているだろう。弟に容疑が向けられるようなことは言うまい。手を替える。

「そのことは聞いたわ。指名手配犯にお金を渡したのよね」

多紀子は怪訝そうに見やる。

「逃亡ほう助ね。通報もしなかった。犯人に手を貸した、共犯も同然だわ」

「な。そ、そんなこと言ったって、弟なのよ。いや、違う、あいつがいきなりやって来て店の金を奪って行ったのよ。あたしは渡していない」

「だったら、どうして警察にすぐ連絡しなかったの」

「そ、それは、ほら、あとで仕返しとかされたら怖いじゃない。あれは、本当にキレるとなにするかわかんないんだから。実の姉だって、なんとも思っちゃいないよ」

女性刑事は口調を変えた。低く冷たい声で、ゆっくりと突き放す。

「そう。じゃあ裁判でもそう言うのね。今、自らお金を渡したという供述はもらったから」

机に向かっていた男性刑事が、おもむろにパソコンの画面を多紀子に見せる。女性刑事がにっと笑って頷《うなず》くのに、多紀子はぎょっと目を剥《む》いた。

「ちょ、ちょっと待ってよ。なんて嫌らしい真似《まね》をするんだろう、刑事って野郎は」

それからしばらく声を荒げて罵《ののし》り続けたが、やがて疲れて喉《のど》が渇いたところで諦《あきら》めたように背をドンと椅子《いす》に当てた。その様子を見て取った女性刑事は、祐介が旭中央に戻ってきたことに心当たりがあるでしょう、と問う。多紀子は唇を嚙《か》んで視線を落とした。

「祐介が――今年の四月、ゴールデンウイークのころかな。突然、電話してきたんだ。

休みで浮かれている世間を見て、里心でもついたんだろうね。話しているうち、疲れたとか暮らしが辛《つら》いとか泣き言を言い出して」

「それで」

「だったら自首すればって、言ってやった」

「そう。弟さんはなんて？」

「黙り込んだわね。いざとなると怖いんじゃないの」

多紀子はひょいと肩をすくめて、「でもさ、自首されたらされたで、こっちも迷惑だしさ。新聞やニュースになって裁判になって、うちの子どもはそんな叔父さんがいることに諦めてはいるけど、今の亭主は気の小さい人でさ。仕事がし辛くなるなとか言ってたの思い出して、それで」

「それで？　なにを言ったの」

「あんたが刑務所に入ったら、真冬もようやく、まともな人生を生きられるだろうねって。そう言ったら、どういう意味だって、急にキレ出してさ」

「祐介は真冬に男がいると思った？」

多紀子はまた肩をすくめる。他人事《ひとごと》のように、「しつこくどういうことだって訊くから、無視して電話を切ってやった」と笑う。

それから祐介から電話がかかってきても相手にしなかった。それで余計に橘真冬のことが気になったのだろう。とうとう我慢できずに、旭中央に舞い戻ってきた。

「それが六月十五日の金曜の夜なのね。突然、祐介が店に現れて驚いたでしょう」

「うん、まあ」

「で、なにを言ったの。祐介を追い払うため、適当な嘘《うそ》でも吐いたって訳？」

多紀子は女性刑事を睨み返し、嘘なんか言わないわよ、とつっけんどんに吐く。

「じゃあ、真冬の恋人が誰か知っているのね？」

すねたように首を振る。ようは多紀子の勘なのだ。

橘真冬は、一応、内縁関係とはいえ多紀子の弟の妻だ。去年、たまたま近くに寄ったからと、久しぶりに祐介のアパートを訪ねた。ずい分と部屋の感じが明るくなって、真冬にもはしゃいだ雰囲気があった。怪訝に思い、トイレに入った隙《すき》に部屋のなかや持ち物などを調べたらしい。

「新しい服が何枚かあった。割といいもの。それに口紅。明るいピンクの」

「身の周りに気を遣うようになっていたってことね。でも、真冬さんも仕事をしているわよ。確か、ホームセンターで契約社員をしているから、お給料もそこそこあって、生活にも困らない。たまには服や化粧品くらい新調するでしょう」

多紀子は目を開き、歯を剝くようにして叫ぶ。

「あんな女が半年だって男日照りを我慢できるもんか」

真冬は容姿こそ地味だが、豊満な体をしている。濡《ぬ》れたような目とホクロが色気を醸《かも》し出しており、祐介と暮らしているときから男の視線を集めるようなところがあった。

「祐介はその度、いきり立って嫉妬《しっと》で真冬を殴ったりしていたよ」

だからといって、男好きとは限らない。

「あれは男なしでは生きられない女だよ。女なら見ればわかる。会ったことないの？」

「残念ながら、解剖台に裸で横たわっている姿でしか会っていないの」と女性刑事は顔色ひとつ変えず言う。多紀子は不快そうに顔を歪め、少しの間を置いてから、わかったという風にひとつ頷いた。

「真冬の携帯を見たんだよ」

え？　という顔を女性と男性の二人の刑事は思わず浮かべる。真冬名義の携帯電話は地面に叩きつけられた衝撃で破損され、内容を確認することはできなかった。だが履歴照会はできるから、全《すべ》ての発着信を調べたが、不審な番号も公衆電話からのものもなかった。あるのはホームセンターの同僚とのやり取りかネットショッピングの履歴ばかりだった。

「携帯電話のなにを見たというの」

「だから携帯だって。なかは見られないよ。ちゃんとロックがしてあったから」

詳しく訊くと、バッグのなかに携帯電話が二つあるのを見つけたと言うのだ。どうやら事件現場で発見された携帯電話とは違うものらしい。普段使っているものとは別の一台で恐らく、付き合っていた男性とのやり取り用なのだ。少なくとも多紀子はそう直感した。

「そのときトイレから戻った真冬が、必死になって携帯を取り返そうとするから、問い詰めてやった。新しい男との連絡用だろうってね」

「そうしたら?」

「真冬は色々、相談に乗ってもらっているだけだとか、単なる友人だとか言い訳したよ。祐介が知ったらただじゃ済まないよって脅してやったら、泣きながら、それだけは止《や》めてくれって言った。本当に親切な人で、万が一の保障のようなものだからと、この携帯を貸してくれた。それだけだとさ」

「万が一の保障?」

「ああ」と詰まらなさそうにいって、横を向いた。

多紀子は、そんな話を全て祐介に教えたのだ。「あいつ、顔色を変えて飛び出して行ったよ」

女性捜査員がじっと見つめていると、どんどん多紀子は身を縮めてゆく。

「まさか、いくら女に裏切られたからって、人殺しまではしやしないだろう」

誰もなにも言わないのを見て、多紀子は深くうな垂れた。

残念なことに、多紀子はそれ以上のことを真冬から聞き出してはいなかった。しかも携帯電話がどこのメーカーのものなのか、機種もわからないと言う。けれど、新たな可能性が出てきた。これまで捜査線上に浮上していない人物の存在が明らかになった。

俵貴美佳と杏美は、署長室のソファで花野と向き合いながら、唖然《あぜん》としていた。頭のなかで整理し、なにを訊くべきか思案している間に、花野がさっさと告げる。

「橘真冬転落死事件を当分、自殺及び殺人の両面から捜査する。現時点における我々がなした判断だ」

「は。現時点って」

「当分とはどういうことですか」

「動機のある容疑者が二人もいるのよね」と杏美がわからないという表情を向ける。

隣で貴美佳も、頷きながら資料を手に取った。

上原祐介は電話で、姉の多紀子から真冬について意味ありげなことを言われた。旭中央に舞い戻り、姉から詳しい話を聞いた。真冬に男がいると確信した。自分がいないのをいいことに別の男を銜《くわ》え込んだ真冬に制裁を加えてやろうと考えたのではないか。逃亡に疲れ、自棄《やけ》にもなっていた。嫉妬は怒りとなり、恨みとなって暴走した。相手の男が誰か白状させたなら、その相手をもなぶり、痛めつけようとするだろう。

一方、真冬の新恋人は、わざわざ別の携帯電話でやり取りするほど二人の関係を注意深く隠蔽《いんぺい》する人物だった。それは、真冬の夫が指名手配犯だからか、それとも二人の関係が表沙汰になると困る人物だからか。

花野は呆《あき》れたような目つきで杏美をさっと見やり、鼻先で笑う。

「容疑者が山のようにいるからといって、遺体が必ずしも殺人の被害者とは限らない」

歯で唇を噛みかけて止める。「なにもそんなことは言っていません」

「殺人事件と断定できないのはどうしてですか」と貴美佳が興味深そうに尋ねる。

「現場が余りにも綺麗なのが気になる」と答えた。それ以上の説明はする気がないらしい。

杏美と貴美佳は顔を見合わせる。

「飛び降り自殺とした場合、動機はやはり、祐介にバレたことを知ってただでは済まされない恐怖から、ということになるの？」

杏美が首をひねると、貴美佳も加わる。

「ですが、もしそれほど怯《おび》えていたのなら、まずは相手の男性に相談しませんか。恋人が力になってくれるとは思わなかったのでしょうか」と顎《あご》に手を当てながら呟《つぶや》いた。

恋人が必ずしも味方になるとは限らない。自分の言った言葉の滑稽《こっけい》さに気づいたのか、貴美佳が口元を弛めた。花野はそれを見て、片方の眉《まゆ》を上げたが話を続ける。

「二人の関係がバレないよう神経質なほどに気を配っていた男ですからね。いざ祐介が身近に迫ったことで慌てて真冬を切り捨てたのかもしれない。それで余計に絶望し、飛び降りた」

だがその場合、新しい恋人の存在に気づいて祐介が戻ってきていることを、真冬が知っていたことが前提となる。姉の多紀子は、真冬にはなにも言っていないと供述した。それになぜ、わざわざビルから飛び降りたのかという疑問も残る。

「それなのに自殺の線もありですか」

貴美佳の戸惑う言葉を聞いて、殺人事件だと思い決めていた様子が窺《うかが》えた。部下である刑事課の安上刑事が、人影を見たと証言をしているのだから当然かもしれない。杏美も、同じ気持ちでいることに改めて気づく。

安上は、雑賀係長が仁志菜々美さんの件を任せたいと思うほど優秀な刑事で、事件発生時には体調を悪くし倒れる寸前でありながら、刑事としての本分を全うすべく大事な証言を懸命に残したのだ。花野は安上のことを知らない。その差は案外大きいのかもしれない。

花野は微《かす》かに顎を引くようにして、「可能性として殺人を捨てきれないということです。半々、いや六四で自殺」と低い声だがはっきり言う。

11

土曜日。週末の朝とは思えない気持ちのまま家を出た。

早朝の陽射《ひざ》しを避けるように帽子を目深《まぶか》に被《かぶ》る。すがすがしい空気が逆に疎《うと》ましい。

今朝は電車に乗り、よく知らない道を辿《たど》る。

商業施設や官公庁など雑多な建物が密集する旭中央市で、唯一《ゆいいつ》、誇れる観光スポットが南にある自然公園だ。常なら癒《いや》しの場所だが、今朝の杏美は周囲の景色に目を向けることなく、敷地内にある自然史博物館に足早に入ってゆく。

開館直後で冷房も効き切っていない館内には、まだ来館者はなく係員の足音だけが微かに聞こえる。静まり返っているのが、冷たさを感じさせる。緩いカーブを描くガラスの通路を辿り、『失われた動物たち』というコーナーの部屋に入った。

窓は小さく太陽光がなるだけ入らないようにし、天井からのスポットや床近くのライトが動物の標本や模型を照らしていた。トキやニホンカワウソなどと並んでニホンオオカミの複製標本が岩の上に雄々しく立っている。その作り物の目が、ライトの光を灯《とも》してこちらを見つめていた。

青いベンチシートに、ポロシャツにハーフパンツ、サンダル履きの老人が座っている。腕や足は骨ばっていて、全体が細長く、弱弱しく見える。白髪の頭も薄く、顔には染《し》みが色濃く散らばり、落ちくぼんだ目と半開きの口を見ているとごく普通の老人だ。

「わざわざお呼び立てして、すみませんでした」

靴音を立てて歩いていたから、近づいているのはわかっていただろう。なのに驚いたような顔で老人は振り返った。耳が遠いのか、それとも展示物に意識を向けていたせいなのか。すぐ、にんまりと唇を横に広げると、いやいやと低い声で応えた。

三河鮎子に詳しいことは言えないがと念を押し、人物を紹介して欲しいと頼んだ。こんな頼みは本来、絶対しない。だが、良い方法が浮かばない以上、ある程度は踏み込んだやり方をするべきだと思った。それは一昨日、鮎子の家を訪ね、短い時間ではあったが、彼女の考え方や生き様を知ったせいもある。

一般人、とりわけ管内に住まう関係者とは必要以上の接触はすべきではない。だが、住民の協力なしに街の治安が保てないのも事実で、その辺のバランスが難しい。幹部署員や総務課員らは常にそのことに憂慮し、戒めという規制ラインを自らに課し、快く協力してもらえるだけの関係性を作ろうと苦慮している。まだ一年ちょっとの付き合いだが、それなりに三河鮎子を見てきたつもりだ。気を許すことはなかったが、もうひとつ踏み込んでも大丈夫かという切っかけにはなった。

老人の前まで行き、ポケットから名刺入れを出した。

「そういうのはなしにしましょうや。お互いのためにも」と、存外に優しい声で告げる。杏美は会釈《えしゃく》し、あいだをあけて隣のベンチシートに座る。

「三河さんからの頼みなんで出向いてきましたが、ご用件は」

「奥新地一丁目のビルの二階に『サウダージ』という会員制バーがあります」

「……」

感情の読めない横顔を見ながら、言葉を続ける。

「オーナーである市之瀬ケントについて、ご存知のことを教えていただきたいのです」

ニホンオオカミにあった視線をゆっくり引《ひ》き剝《は》がすと、杏美の丸い顔の中心に移した。落ちくぼんだ目にある光は、なぜか作り物めいて見える。

「どうしてなのか、とお尋ねしてもお聞かせ願えんのでしょうな」

杏美は、小さく頭を下げ、「申し訳ありませんが」と言った。老人は、凝りをほぐすかのように首を振り、また標本へと目をやる。

老人の名は高月《たかつき》。十数年前まで旭新地で暗躍していた、元大仁会《おおじん》系白豊《はくほう》組の組長だ。暴力団対策法が制定、改正され、取締りが強化されるようになると組を解散する旨《むね》の届を出し、引退した。今は、一般人となっている。もちろん、そのことを鵜《う》吞《の》みにする訳ではないが、旭中央署の組対係が把握している限りでは、これまで問題行動は起こしていない。

サウダージというバーについて詳しいことを知る人物を知らないかと三河鮎子に尋

ねたら、すぐにこの老人の名を挙げた。鮎子は亡くなった夫が、裏社会と繫《つな》がりを持っていたから、そのせいで多少は付き合いがあるのだと正直に話した。鮎子自身はそういう人間とは、たとえ足を洗った人間であれ、付き合いは持ちたくないのだと強い口調で付け足すことも忘れなかった。だから会うことは承知しても、鮎子の頼みでは欲しい情報を与えてくれるかは保証できないとも言った。それで充分だと、杏美は頭を下げ、すぐに会う段取りを取り付けてもらったのだった。

「あれがまたなにかやらかしましたか」と高月は言う。今度は杏美が視線をニホンオオカミに移し、「どういう人物なのでしょう」と直接の答えを避ける。前科がないのが気になるのですと、独り言のように呟いてみた。

「女相手ですからな。表沙汰《おもてざた》にはなりにくい。そのうち痛い目に遭うぞと言っていたんだが、まだ懲《こ》りずにやってますか」

杏美はぐっと、口を引き結ぶ。市之瀬ケントは常習犯なのだ。確かに、恐喝のたぐいは被害者からの告発がないと発覚しにくい。それに味をしめて、度々、女性を食いものにしてきたのか。それで得た金が、あの店になったという訳だ。だが、坂井有理紗はなんなのだろう。六年近くもずっとケントの側にいたと聞く。

「そんな男にも長く付き合っている女性がいるようですが」

高月が、女？　と不思議そうに首を傾《かし》げ、すぐに皺《しわ》を深くして笑う。「ああ、幼稚園の先生か」

そのことまでも承知しているのか。杏美は驚きを必死で隠す。見た目で判断しがちだが、もしかすると高月はＳＮＳも若者並みに利用しているのかもしれない。そうなると、杏美が気にしているのが、貴美佳のことだと気づかれたかと今になって不安がせり上がる。栗木はすぐに削除したというが、それでも目に留めた者はいるだろう。

杏美が唇を嚙むように黙り込んだことに、高月は気を回したようだ。

「ケントの遠縁だとかで、あれの女になってからは貢《みつ》ぐのに夢中になったようだ。そんなことは長く続かない。質《たち》の悪いところに借金もあるようだから、そろそろ沈むころでしょう。あの男は、うまみのない女はたとえ母親でも捨てるやつだから、潮時と決めて、別のに乗り換えるだろう。いや、もう捨てたか。捨てたとすれば、既に新しいのを見つけたということになるが」

ちらりと杏美に視線を流した。杏美が乗り換えた女の関係者で、そのために出向いてきたのかと思い至ったらしい。杏美と繫がりのある人間となれば血縁者かサツカンだ。冷汗が滲《にじ》み出る。けれど高月は詮索《せんさく》する気はないようで、短く問う。

「手を貸しましょうか」

杏美ははっと目を開いた。

「ケントは自分の力でこの世界を生きてきた人間。後ろもないし、以前のわしらのような連中とも繋がりはない。いわゆる一匹オオカミだ。ただし、この世界もそう甘くない、限界もある。ああいうのは放っておいてもいずれ絶滅してゆくでしょう」

なるほど。だから会員制のバーなのか。ケントなりに、自分の身辺に注意を払い、出入りする客も選別していた。自分の身は自分で守らなくては、夜の世界では生きてゆけない。

高月は複製標本に目を張りつけたまま、「なんでも引き際《ぎわ》が大事なんですよ。まともな死に方をしないと覚悟を決めているのなら構わんが」と口を引き結んだ。そしておもむろに杏美へ体を向けると、真っすぐ見つめてきた。落ちくぼんだ目のなかに強い光が灯ったように見えた。

「わしは、畳の上で往生したいと思っていますよ。明日がどうなろうと知ったことじゃないと息巻いていた時期もありましたが、色々あって、今は生きられるところまで生きたいとね。自慢できることはなにひとつしてこなかったが、己の務めを全うし、やるだけのことはやって来たとの自負はある。だからこそ、野垂れ死にみたいな惨《みじ》めな最期《さいご》は迎えたくないとね。こういうのを焼きが回ったと言うのでしょうな」

今は娘夫婦と孫に囲まれて暮らしていると、骨ばった掌で額を撫《な》で上げた。再び、正面へと視線を向けると、それでもまだ昔のツテはあるからなんとかできますよ、と言った。

杏美は顎を引き、瞬《まばた》きをしないで高月の横顔を睨《にら》む。そんな視線を承知で受け止め、呑み込んだように高月はふっと笑った。「もちろん、タダでとはいかない」

杏美は奥歯を噛みしめる。この男に頼めばたやすく片付くだろう。もしかすると、栗木はそこまで許容範囲と認めてくれるかもしれない。だが。

駄目だ。杏美は力を抜いて、ゆっくり呼吸した。

たとえ、ねだられたものが飴《あめ》ひとつだったとしても、この老人には渡してはいけない。渡すものの大きさよりも、渡したという事実の大きさが杏美を責め立てるだろう。一生涯。

高月は杏美の表情から感じ取ったらしく、鷹揚《おうよう》に頷く。来館者らしい話し声が聞こえてきたのに気づくと音もなく立ち上がった。黙って背を向けるとサンダルを引きずるようにして、展示室の奥へと歩いてゆく。

杏美は立って頭を下げた。そして足早に出入口へと向かった。

12

月曜日の朝、江島から監察が午後にやって来ると知らされる。そのことは昨夜、栗木から直接電話で言われていた。『お宅の署、大変なことになっているね』とさして気の毒そうにも聞こえない慰めを呟いたあと、『くれぐれも例の件は話題にしないで』と、そちらの方が肝心だと言わんばかりの口調だった。そんな素人《しろうと》みたいなことをする訳がない、と苛立《いらだ》つ気持ちを堪《こら》え、わかりましたと返事した。

昼過ぎ、本部から五人も監察課員が来て、現場である刑事課の部屋を調べ回り、忙しい刑事らを足止めして尋問までした。ひと通り終わったら、署長が課員らと面談の運びとなる。杏美や江島も同席した。

責任者らしい若い監察課員は、夜間に摂取する食事についてどのような対応を取っているのか根掘り葉掘り訊《き》いてきた。事件を抱えた刑事らがどんな風に食事を取るかは刑事課任せだから把握のしようがない。だが、組織としてはそれを把握しろと言う。把握し、管理すべきだと正論を述べる。

キャリアの貴美佳も少し前までなら同じように考えただろう。だが、食中毒に、捜査本部、更には自身の案件と悩みは山積みで、そこに祭礼警備の準備までもが迫っているから今や旭中央署の一員として煩悶《はんもん》する毎日だ。建前や組織論だけを振りかざす本部の人間の話をまともに取り合うことの愚かさをしみじみ感じているようだった。

「現場にいる人間の実態がぜんぜんわかっていない。やはりキャリアも所轄《しょかつ》での経験を積むべきなのです」

監察を江島と共に見送って、署長室に戻るなり貴美佳は憤懣《ふんまん》やるかたない風に呟いた。

杏美は食堂で買ったコーヒーの紙コップをそんな貴美佳の前に差し出す。ぱちぱちと瞬きしたあと、ありがとうございます、と白い指でコップを手にした。ひと口飲むのを見てから、「これから病院に行ってこようと思います」と告げる。

貴美佳は入院するなりすぐに見舞ったが、杏美はまだだった。回復に向かっている者が大半だが、まだ気は抜けない。

「よろしくお願いします。わたしは溜《た》まっている仕事を片付け、そのあと本部に連絡をしなくてはなりません。あと、他にすべきことは色々あったと思うのですが、なんだったかしら」と、珍しく不安そうに顔を左右に振ってタブレットを探した。手にしたがすぐに画面を開くことなく、じっと視線を机の隅に落とす。

「署長？」

ぼんやりした表情で、立っている杏美の顔を見上げる。

「どうかしました？　もしかして、例の件で、先方からなにか言ってきましたか」

貴美佳は、一瞬、泣きそうな顔をしたがすぐに唇を引き締める。

「はい。ケント、先方が会いたいと言ってきました。話し合いたいと」

それまでも何度か連絡があったらしいが、都合が悪いとか言って避けていた。だが、それもそろそろ限界だろう。

「そうですか。今夜、官舎にお邪魔してもよろしいですか。色々ご相談したいことがあります」

貴美佳が目の下の隈《くま》を拭《ぬぐ》うかのように指でこすり、小さく頷くのを見て、杏美もまた頷き返した。


病室はなるべく刑事課員らだけで占めるよう配されている。お蔭《かげ》であちこち歩き回らず全員と面会を終えることができたが、誰もがみな申し訳ない顔をして無理に喋《しゃべ》ろうとするのには困った。見舞いの挨拶《あいさつ》もそこそこに杏美はリノリウムの廊下を辿る。

特に重症化して心配だった刑事課長と安上刑事に加え、今朝方、更に四十代後半の木俣《きまた》主任が一時は昏睡《こんすい》状態に陥る事態となった。その三人だけは少し離れた病室で、他の部屋にはなかった器具や装置がベッドの側に設置されている。

ブラインドも下ろされ、薄暗い部屋に規則正しい機械音だけが響く。半分引かれたカーテンの陰から様子を窺い、枕元《まくらもと》にいる刑事課長の家族に挨拶をした。すぐに木俣の妻も部屋にやって来て、囁《ささや》くように挨拶を交わす。課長と主任の妻は一般人で、突然のことに動揺しつつも警察官の妻として気丈に振る舞おうとしているように見えた。

隣の安上のベッドの側には誰もおらず、他より陰っている気がした。杏美が憂《うれ》え顔をしたのを課長の妻が目ざとく捉《とら》え、近づいてくる。片手で口を覆《おお》いながら、「昨日遅く、前の奥さんがいらっしゃっていました」と教えてくれた。

杏美は、そうですか、とだけ応《こた》え、部屋を辞した。

出口へ向かっていると廊下の角を曲がって、三十歳前後の細身の女性が近づいてくるのが見えた。女性は制服姿の杏美を見るなり、はたと足を止めた。そしてすぐに駆け寄ってきて、杏美の前に立つと上半身を素早く傾けた。伸びた背筋で警察官だと知れる。尋ねると、やはり女性警察官で安上邦弘の元妻だと言う。別れても入院したと聞けば放ってはおけなかったのだろう。

廊下の窓際に寄って、話を聞いた。

「安上刑事は、他にご家族がいらっしゃらないのね」

「はい。ご両親は既に他界されていますし、一人っ子ですから」

「そう。それなら、あなたに付き添ってもらって心強いでしょう」安上は四年前に離婚してから、ずっと独り身を通している。子どもはいないと言う。あなたも、まだ？と念のため訊いた。

「はい。再婚はしていません。だからと言って、わたしが今更出しゃばることを安上は喜ばないと思いますので、これを置いたらすぐに帰るつもりです」

安上の許可も得ず、自宅の鍵《かぎ》を使って着替えを取りに行ったことを気にしているようだった。安上には既に、新しい恋人でもいるのだろうか。同じ女性同士なので、その辺は単刀直入に訊いてみる。

さあ、と首を傾げながらも、「自宅に女性の気配はぜんぜんなかったようですけど」と言う。それなら、と思うが、元妻はやはり首を振った。

「それでも、付き合っている人がいないとは言い切れないですから」

「そうなの？　こうして三日も経《た》っているのに誰も見舞いに来ないんだから、付き合っている人はいないんじゃない」

それとも世話をするのも嫌だと思うほど、既に心が離れた人なのだろうか。

「失礼だけど離婚のとき、相当揉《も》めた？ 安上のこと今も恨んでいるのかしら」

杏美の直截《ちょくさい》な言いように、元妻はふふっと笑う。

「喧嘩別れしたという訳ではないんです。彼は、優しくて細やかな心遣いのできる人です。ただ、それをわたしだけに向けておくという風にはいかないところがあって。それが我慢できなくて、わたしから別れて欲しいと言いました」

女性問題か。それでもこの人は、今も安上を憎からず思っている。かける言葉が見つからないで、杏美は元妻の手にある紙袋に視線を落とした。短い挨拶を残し、再び、廊下を辿る。

一階の玄関口に向かいかけて、すぐに気づいた。どこにいても大きな熊《くま》は目を引く。

「聴取ですか」

花野は二人の部下を従え、杏美を見下ろした。「そちらはお見舞いで？」

「そうです。大半は回復に向かっているようですけど、課長ら三名がやはり長引きそうですね」

「なるほど」

それだけ言って歩き始める。杏美は一旦《いったん》、総務の車が待つ駐車場に向かいかけて足を止めた。すぐに踵《きびす》を返して花野を追う。

「班長がわざわざ聴取に来るって、どういう風の吹き回し？　寿ビルの件も大事ですが、手配犯の行方は追えているのですか」

「鋭意」

木で鼻を括《くく》ったような物言いにはやはり慣れないが、この場で話すことでもないので大人しく小走りでついて行く。

花野は順番に病室を訪ね、上原祐介の捜索を行っていたときのこと、そして橘真冬が飛び降りたときの状況などを訊いて回った。さすがに、刑事課長や安上らの病室はちらりと覗《のぞ》くだけにとどめる。

安上と相棒を組む、久野刑事の部屋に入った。旭中央の刑事課に来て、まだ一年半。二十六歳と若い分、回復力もあり、明日にでも退院できるだろうと言われている。一課の班長である花野が直々に聴取に来たのを見て、子どものように興奮し、意味もなくありがたがった。

「それで」

事件当時の様子を顔を上気させながら語る。

久野は、真冬の張り込みをしくじったことを気にしたが、花野はそんなことには興味がないようで、遺体を発見したときのことを詳細に話せと促す。

「安上さんと二手に別れて捜していました。僕は駅前の方で。捜し始めて、およそ三、四十分ほどしてからでしょうか。安上さんから携帯に電話があったんです。留地二丁目の寿ビルの前で真冬が倒れているのを発見したと。すぐに救急車を手配するが、屋上に誰かがいたようだと言われました」

「それで、お前もすぐに寿ビルに向かったんだな」

「はい。電話をもらって数分、たぶん三分くらいで着いたと思います。現場に駆けつけると確かに、橘真冬が路上に倒れていて、安上さんがビルの外階段を駆け上がっているところでした。僕が下から声をかけると、すぐに足を止めました」

「屋上を見に行こうとしていたんだな」

「はい。それで僕は下で玄関口から誰か出てこないか見張っていました」

「ふむ。それから？」

「安上さんは屋上を調べに行き、外階段に戻って僕に、首を振りながら上には誰もいなかったと叫ばれました」

杏美は、刑事課の部屋で見た寿ビルの写真を思い出す。

六階建ての古いビルで、非常階段は外壁に添って取り付けられていた。階段の地上出入り口に扉はないから誰でも入れる。更に階段から屋上への入り口も、腰高の鍵の掛かる柵《さく》がひとつあるだけで、男でなくとも簡単に乗り越えられる貧相なものだった。

　真冬が非常階段ではなく、ビルのなかのエレベータを使ったことは乗降ボタンと行先階を示すボタンに指紋が残っていたので証明されている。

「階段は鉄骨外階段で、錆《さ》びているせいか嫌な音がぎいぎいして、踏板なんかところどころ腐って今にも踏み抜きそうな危うさでした。安上さんも怖くて、上がるときは全速力で走ったそうですが、下りるときは恐る恐るでした」

「屋上には誰もいなかったんだな」

「はい。誰もいないと首を傾げて不思議そうにしておられました。外階段を上るのと入れ違いに玄関から出てきたなら、僕の目に触れると思うのですが」

「それともビル内に潜んで、お宅らが具合悪くなっておろおろしている隙に逃げたか」と一課の捜査員の一人に呟かれ、久野は穴に潜り込みたそうに首を縮めた。

「安上は屋上を犬みたいに走り回ることはしなかったんだな」

　久野はぱっと顔を上げ、さすがに先輩の名誉だけでも挽回《ばんかい》しようと唾《つば》を飛ばす。

「もちろんです。安上さんは、鑑識が調べるだろうからなるべく屋上には入らなかった、ひと目で見渡せたから人がいないのは間違いないと言われました。だから余計に自信がなくなったのかもしれません。見間違いかな、と何度も首を傾げていました。僕は、ちゃんと調べてもらわないうちは断定できないから、そのつもりで捜しましょうと言いました」

「お前が？」

花野の片方の眉が跳ね上がり、久野は恐縮したように肩をすくめた。安上は刑事になって六年になる。先輩に指導めいたことを言ったのを今になって気恥ずかしく思うのだろう。

目をぱちぱちさせながらも、「応援を待つ間、ビル内や付近を捜そうと思いました」と言う。緊急配備をかけるまでの自信はなかったのだ。久野もそこまでは安上の言葉を鵜呑みにできなかった。結局、それが裏目に出たのか。

「だけど、動けたのもそこまでで」と言葉尻《じり》を消して目を伏せた。

「具合が悪くなったんだな」

「すみません。安上さんがいきなり真っ青な顔で膝《ひざ》をつくものだから動顚《どうてん》しました。僕もすぐに気分が悪くなって、一瞬、変なガスでも吸ったのかと怖くなったのを覚えています」まさか食中毒とは思わなかった、と頭を掻《か》いた。

「ガス？　なんで」と思わず杏美が口を出す。花野がぎっと睨む。

「え。あ、いや、殺人現場を目撃されたと思った犯人が、自分達を始末しようとなにか良くないものを撒《ま》いたのかと」そう言って、ごりごり頭を掻く。

若い刑事なら知らないことが多い分、他から得た知識や情報で妄想をたくましくすることがある。どんな道具で二人の刑事に毒ガスを吸わせられるというのか、冷静に考えればわかることだ。だが花野と二人の刑事は顔色ひとつ変えることなく久野を注視する。笑われると思っていた久野も慌《あわ》てて姿勢を正し、すみません、と口を引き結んだ。困ったように杏美を見やるから、仕方なく笑ってあげる。

13

三度目の祭りの打ち合わせが行なわれた。

今回、貴美佳は出席せず、杏美と桜木、警備課長が参加する。

毎年恒例のもので大きな変更はないのだが、何度確認しても思いがけない手抜かりやミスは出てくる。更には、祭礼準備委員会のメンバーのほとんどが高齢者で、何度も同じ話を繰り返しては確認を取り、手筈《てはず》の念押しもくどいほどなされる。

三河鮎子などは慣れたもので、飽いた顔もせずそうそうと頷いている。

今回の打ち合わせでは、仁志夫妻が途中顔出しをして、挨拶と共に菜々美さん捜索の協力を依頼した。出席者らは、頭を下げる二人に同情と慰めの表情を向け、協力への約束を昨年と同様に快諾する。

夫妻が部屋をあとにすると、商店街の会長は声を低くして、「今年もか。熱心なことだ」と呟く。周囲に控えている商店街仲間も言う。

「もう何年になりますか」

「五年？　六年？」

「どんな姿であれ、見れば納得するんでしょうが」

「そろそろ踏ん切りをつけて、前を見るということはできんもんかね」

杏美や桜木らは聞こえない振りをして、警備体制の資料を捲《めく》る。

「踏ん切りなんかつけられる訳ないでしょうがっ」といきなり甲高い声が上がった。

部屋の空気が固まり、いっせいに視線が向けられる。

「あんたら、親の気持ちもわからなくなるほど耄碌《もうろく》したのかい。酷《ひど》いこと言うんじゃないよ。親っていうのは、どこまでも親なんだ。親をやめられない以上、諦めるなんてことはできないんだよ」と日ごろの鮎子とは思えない激しい権幕で言い募る。商店街のオジサンらは、おおこわ、とぶつぶつ言いながら背を向けた。

横顔を窺うと、怒っている筈なのに顔色は青ざめ、目が潤《うる》んでいる。「鮎子さん」と声をかけると、はっとしたように振り返り、バツの悪そうな表情を浮かべた。「いやね、年を取るとすぐカッとしちゃう」

「お子さんをお持ちだから。他人事とは思えませんよね」

「え。……ええ。ほんと、お気の毒で」と鮎子は静かに目を伏せた。

やがて会議が終わり、出席者はばらばらと席を立つ。窓の外は薄暗く、街灯が点《つ》き始めていた。

「田添さん、ちょっとやらない？」

鮎子が指で丸を作り、口元で上げ下げする。足を痛めた際に見舞いにきてくれたお礼をしたいと言う。

警備課長や桜木はささっと距離を取ると、振り向きもせずに出口に向かう。それを睨みつけながら、私服で来たことを悔やんだ。

そこに鮎子の方に差し障《さわ》りができた。市役所の見たことのない職員が足早に近づいてきて、相談があると声をかけたのだ。鮎子は顔見知りらしく、眉間《みけん》に皺を寄せる。

「わたしにおっしゃられても」

「そう言わずにお願いします。新地の方々も三河さんの言われることなら聞いてもいいとおっしゃってますんで」

「どなたがそんなこと言っているの？　そんなことありませんよ。わたしみたいなロートルが今更なにを言ったって……あら、ごめんなさい」今のは言葉の綾《あや》だから、と杏美に笑いかける。

杏美はにっこり笑み、帰り支度を始めた。

「ですが外新地のあの一帯は空き店舗も多いですし、借地人も高齢者が多い。いい機会だとおっしゃられる方もいるのに、一部の方だけがどうしても動きたくないと言われる。その方々も、三河さんには全幅の信頼を置いておられるようですから、ここはひとつご協力いただけないですか」

「全幅の信頼だなんて、お役所の方は言葉がしゃちこばってるわね」と赤い口紅を塗った唇をにゅうと横に広げる。「古くからあそこで商売している方は愛着があるから、それじゃ他の場所でとはなかなかいかないのよ」

「ですが、ここのところ外新地は寂れて客も足を向けない。そのことは店を閉めた三河さんが一番よくわかっているんじゃないですか」

再開発担当者も粘る。もう長く関わっているのだろう。

「もうずい分前の話よ」と今度は赤い唇をへの字にする。

「管理物件となったまま、いつまでも放って置くのは無駄じゃないですか。もう十年近い。維持するのも大変でしょう」

鮎子が、大きな石を嵌《は》めた指で、二の腕を忙《せわ》しなく叩《たた》く。

「その駄々をこねている方はどなたですか」と訊く。

担当者は、鮎子が耳を貸す気になったと思い、前のめりになる。杏美を見返り、

「ごめんなさい。飲みに行くのはまた今度」と手を振った。

杏美は軽く頷《うなず》いて見せたが、内心ではホッとしていた。高月老人との面談のことはここだけの話でと頼んだから守ってくれるとは思うが、二人で飲みに行ったらその話題になるのは間違いなかった。

その上、今は鮎子を通じ、旭新地内にある全ての防犯カメラを精査させてもらっている。

上原祐介の行方は杳《よう》として知れないから、そのうち新地にローラーをかけるのではという話も耳に入ってきている。また鮎子に頼ることになる。そんなことにならないよう願いたいが、花野司朗はずっと苛立ったままだ。

食中毒でも軽症だったものは復帰し、順次花野班と合流している。捜査本部らしくなってきて、橘真冬の事件を追う態勢も充分になりつつあるのに、これといった進展

が見られないからなおさらだ。

死んだ真冬の新しい恋人というのが、どうにも現実味を帯びてこないのだ。目撃情報もなければ、噂《うわさ》ひとつ上がってこない。唯一の証言が、上原の姉の多紀子が見知らぬ携帯電話を見つけ、真冬には相談できる相手がいると言った、そのことだけだからなんとも心もとない。現場周辺からも、上原や真冬の鑑取りからも、目新しいものは見つからない。いわゆる膠着《こうちゃく》状態だ。

杏美は時間によってはそのまま帰宅するつもりだったが、署に戻ることにした。思い返すうち、どんどん気になってきた。

午後七時ともなると署はすっかり当直態勢だ。裏口から入って、照明を落とした薄暗い階段を上がる。

ドアを開けて部屋を覗くと、広い刑事課の部屋に二、三人が居残っているだけで、がらんとしている。みな聞き込みや捜査に走り回っているのだ。奥の課長席までも空なのを見つけ怪訝《けげん》に思っていると、いきなり後ろから、「入るのか入らないのかどっちですか」と野太い声がかかった。さっと避けると、シャツの袖《そで》をまくり上げ、タオルで濡れた頭を拭いながら花野が杏美を追い越してゆく。

当直員用のシャワールームは最上階にあるが、そこから下りて来た風でもない。一体、どこで頭を洗ったのだろう。額に雫《しずく》を垂らしながら、課長席に座るのを見て近づいた。

「上原はもう旭中央にいないのじゃない？」

花野は机に書類を広げたまま、「なぜ？」と訊く。

「これだけ捜しても見つからないし、なにより、橘真冬がもういないから」

「上原が真冬を殺したのならそうかもしれない」

「違うの？」

「さあ」

杏美はむっとしながらも、花野の手元を見る。机だけでなく、床にまで書類が積まれている。今は、パソコンに入力しているから若い刑事は画面で見る。念のため、紙ベースでも残しているのを花野のような年配者らは今も好んで利用するらしい。資料を運び出す手間がかかるだろうにと、若い刑事らを気の毒に思うが、花野には花野のやり方がある。

「それは？」

「上原の強傷」

二年前に起こした、信用金庫強盗傷害事件。それを一から読み直しているということか。

「なにかわかった？」

「旭中央の刑事がよくやっているということはわかる」

「それはどうも」

赴任する少し前に起きた事件だが、被疑者が逃亡したままの未決事件だから、捜査書類は杏美も精読していた。

上原祐介は、短気で粗暴なところがあった。女に執着して貢がせるしか能のない駄目男だ。信金を襲ったのも、真冬との生活をより良くしようとギャンブルや危ない仕事に手を出し、借金で首が回らなくなったためだった。真冬自身は、遠野多紀子が言うように男への依存度が高く、離れられずにいた。

取り調べを繰り返すなかで、雑賀や安上らは説得を試みた。真冬に自立を促したのだ。上原から離れて一人で生きてゆくよう励まし、力をつけるための応援もした。ホームセンターでの仕事も見つけてきてやった程だ。そうして上原の呪縛《じゅばく》から離れたと判断した段階で、万が一、上原が接触してきたらすぐに通報して欲しいと、刑事らは何度も念押ししたのだ。

それが功を奏する前に、真冬はビルから飛び降りた。旭中央の刑事らはどれほど悔しく、無念の思いを抱いただろう。しかも、真冬を見張っていながら目の前で見失っている。

「真冬の恋人のことは、なにかわかりましたか?」

花野は応えない。

「あら」

杏美はホワイトボードに、昨日まではなかった写真を見つける。現場の足跡を拡大したものらしい。それを図解した白い紙が隣にマグネットで留められていた。

「これはなに? 屋上にある真冬の足跡におかしな点はなかったのでしょう?」

花野が顔を上げ、驚いたことににやりと笑った。

「ああ。ビルの屋上へ出るための扉付近から手すりまで、真冬の足跡は一本の線のように不自然さもなく真っすぐ伸びている。だが、手すりのすぐ側でたったひとつ、微かに真冬の足跡の一端がかすれているのが見つかった。精査してもらったところ、足跡の上から別のなにかが重なったらしい」

「え。それはどういうこと? 誰かが真冬の足跡の上を歩いたということ? ああ」

と言いかけた杏美を花野が先回りして否定する。

「安上刑事ではない。久野が言っていただろう。外階段から柵を乗り越えて屋上には入ったが、犬のように走り回るようなことはしなかったと。柵から手すりまで直線で十メートル以上あるが、障害物もなく見通せる。そこまで近づく必要性がない」

一部を踏み消したようにも見えるが、それが足でなのか、手でこすったからなのかも判然としない。鑑識でも、断定はしたくないと言う。だが、真冬の足跡の上に重なるものがある、そのせいで本来ならあるべき形が崩れているのは間違いないのだ。

「それじゃあ、やはり誰かが真冬を屋上から落とした？」

「そう考えるしかないだろう。屋上には真冬以外の誰かがいた」

「殺人なのね」

「恐らく」

犯人は、自殺に見せかけようと偽装を施した上で真冬を殺害した。足跡や手すりの掌紋、遺留品など自殺を示す痕跡《こんせき》だけを残し、立ち去るつもりだった。実際、花野は六割自殺だと言い切っていたのだ。捜査一課で、いや県警捜査部門で花野ありと言われるほどの男を、そこまで迷わせた。安上の証言がなければ、あやうく犯人の偽装工作に引っかかるところだった。

「？」

杏美は、片肘を突く花野を見て怪訝に思う。なんだか目に精気がない。いつもの花野なら、犯罪の臭気を捕らえるなり執念を剝《む》き出しにする筈だ。

「なにか気にくわないのね」

ちらりと横目で睨んでくる。小物の犯罪者なら、それだけで震えあがりそうな嫌な目つきだ。

「まあ、な」

「なにが？　なにが気になるの？」

花野は滴《したた》る髪の毛の水だか汗だかをタオルで拭う。

「わからん。ただ、嫌な感じがする」

「は？　嫌な？」

ごしごし擦《こす》る手を止め、タオルのあいだからまるで針のような視線を向ける。それは杏美を通り抜けて、その向こうの誰かを睨み据えているようだった。

「嫌な気分だ。バカ面《づら》下げて走っている気分だ」

「？　なにそれ。どういう意味？」

もう花野は応えない。そして、机の資料を再び広げると、「なにか用があったんでは？」と訊いてきた。

今度は杏美が押し黙る。

ホワイトボードから離れ、花野に背を向ける。そのまま、本部の知り合いを紹介してもらいたいと言った。

「誰を」

「組対の人間」

花野の眉《まゆ》が片方跳ね上がる。振り返った肩越しにそんな顔を見つけて、仕方なく向き合う。理由を訊かれたら、ある程度は答えるつもりだった。だが、花野はなにも尋ねなかった。

その代わりに走り書きしたメモを突き出した。一人の男の名前と連絡先がある。杏美は礼を言おうとしたが、ふいに電話が鳴った。

受話器を取ろうとした刑事を手で制し、花野が自ら手を伸ばす。そして話を聞き終わるなり、「すぐ病院とホームセンターに行け」と指示を出した。

「え。ど、どうしたの。署員になにかあったの?」

聞きつけた居残りの刑事らが立ち上がる。入院している刑事の容態が急変したのかと背筋が強張《こわば》った。花野はそんな杏美をちらりと見、そうじゃないと言う。

「真冬の勤めていたホームセンターの人間が、何者かによって襲撃されたことがわかった。搬送され、病院で治療を受けているそうだ」

「ホームセンターの？」

「真冬と同じ工具エリアの主任らしい。妻帯者だ」

「あ」

花野は、驚きながらも喜色を浮かべかける杏美に、素早く、「まだわからん」と蓋《ふた》をした。

そしてタオルで頭をごしごし拭い、派手に飛沫《ひまつ》を撒き散らかした。

14

翌日の夜、杏美は会員制バー『サウダージ』を訪れた。

市之瀬ケントは貴美佳に数度に渡って、話し合いをしたいと申し入れていた。無視し続けるのも限界と判断し、ひとまず相手の手の内を知るためにも、二人で相談して出かけることにした。

ビルの二階にある会員制バーは、狭いながらもシックな内装で、カウンターの素材からランプシェードに至るまで、お金をかけたものだけが持つ、控えめな美しさを放っていた。路地裏のビルとはいえ、奥新地のなかにあるのだ。家賃も安くはないだろう。

市之瀬は、杏美が現れたのを見て驚いたような顔を見せた。すぐに柔らかく微笑《ほほえ》んでカウンターの席へと手招く。

自称、アメリカ人と日本人のハーフと言うだけあって、薄い色の髪に薄い目の色、華奢《きゃしゃ》な体つきと、まるで神話に出てくる神の落とし子のようだった。犯罪者にありがちな、感情のない目つきとは違う、優しさと憂いに満ちた目をしている。相手の一挙手一投足ごとに市之瀬の気持ちが揺れ惑う。そんな眼差《まなざ》しで、相手を見つめるのだ。

「貴美佳のお仕事仲間ですか。まさかご親戚《しんせき》とかじゃないですよね」

市之瀬は杏美の視線から離れるように、ロンググラスを並べる。

「お酒を飲む気分ではないでしょうから、ミネラルウォーターで」と目の前に置く。

他に客はなかった。そういう約束でやって来た。貴美佳は、青ざめながらも強い視線を一度、市之瀬に当てたあとはすぐに顔を背け、帰るまで二度と見ることはしなかった。

「お仲間ということは、警察の方ですよね。ということは、僕のこと知れ渡ってしまいましたか」

少しも不安そうでなく、むしろ寂しげに呟《つぶや》く。

「いいえ。知っているのはわたしだけ」

公《おおやけ》になっていないことは、ここに来たことだけで充分想像つくだろうに、それでも念を押す。用心深い男なのだ。周到で、執拗《しつよう》で、頭も良く、容赦ない。それが市之瀬ケントなのだと杏美は思った。

「あなたの要望には応じられない。代替案を相談しにきました」

杏美はグラスを向こうにずらしながら、単刀直入に告げた。

代替案、と言ってにやりと笑う。「取引ですか。つまり金でということですね」

杏美の返事を待たず、市之瀬は首を振った。

「金には困っていません。欲しいのは貴美佳です」

杏美は唇の端を噛《か》み、カウンターに手を突いた。

「市之瀬さんの考えていることはおおよそわかっているつもりよ」

形のいい眉を少しだけ上げた。それもまた、優雅な仕草に見える。

「公務員キャリアを味方につけて、自分の身の安泰を図りたい。徒党を組むことなく一匹オオカミでやって来たあなたは、女の金で身を立て、女の力で身を守る、それしか能がない」

あははは、と乾いた声で笑う。「それが僕の生き方なんで」

「だけど、そんなことはできない。なにがあっても。写真をばら撒くならばら撒いたらいい、そう言ったら？」

「貴美佳はそんなこと望まない」ね、と優しい目を注ぐが、貴美佳は俯《うつむ》いたまま握り拳《こぶし》を作る。市之瀬は、俵貴美佳という女の様々な弱味を手にしているようだ。それがこの男の生業《なりわい》をここまで続けさせたひとつの才能なのだろう。薄汚い才能。これまでどれほど多くの女性が、この男の毒牙《どくが》にかかって大切な人生に消えない汚点を残す羽目となったことだろう。そう思うと、今すぐにでもこの男を破滅させてやりたい衝動にかられる。

焦《あせ》るな。自身の胸の内に囁き、杏美はひと呼吸置く。

「あなたもこの世界で長い。ありふれた言い方だけど、叩けばいくらでも埃《ほこり》が出る体。被害を被《こうむ》った女性の誰かが告訴しないとも限らない。刑務所に入ることになっても構わないの？」

小さく肩をすくめ、カクテルグラスを手に取ってナプキンで磨き始める。

「今度は脅しですか。警察のすることは全く面白みがない」手を止め、ちらりと哀《かな》しげな目を向ける。「いいですよ。そうなりゃ、貴美佳と心中だ。貴美佳と僕の写真をネットだけでなく、マスコミや職場、家族の元などあちこちに届けましょう」ああ、と市之瀬は思い出したかのように大きく微笑んだ。「貴美佳の前のボーイフレンド、確か、警察庁っていうとこだっけ？　いるんだよね。そこにも送ってやるよ。きっと昔の君を懐《なつ》かしがる」

貴美佳がすっくと立ち上がるなり、グラスを握って振りかぶった。杏美が咄嗟《とっさ》に腕を掴《つか》んで、震える体をスツールに押し込む。こぼれた水で杏美の半身は濡《ぬ》れ、氷がカウンターの上に散らばった。市之瀬は顔色ひとつ変えず、台ふきで丁寧に拭う。氷を流しに落とし、グラスを水で洗った。蛇口を止めて言う。

「難しく考えないで欲しいな。僕は貴美佳と繋《つな》がっていることで、警察を身近に感じ、安心を得たいと思っている。便宜を図れとか、見逃してくれとか言うつもりはないんだ。ただ、万が一のときのための保障、セキュリティサービスのシールを玄関先に貼《は》っているようなもの。そんな風に思ってもらえないだろうか」

「ふざけないで――」

感情の高ぶりが全身を覆っているのに、僅《わず》かの間呼吸が止まる。頭のなかで、一瞬、なにか引っかかった。万が一の保障。どこかで聞いた気がした。誰かが同じことを言っていた。すぐにはわからず、杏美は記憶を掘り下げるのを諦《あきら》め、視線でケントを射抜く。

「警察をなんだと思っているの」

市之瀬は形ばかりに、すみません、と謝る。

「ま、とにかくなにかあったら力を貸してもらえる、その約束を反故《ほご》にされないために、僕は貴美佳と夫婦でいたいんだ」

市之瀬は指を立てる。

「もちろん、本物の夫婦でいる必要はない。形だけ。別々に暮らして、連絡だって携帯のメッセージだけでいい。だけどね、貴美佳」

貴美佳はびくりと肩を揺らし、もっと深く顔を俯ける。

「だけど、僕は今も君を思っている。この気持ちに嘘偽《うそ》りがないことを信じて欲しい。あのときの二人に戻って、やり直せないだろうか」

貴美佳はスツールを離れ、足早に店の外へと出て行った。

杏美もカウンターに手を突いて立つ。「すぐには回答できない」

市之瀬は、グラスを手にしたまま頷いた。

「だけど、余り時間はかけられないから。駄目なら、さっさと次に行きたいんで」

ドアを閉めて、杏美は階段を下りた。通りの電柱の横に立つ貴美佳に声をかける。

「わたし、辞表を書きます」

いきなり言う。杏美は、青ざめた貴美佳の横顔をじっと見つめ、「どうして」と言った。え、という顔で振り返る。

「署長はどうして警察庁を希望されたんですか」

青い顔にネオンの光が当たり、一瞬、赤く染まった。

「正義を貫きたいとか、犯罪を撲滅したいとか、そういう気持ちは余りないんです」

がっかりされましたか、と問うので、杏美は、別に、という風に片方の肩をすくめて見せた。

「警察というのは素晴らしい組織です。これほど多くの人員が、ここまで統率され、ルールに従いながら、同じ責務を負って働く組織は他にありません。ただ、それでもまだ改善の余地は少なくないし、蔑《ないがし》ろにされている部分や、効率良く動いていない箇所があります」

「それを正そうと？」

貴美佳はうな垂れ、首を振る。

「そんな大それたことは考えていません。ですが、もっと良くなるよう力を注ぎたいと思いました。そのためには一定以上の権力が必要です」

「そうですか」

貴美佳はふいに目の色を明るくさせた。

「田添さんは県で初の女性副署長になられた。組織はゆっくりですが、向上しています。次は、署長です」

署長でなければ見えない景色もあるし、できない仕事もある。その任に就くにふさわしい人がいるなら機会を逃して欲しくない、と貴美佳は言った。杏美が応えないでいると、卑屈な笑みを浮かべた。

「こんな真似《まね》をしていて、なにを言うのかって話ですよね」

杏美は、手を伸ばし、むんずと貴美佳の肩を摑んだ。力を入れながら言う。

「もう少し待って。必ず打開できます。だからもう少しだけ」とだけ言った。

戸惑った顔をする貴美佳を急《せ》かし、大通りでタクシーを拾って乗り込ませた。車が角を曲がるまで見送って、杏美は一人、繁華街のなかを歩くことにした。頭を冷やして考えてみようと思った。

奥新地は、旭新地のなかでも一番賑《にぎ》わうエリアだ。煌《きら》びやかなネオンが瞬《また》き、あちこちから嬌声《きょうせい》が聞こえ、淫靡《いんび》な匂《にお》いが香る。女達は人工の光を浴びていっそう輝いて見える。着飾り、化粧をし、営業スマイルを振り撒く。客に媚《こび》を売り、酒を飲ませ、また来させるための手管を尽くす。そんな仕事を蔑《さげす》む人もいるが、女達は一生懸命働いているのだ。家族や愛する者のため、疲れても、傷ついても我慢して続ける。普通の仕事となんら変わらない。そう三河鮎子は言った。真面目《まじめ》に働く人々の力になりたいと思って、この世界に関わってきた。

夫が亡《な》くなったとき、他の選択肢もあっただろう。子どもらはまだ幼く、夜の仕事にどっぷり浸《つ》かることになった母親をよくは思わなかったのではないか。それでも、鮎子は夫の仕事を引き継ぎ、夜の店に立った。

生きることはたやすくはない。なにかを成し遂げるためには、なにかを失わねばならないのかもしれない。市之瀬ケントは人を不幸にした分、恐れるものが多くなった。一人でやってゆくことに不安を覚えるようになった。人を傷つけることで成り上がってきた男は、素直な気持ちでことに当たることよりも、人の弱味を握って有利な立場に立つことでしか身を守る術《すべ》を見つけられない。三河鮎子とは真逆な生き方なのかもしれない。

いつの間にか、もう少しで大通りに出るところまで来ていた。

灯りを落としたような暗さが眼前に延びる。閉めた店舗や長く空いたままの部屋が多いせいだ。傷《いた》み寂れて、人を寄せ付けない冷たさが滲《にじ》む。ここだけ、夏の暑さが避けて通っているかのようだ。

空き店舗に、管理物件の札がかかっている。

「この辺りが、市が再開発しようとしているエリアなのね。確かに、古いビルが多い。大きな地震でもきたら、崩壊する危険がある」独りごちた。民事問題だからと知らん顔していい話ではないのかもしれない。なにかあってからでは遅い。

薄暗い路地からひと組の男女が俯きながら出てくる。学生らしいグループが横切るのが見えた。揉め事でもあるのか、怒気をはらんだ声と諫《いさ》める声が交じり合う。離れたところでなにかがぶつかるような音が響く。人気のなくなった一帯では人目を避けて蠢《うごめ》く連中が集まる。不穏な気配が漂うのなら、警察も目を向けざるを得ない。今度、課長会議で意見を聞き、なんらかの対策を講じよう。

そこに考えが行き着いた途端に、警察官目線となってつい灯りのないビルや部屋を覗き込む真似をした。通りかかる人が怪訝な顔を向ける。

黒いタイルを貼ったビルはひときわ大きく見える。灯りが全くないからまるで巨大な墓碑のようだ。隣に立つ小ぶりのラブホが明るいネオンを灯《とも》しているから、かろうじて様子が窺《うかが》える。

一階から階段が下に延びて、地下にも店舗がある。ドアの重厚な雰囲気や地下にあることから防音対策が施されているように見える。恐らくライブハウスかクラブだったのではないか。階段の手前には侵入防止のための鎖が渡されている。管理物件の札が風もないのに揺れていた。

けたたましい声がして、ぎょっと振り返った。男の袖を握りながら、短いスカートの女が道の真ん中でふらふら揺れていた。男は引きずるようにして大通りへと向かう。

杏美が踵を返して、駅への道を歩き始めたとき、ぱちんと大きな音が響いた。元来た道を見やると男が頬に手を当て、茫然《ぼうぜん》としていた。帰ればいいでしょっ、と怒鳴る女の湿った声。

杏美は振り払うようにして歩を速めた。駅まで出て、入線してきた電車に乗った。ドアの前に立ち、暗いガラスに自分の顔を映しながら、杏美はなんとなく頬に手を当てた。

相当痛かっただろうな。ぶたれた男の立ち尽くす影を思い出し、痛かっただろうな、とまた思った。

もう何年経つだろう。

二十九歳のとき、同業の男性との結婚が決まったが、突然、破談となった。傷ついたことを忘れようと熱心に仕事に取り組んだ。もう結婚しなくてもいいかと思うようになった。

そんなころ、たまたまお世話になった人の顔を立てるため、見合をする羽目となった。相手は商社に勤めるバツイチの男性で、子どもはなかった。四十を過ぎたばかりの杏美は、管理職となって眉間の皺《しわ》が黒ずむほど、気を遣う忙しい日々を送っていた。デートをしても、杏美は疲れのせいか口数も笑顔も少なく、相手を思いやる余裕もなかった。それなのに男性は嫌がらず、根気よく声をかけては、再々、外へ連れ出してくれた。

一般男性と付き合うのは初めてだったが、徐々に楽しさを覚えていった。警察官同士だと、なにをしていても無茶はするまいと律する気持ちが常に傍らにあるが、一般人はそんなことに頓着《とんじゃく》しない。興味あること面白そうなことには、あとさき考えず、気持ちのまま動き出す。そんな男性に引っ張られ、いつしか同じように楽しむことを覚えていった。

やがて思い合う気持ちが深まり、強い結びつきを感じるようになった。そんなとき、男に海外への転勤話が持ち上がった。よくある話だ。杏美は迷い、男は強いる。諦められない気持ちが、余計に二人を混沌《こんとん》へと押しやった。杏美の仕事に理解はあっても、仕事に執着する女の気持ちにまでその理解は及ばない。それほど、男は自分に自信があったとも言える。きっと仕事より自分を選んでくれる、二人で生きる人生を望んでくれると。

迷い続ける杏美の態度に業《ごう》を煮やし、ちょっとした言い合いとなったとき、男がふと漏らした。破談になった男をまだ思っているのじゃないだろうな。同じ組織のなかで仕事をしている以上、顔を合わせることもあるだろうし、会えば親しみが湧《わ》くのは当然のことだ。今も連絡を取り合っているのか、会っているのか。嫉妬《しっと》からのセリフとわかっていたし、笑って聞き流せることだった。けれど高ぶっていた杏美は我慢できず、平手で男の頬を打った。

通りの真ん中でぶたれていたさっきの男のように、茫然と立ち尽くした姿を今も覚えている。激しい後悔と悲しみに濡れた。相手の目のなかにも同じ感情が渦巻いているのを認めた瞬間、ああ、もう駄目だと思った。若ければ、違った結果となっただろう。少なくともこれほど諦め良くならなかったのではないか。組織のなかで様々な人間関係を結び、人が一生のうちに出会うことのないような犯罪者らを相手にする。仲間がいて同じ志があるからこそ、ひるむことなく向き合える。その心強さが使命感と相まって、当時の杏美のなかに染《し》みついていた。組織という枠から外れて個人となる、上司や仲間の助力ももう得られない、その不安と心もとなさが普通の女になることに足踏みさせた。今なら、迷いの理由はそんな程度のことだったのだとわかる。

男を思う気持ちや信じる心よりも、己の臆病《おくびょう》さが勝った。杏美は、最早《もはや》、この組織のなかで生きるしかないと知った。覚悟を決めた。

ガラスに映る五十八歳になる女は、何度も頰を撫《な》でこする。

警察官であること。それは特別な道なのだと思った。なぜか、鏡の前で敬礼する母親の姿が目の奥に浮かんで消えた。


できれば使いたくなかったが、翌日、杏美は連絡を入れることにした。もしや必要になるかもと思って花野から得たものだったが、こうなればなんでも利用しようとさえ思う。

電話で花野から紹介されたと言うと、遅い時間でもいいかと言われた。

二十八日の午前〇時少し前、杏美は二十四時間営業のセルフのコーヒーショップの戸を押し開けた。先に来ていた男は、閑散とした店内の最奥《さいおう》、壁際《かべぎわ》の丸いテーブルに着いていた。

短い挨拶《あいさつ》をしてすぐ、用件を持ち出す。

「白豊組の高月ですか」

目の前の男はクラブサンドを手にして、もぐもぐと子どものように咀嚼《そしゃく》する。杏美はスツールに腰かけ、アイスカフェラテを飲む。男は次々に口に放り込んでは、アイスコーヒーと一緒に飲み下した。それを見ながら、杏美はまたストローを口にくわえる。

「申し訳ないですね。今時分が一番、落ち着くもので。眠くないですか」

県警本部刑事部組織対策課の課長補佐は、ナプキンで口を拭《ぬぐ》うと微《かす》かに笑みを浮かべた。有谷保径《ありたにやすみち》警部、五十五歳。花野ほど太ってはいないが、背が高く胸板も厚いからがっしりして見える。腕も指もみなごつごつしており、聞けば、柔道特練をしていて大会で何度も優勝したことがあるらしい。花野とは同期で階級も同じだが、組対では警視の下に課長補佐という部下を何人も置いていた。

花野同様、刑事畑が長く、暴力団担当をマル暴と呼んでいたころから携わっている。昇任しては所轄《しょかつ》の組織対策係に出て一、二年で本部の組織対策課に戻るという、いわゆるその道のベテランだ。

旭中央の高月老人のことを訊《き》くと、すんなり頷いた。

「あのジイサンも孫ができてすっかり大人しくなったようですな。本人は大物ぶって、いまだに新地に目を光らせ、顔が利《き》くかのように振舞っているみたいですが、やっていることは細かいことです」

「細かいこと？」

「まあ、誰それがどこの組に借金があるとか、店のボーイがどこかの女をたらし込んだとか」

「それじゃあ、指名手配犯がどこかに匿《かくま》われているようなことも知っているのかしら」

有谷はぎょっと目を剝いた。

「そんな情報が？」

「あ、いえ。ちょっと聞いてみただけ。うちの案件は聞いているわよね」

大仰に頷くと、汚れた指をぺろぺろ舐《な》めた。

「今さらそんなことにかかずらってムショに入ろうと思うほどには、ボケてはいない筈ですよ」と苦笑いする。

「そうよね」

「そのことですか、訊きたいっていうのは」

杏美は、顎《あご》を引き、背筋を伸ばした。「いいえ、そうじゃないの」

有谷は、じっと杏美の顔を見つめる。杏美は息を吸い込み、一旦《いったん》唇を閉じた。

吐き出すようにして早口で、「近々、新地でなにか仕事をする予定はないかしら。あれば教えて欲しいの」と言った。

有谷はグラスを手にして一気にアイスコーヒーを飲み干した。そのままカラカラ音を立てて氷を転がす。

「特にない、と言ったら？」

ない、と杏美は繰り返した。伏せかけた目をなんとか引き上げ、有谷を見つめる。じっとこちらを窺う目の奥には、組対で培《つちか》われたものなのか、生まれつきなのか、酷薄な光が宿っている。躊躇《ためら》いもなく襲いかかってくる人間を相手にするには、こういう目の色をしていなければ務まらないのかもしれないと思った。客が少ないせいでクーラーが効き過ぎている。杏美は最初から長袖の上着を羽織っているが、それでも両腕に寒気が走った。

「ないのなら、作ってもらえないかしら」

有谷は表情ひとつ変えず、カラカラ音を立てながら杏美の目を見つめ続ける。なにも応《こた》えないから、言葉を足す。

「旭新地ほどの繁華街なら、いつでも一つや二つ手入れをする案件はある筈よ」

有谷はなにも言わない。カラカラ氷の湿った音が店内に響く。ＢＧＭがかかっているのになぜか氷の音しか杏美には聞こえない。

「大袈裟《おおげさ》なことでなくてもいい。どんなものかは任せる。ただ、捜索に入る日時を教えてもらいたいの」

氷の音が止《や》んだ。ＢＧＭが耳に流れ込んできた。

「花野は」

え、と杏美は目を見開く。有谷は、グラスを置いて丸テーブルに広げたナプキン類を手で握ってまとめる。そして、後ろにのけぞるようにして上半身を揺らした。小さなスツールが嫌な音を立てる。この男の体重を支えるのは無理だと言っているように聞こえた。

「ずい分、あなたを買っているようですな」

「まさか」

「ええ、まさかです。あんな男だし、口数も少ないから、なに考えているのかわからんところはあります。しかもめったに人を褒めない。それが」

「それが？」

先が聞きたくて、子どものように目を輝かせて待つ。

「もっと若けりゃ良かったんだが、と言っていましたよ」

「はあ？」

呆気《あっけ》に取られたのも一瞬で、すぐに目を吊《つ》り上げる。立派なセクハラじゃないか。

杏美が牙を剝きかけたのを見て、有谷はさっと立ち上がる。そしてがっしりした体《たい》躯《く》を持て余すことなく、点在する丸テーブルのあいだを身軽くすり抜けて行った。

杏美は、ガラス戸を抜けて夏の粘りつくような闇《やみ》に消えてゆく男を見送った。

一分ほどそのままでいて、ゆっくり手元に目を落とし、残りのカフェラテを飲み干した。盛大に出そうになるため息を全身の力で封じ込める。もう、こうするしかないのだ。

本部の組対には、県内に存在する反社組織や半グレなどの情報が集積される。小さな事案は各所轄で対応するが、拳銃《けんじゅう》や大量の薬物が動くようなときは、本部組対が指揮を執る。大きな事案を探している訳ではない。けれど、今、旭中央署の組対係は全員、花野の指揮下にあって上原と真冬の事件を追っている。署の組対は実質、開店休業状態だ。だから、本部に頼むしかなかった。そして、本部組対であれば大小にかかわらず捜査案件を懐《ふところ》に抱えているから、杏美の望むことにも難なく対応できると思ったのだ。

うまくいくかどうか、捜査部門の経験の少ない杏美には不安しかない。余程、花野に全《すべ》てを打ち明けて、協力を仰ごうと思ったかしれない。だが、栗木との約束がある。貴美佳もそれは望まない。乱暴な手を使うことになるが、これも仕方ないと心を決めた。

市之瀬ケントは話し合いの通じる相手でないのがはっきりしたからだ。

15

ホームセンターの工具売り場で主任をする細井崇《たかし》という男は、橘真冬につきまとっていた。

「恋人関係ではなかったの？」

杏美が訊くと、花野は課長席に座ったまま首を振った。

「立場を利用して迫ってはいたそうだが、真冬にその気はなかったようだ」

真冬の同僚らは、上司のことゆえ口を噤《つぐ》んでいたが、細井が襲撃されて病院に運ばれたと聞いてようやく口を開いた。花野の部下が聞き込んだことによれば、細井は真冬が死んだことに激しいショックを受けていたらしい。思い人が飛び降りで死んだことから感傷的になっていた。その日は休みで、することもなかったので真冬の墓を参ろうと思いついたようだ。そこを襲撃された。霊園の入り口にある防犯カメラには、上原祐介と思われるキャップにサングラスの男がしっかり映り込んでいた。

「たまたま行き会ったのか、墓地で待ち伏せていたのかはわからんが、上原祐介に間違いないだろう」

「なんてこと。それで上原は」

「まだだ」

「浮気相手を痛めつけたのだから、得心したでしょう。もう管内から逃げてしまった可能性もあるわね。罪がまた増えた訳だし」

花野はじろりと睨《にら》み上げたあと、気だるそうに書類に目を落とす。課長席の前に立っていた杏美は、ホワイトボードへと体を向けて、そのまま腕を組んだ。

上原は細井を執拗に攻撃した。死んでもいいという意図があったのは明らかだ。ただ、墓参客が現れたため、かろうじて殺害にまでは至らなかった。細井は重傷ではあったが意識もあり、間もなく聴取が始まった。証言から、襲撃したのは上原で間違いないようだった。

気になることがボードに書き記されている。上原は細井を見つけて、『お前が真冬の男か』と問うた。細井は、『お前になんの関係がある。貴様こそ誰だ』と怒鳴り返した。更に上原は、お前が真冬を殺したのか、と尋ねたというのだ。

「これが本当なら、真冬殺しに上原は関係していないことになるけど」

「まだなにも確証を得ていない」

花野が無表情で呟《つぶや》いた。

橘家の墓の前で、二人の男が揉《も》めて一人が大怪我《おおけが》を負った、その事実だけだと言いたいらしい。細井崇が真冬の恋人でないのなら――杏美は目を細める。

「万が一の保障」

思わず口をついて出た。真冬の相手らしい人物が言ったというこの言葉を、杏美は市之瀬ケントの口から聞いていた。まさか、と思う。

「万が一がどうした」

続きを言わないのを気にしたのか、花野が促す。杏美は花野の顔を見、言うべきか迷った。もし市之瀬のことを言えば、花野は調べるだろう。そうなれば、貴美佳のことが知れる。必死で取り繕うが、迷う気持ちが収まらず、慌《あわ》てて顔を背けた。ぎりぎり歯を食いしばって思案する。どうすべきか。

「本当に恋人がいるのかしら」と誤魔化すように言った。

「携帯電話が二つあったという遠野多紀子の証言がある」

「そうね。確か、相談に乗ってくれる人だと言っていたわね」

グリズリーがじろりと睨む。「ただの知り合いだとでも言うのか」

「それは」杏美は指を顎の下に当てたまま口を噤む。二人で沈黙していても仕方がない。また来ます、と言って歩きかける。

後ろで花野が、なるほど、と呟くのが聞こえた。「相談する相手。万が一のとき、相談に乗ってくれる人間、か」


七月に入った。

阿佐比神社の祭りは、最終の土日だからあと四週間ほど。

着々と準備は進められたが、仁志菜々美さんの件で変更が生じた。事件のため、刑事課員が当初の予定ほどには動員できない。杏美が江島らとどうしようかと相談していると、貴美佳が自ら名乗りを上げた。

最初の印象こそ良くはなかったが、貴美佳の真摯《しんし》な態度に夫妻の不信も薄まったように見えた。貴美佳の方も意識するのか、更に奮起しようと、祭り当日は制服署員と共に街頭に出ると決めたのだ。

これまで旭中央署の署長は神事に参加したあと、一帯の巡回をしたり、神社本殿に設置される警備本部で待機したりしていた。そういった祭礼関係を今回に限り、杏美が替わることとなった。

午後、病院から知らせが届いた。

刑事課長や安上らが快復し、口を利けるまでになったという。本部会議に出ている貴美佳に代わって杏美が病院に向かおうとしたら、いきなりグリズリーに道を塞《ふさ》がれた。

「悪いが見舞いより聴取が優先する。物見遊山《ものみゆさん》で来るのは控えてもらいたい」

「誰が物見遊山ですか」ぎっと音が出るほど睨みつけても、熊《くま》はもうこちらを見ていない。しかも所轄の刑事と捜一の部下を一人ずつ連れて車に乗り込もうとする。

「班長が自ら行くって言うの？　どういう風の吹き回し？　いきなりグリズリーが現れたら、治るものも治らないわ」

杏美はすぐに総務課の主任に言って車を出させる。桜木がうんざりした顔を見せるが、花野の好きにさせる訳にはいかないと、杏美は駐車場を目指して駆け出した。

以前来たときと同じく、刑事課長と木俣主任、安上主任らは一緒の病室にいた。半身を起こせるほどまでに回復したお蔭で、薄暗いと思った部屋も明るく思える。課長と木俣の側には奥さんや家族がいたが、安上のベッド脇《わき》に元妻の姿はない。

旭中央の刑事と奥さんらは顔見知りらしく、にこやかに挨拶を交わした。ちょっと話をしたいのでと言うと、察し良く席を外してくれる。

「課長、木俣主任、安上主任、ご帰還おめでとうございます」

ふざけた口調も仲間内のことだから許される。会話も弾むが、みな事件のことを気にしているから、刑事二人はすぐにこれまでの経緯などを話し始めた。

杏美と花野は病室に入らず、廊下から扉を少し開けた状態で様子見していた。花野からはついて来てもいいが、勝手な真似はするな、喋《しゃべ》るな動くな、という風なことを言われている。むっとしながらも、ここは我慢する。どうして二人の刑事と一緒に入らないのか疑問だったが、それも口にできないような態度だった。

「そうか。上原はまだ見つからないのか。それでホームセンターの細井は本当に真冬の件と関わりがないのか」課長が問うている。

「はあ。今、調べているところですが、なにせ本人が入院中でして」

木俣が低い声で言う。「本当に自殺の線はないのか」

「まだはっきり捨てた訳ではありません」と花野の部下が答える。

旭中央の刑事が、「安上主任が倒れたと聞いたときは、てっきり犯人にやられた、殺人に違いないと思いましたよ」と言う。「だが、それが食中毒とわかって、結局、自殺説も消えずに残った訳ですが」

「この食中毒自体も、真冬殺しの犯人が仕組んだのじゃないかと言う者はいましたけど」と捜一の刑事が満更冗談でない顔つきで言った。さすがに課長は一笑に付し、木俣が答える。

「現場はどう見ても自殺。だが、安上が屋上に人影を見ている。そうだな、安上」

「はい」

「それは確かなんだな」

花野が扉を大きく開けて姿を現した。杏美も続く。

安上だけでなく、刑事課長も木俣も呆気に取られた顔で見上げた。

「あ、お宅は」

「来られていたんですか」

課長と木俣がうろたえたように上半身を動かし、姿勢を正そうとする。安上などは、目を見開いたまま、すっかり固まっていた。小動物のような怯《おび》えさえ見える。

その巨軀にも驚くだろうが、捜査一課の花野司朗と言えば、刑事課に所属する人間で知らない者はない。一課が応援に来ていることは伝えていたが、花野班であることまでは言っていなかったし、班長自らが聴取にやって来るなど誰も思わない。一緒にやって来た刑事らにもわざと言わないよう言い含めていたらしい。もったいぶった登場の仕方をして、いまだ病中の課長らを驚かせてなにが楽しいのか。杏美が白い目で見ているのも知らん顔で、熊はぬうっとベッド脇に近づく。

安上は少し苦しそうに息を吐きながらも、毅然《きぜん》と言い切った。

「間違いありません。俺は屋上に人影を見ました」

花野は腕を組み、覆《おお》いかぶさるように見下ろした。「具合が悪かったようだが」

安上は首を振る。

「視力まで落ちていた訳ではありません。頭もしっかりしていました。こちらを窺っていたのが慌てて引っ込んだ、そう見えました。確かです」

「人だったんだな」と念を押す。

班長が直々に出向いて来たことにも驚いただろうが、重大な証言を口にしようとしていることを意識してか、安上は緊張で声をかすれさせる。だがすぐに挑みかかるような強さが顔面を覆った。安上は繰り返す。

「見間違いではありません。俺も刑事です、屋上には誰かがいました。橘真冬の事件は、単なる飛び降り自殺ではないと考えます。どうか調べてください」

花野と安上はしばらく睨み合い、巨軀の背が息を吸うに合わせて揺れた。そして、

「わかった。殺人として調べよう」と告げた。安上は赤くした頰をようやく弛《ゆる》めた。

花野は刑事課長へと向きを変えると、「橘真冬は殺害事件として捜査する。旭中央署の捜査本部は、被疑者逮捕に向けて全捜査員を投入し、ことに当たる」と轟《とどろ》くような声で告げた。

課長が、「頼みます」とベッドの上で頭を下げ、木俣も安上も倣《なら》う。

花野は用が済んだとばかりに、見舞いの言葉もなくさっと踵を返して病室を出た。杏美は躊躇《ちゅうちょ》したが、結局、労《いたわ》りの言葉を口早に残してあとを追った。後ろから、同僚に一刻も早く戦線復帰するよう言葉をかけられ、安上が笑いを含んだ声で応えるのが聞こえた。

16

四日の夕方、四回目となる祭りの打ち合わせ会議が終わった。

署に戻り、裏口を入ってすぐの食堂にある自動販売機でコーヒーを買おうと足を止めた。ちょうど廊下をやって来る野上と行き会った。杏美に気づくと背筋を伸ばして

室内の敬礼をした。

「ご苦労様。今から？」

もう間もなく終業時刻だ。はい、と元気良く応える。

「聞き込み？」

「あ、いえ、本部の科捜研へ行きます」

「科捜研？」

「はい。精査してもらいたい音声があるので」

「音声？　それは橘真冬の件で？」

「はい」

これ以上訊いても応えてくれないだろうと思った。佐紋署では野上は杏美の下で働く一署員だった。今は、花野の部下で、ここでは応援部隊だ。だが、野上はすっと体を寄せると少し屈《かが》んで杏美の耳元に口を寄せた。

「班長の指示で、一一九の通報音声を解析することになったんです」

「一一九？」

「通報は全て記録されていますから」

「それはわかっているけど、誰からの通報」

「それは」

言いかけたところに慌ただしい足音が聞こえた。野上と共に廊下の奥、階段の方を見やる。すぐに捜査員らが怒濤《どとう》のようにこちらに向かって流れてきた。花野の部下も旭中央の刑事課員もいる。

「どうしたんですか」

野上が叫ぶように訊く。誰かが走りながら応えた。

「上原が目撃された。新地だっ」

駐車場からサイレンが爆発するように鳴り出した。覆面車両だけでなく、パトカーも出動する。置いて行かれた形の野上は、悔しそうな顔を見せたがすぐに気を取り直し、杏美に挨拶をして県警本部へと向かった。

午後五時二十八分に旭中央市外新地一丁目の路地を走る上原祐介が目撃された。けれど九時になっても発見に至らず、緊急配備は解かれ、捜査員らは順次、旭中央署に戻ってきた。刑事らはみな同じ疲れと悔しさを背負って、足を機械のように繰り出すだけだった。その姿を一階の奥から見ていた杏美は、刑事課へすぐに顔出ししようと思ったが止《よ》した。

結果を持ち帰れなかった捜査員を励ます術など、なにひとつないのだ。

翌日、杏美は署の朝礼を終えると三階へ立ち寄った。朝の廊下は、空気もほのかに冷たく、落ち着いた気配が漂う。九時を少し過ぎたところだが、刑事課は既に半数以上が出払っていた。部屋は広々として、奥の壁際に花野や係長、捜査員が数名、ホワイトボードを囲んでいるのが目に入った。

「上原はまだ管内にいたのね」

係長や係員が振り返って挨拶をする。花野は腕を組んだまま、なにか思案している風だった。シャツは皺だらけで、髭《ひげ》もまだあたっておらず汗の臭《にお》いも漂う。他の捜査員らも似たり寄ったりで、誰も帰宅しなかったのだとわかる。組織対策係の係長が詳しい場所と目撃された状況を教えてくれた。

「それにしても新地とはね」

新地をローラーしようかという話が出ていたが、それが後手に回ったということだ。幹部連中は立つ瀬がないだろうし、昨夜は帰りたくとも帰れなかっただろう。あえてそのことには触れず、話を続ける。「隠れるにはもってこいの場所かもしれないけど、いまだに管内にいるってことは、やっぱり？」

その場にいる花野以外の全員が、同じように頷《うなず》く。少し前に退院し、戦線復帰した強行犯の主任が、花野にちらりと視線を流し、反応がないのを見て話し出した。

「上原が真冬を殺害したのなら、ここに残っているのも妙な話です。上原が墓地で細井を襲撃した件もありますし、まだ真冬を殺した犯人を探していると考えます」

杏美は頷いた。上原は細井に対して、真冬の恋人なのか、真冬を殺したのかとしつこく問い質《ただ》していた。細井は殴られながらも否認を通した。

「実際、細井に真冬殺しはできないのよね」杏美が腕を組むと、強行の主任も頷く。

「はい、アリバイがあります。九時にホームセンターでの仕事を終えたあと、同僚と飲みに行っていました。裏も取れています。カメラにも映っていて問題ありません。細井が容疑圏外であることは間違いありません」

「上原はそんなことは知らないでしょう。なのに細井の言葉を信じたというの？　だから、まだ真冬を殺した人間を捜していると？」

「わかりません」

主任だけでなく係長らも首を振る。とにかく見つけるしかない、と言葉を強くした。

杏美は、体調にはくれぐれも気をつけるように言って背を向けかけた。ふいに呼び止められ、課長席を見やるといつもより老《ふ》けた顔の花野がこちらに目を向けている。

「ちょっと頼みがある」

珍しいことだと思いながら、なんですか、と尋ねた。

「お宅の直轄を何名か借りたい」

「直轄を？」

直轄警ら隊は、警察署ごとに配される小規模の機動隊のようなものだ。若くて屈強な男性十名ほどが、日々、訓練をし、出動に備えている。出動がないときは大概、各課の応援に回るが、ここでは副署長の直属となっていた。だから、花野はわざわざ杏美に断りを入れたのだが、なにに使うのか理由を訊いても捜査の応援だとしか言わない。

「理由もなく貸せと言われても」とはっきり不愉快な顔をして見せた。花野は頓着せず、「すぐ戻す」と言い、杏美がむっと言い返そうとしたら口早に言われた。

「お宅にはちょっとした貸しがあった筈《はず》だ」

他の係長や課員がいる手前、声を荒立てるのは控えたが、憤怒《ふんぬ》の余り顔が歪《ゆが》むのは抑えられなかった。

花野は、杏美が組対の人間を紹介して欲しいと頼んだことを逆手に取っているのだ。同じ警察官同士なのに、取引しようと言うのか。そう罵《のの》りたい声を必死で呑《の》み込む。けれど、どう思案を巡らしても杏美に利はない。組対相手になにをするのかと問われたら、口は貝になるしかないのだから。

「わかったわ。直轄には協力するよう伝えておく」

荒い鼻息を吐く杏美のために、係長らは慌てて道を開けた。

その有谷から連絡が入ったのは、祭りまであと二週間を切ったころだった。

17

「奥新地三丁目に、『ロン』という雀荘《ジャンそう》があります。大仁会系一豊組の息がかかっている店です。今夜、午前二時ごろ、パーティが開かれるというので入ります」

県警本部組織対策課課長補佐の有谷は、口早にそれだけ言うと、杏美が礼どころか一言も発しないうちに切ってしまった。パーティというのは、薬物を仲間内で楽しむ集まりだ。

杏美はすぐに私服に着替え、桜木に頭痛がするから年休だと言い置いて署を出た。

バスに乗り、駅前で降りる。二ブロック先まで歩き、東西の細い道を曲がると、いきなり熱気を含んだ喧騒《けんそう》が取り巻くのにしばし戸惑う。若い人を中心に賑わう通りで、格安の電化製品を売る店が軒を連ねる。セルフのコーヒーショップやメイド喫茶、フイギュアショップなども点在する。杏美はめったに来ない場所なので、しばらく物色した上で、適当な店を決めて入ってみる。すぐに明るい声に笑顔を張りつけた店員が声をかけてきた。

夕方、杏美は黒のパンツスーツ姿で、少し離れた電柱の側で待った。前のときのように園児の関係者と顔を合わせることのないよう距離を取る。園児を送り届けたバスが戻ってきて、門扉《もんぴ》は閉じられた。園舎の灯りがひとつずつ消えてゆく。

やがて通用門を潜《くぐ》って、女性が連なって出てきた。

適当なところで女性らは散り散りになると思っていたが、どこかへ繰り出すのかずっと固まって歩いてゆく。アパートに戻ることを期待したのだが、諦《あきら》めてそのまま追尾する。

駅前の飲み屋街にある洋風の居酒屋に入り、女性らは酒と食事とおしゃべりを楽しみ始めた。杏美は、離れたところで店の様子を窺いながらじっと待つ。

「こんな張り込みみたいな真似、何年振りかしら」独りごちる。

警察学校を卒業して所轄の地域課に赴任し、それから交通課、生活安全課、県警本部警務部、そしてまた所轄、と異動と昇進を繰り返した。順風満帆とは言わないが、割とすんなりここまで来た方だろう。部署が変わるたび、立場が変わるたび、責任は重くなり、やるべきことは増えていった。けれど、どの仕事ひとつとっても同じものはなく、同じように扱って片付く仕事はなかった。新たな人間関係にも悩まされた。辛《つら》いと思ったことはあっても嫌だと思ったことはなく、困難に直面するたび知恵を絞り、勇気を鼓舞し、使命感に胸を熱くさせた。

大変な仕事、厄介な職だというのは警察官共通の認識だろう。けれど、語弊のある言い方かもしれないが、面白い仕事でもあるのだ。

一度しか生きることのできない人生において、これほど興奮させられる仕事を経験し得たのは杏美に限って言えば、正に幸運だった。普通の仕事にはない、国民、市民のために務めるという大義名分を与えられている。それはたとえようのない高揚感を味あわせてくれた。嫌われ憎まれることもあるが、感謝し、頼られることも多い。子どもらは、制服を見ただけで喜んでくれる。堂々と胸を張って、街中をどこまでも歩き続けられる仕事なのだ。

捜査部門で働く機会は余りなかったが、それだけが警察の仕事ではない。色んなことがあったな、とうっかり物思いにふけりかけたとき、携帯電話がバイブした。慌てて応答する。短く返事をして、すぐにポケットにしまって、また店を見張る。こういうところが刑事に向いていないのだ、と自分を叱《しか》った。

それからしばらくして、幼稚園の先生の集団が店を出てきた。散り散りに帰るかと思ったが、同じ通りにあるカラオケ店に向かう。長引きそうだとわかって力が抜けかけるが、コンビニで栄養ドリンクを買おうと決める。ひと息に飲み干したあと、店内をうろうろしながらカラオケ店の様子を見張り続けた。

時計を見て、これ以上長くなるようなら、こちらから出向くしかないと考え始めたころ、ようやく女性らは笑顔で出てきた。駅の方へと向かうのを見て、あとを追う。

時計を見る。間もなく、午前一時になる。角で互いに別れの挨拶をしていた。一人になったのを見て、杏美は素早く走り寄り、声をかけた。笑った顔のまま振り返るが、すぐに不思議そうな表情に変わった。

杏美は、真っすぐ坂井有理紗の顔を見つめ、「旭中央署の田添です」と名乗って、バッジを見せる。有理紗は口を半開きにしたまま固まり、徐々に目を見開く。酔いが覚めたという顔だ。

「坂井有理紗さんですね、少しお話をお伺いしたいのですが」

「な、なんですか」

「四月の末に自動車道のパーキングエリアで、駐車していた市之瀬ケントさんの車を汚す悪戯《いたずら》をされましたよね」

「な、なんで。あれは旭中央署じゃないでしょ。第一、もう終わったことじゃない。二か月以上も経《た》ってからなんだって言うの」

「実はその市之瀬さんのことで、込み入ったお話があって、お一人になるのを待たせていただきました」

ずっと尾《つ》けられていたと気づいて、目じりを痙攣《けいれん》させる。酔いとは違う赤さを帯びた顔を向ける。

「なんなのよ。どういうつもり」

「あなたは市之瀬ケントさんと共謀して、これまで多くの女性の弱味を握って脅迫を行ってきましたね」

「な」有理紗の顔が歪む。「知らないわよ。あたしだって散々、貢《みつ》がされてどれほど金をむしり取られたか。こっちも被害者よ」

「そうかもしれませんね。今の市之瀬さんの店の開店資金はあなたが作ってやったも同然。そのせいで大層な借金を抱えたんじゃないんですか。その後も貢ぎ続けたけど、幼稚園の先生のお給料では到底やっていけない。ずい分前から、街金に手を出しているようですね。それも、限界ですよね。このままだと返済ができず、質《たち》の悪い業者らにどんな目に遭わされるかしれない」

「なによ。あたしの勝手でしょ。とやかく言われる筋合いはない」

「ええ、もちろん。あなた方二人だけのことであれば、別に構わない。だけど、その難儀を解消するため俵貴美佳の弱味を握って、いいように利用しようとするのは放っておけません。これ以上、好きにさせておく訳にはいかないのよ」

「た、俵？　誰よ、それ。ああ、ケントの新しい恋人ね。そうそう旭中央署の警察の人なんでしょ。そうか、だからあんたがやって来たのか。だけど、脅す相手が違うよ。あたしじゃなく」

「いえ、あなたよ。あなたはまだ市之瀬さんと切れていない。いえ、むしろ彼はあなたの借金をどうにかしようと、貴美佳さんを追い込む真似《まね》をした。市之瀬さんとあなたはグル。二人で貴美佳さんを嵌《は》めようとした」

「知らない」

「あなたが振られた腹いせにと、車にお好み焼きをぶつけたのも芝居。SNSに新しい恋人が貴美佳さんだと書き込んだのも、市之瀬さんに言われたから」

俵貴美佳のあとをつけて警察署まで突き止めていながら、署の名前も貴美佳の名も伏せた。暗に警察組織にプレッシャーを与えようと図ったに過ぎない。大事になればなるほど有利に働く。有理紗は市之瀬と敵対すると見せかけ、裏ではずっと協力者だった。女は単なる獲物で金をむしり取ったら用はないという市之瀬が、有理紗とだけは六年という永きに渡って続いたのが解《げ》せなかった。遠縁で昔からの知り合いだった二人は、恐らく幼馴染《おさななじみ》のような兄妹《きょうだい》のような関係だったのではないか。

そうと気づいたのは、市之瀬が貴美佳の写真をいざとなれば、あっと言う間にばら撒《ま》くことができると言ったからだ。つまり、共犯者がいるということだ。一匹オオカミで夜の街を生きてきた男に、心を許せる仲間がいるとしたら誰だろうと思った。

考えているうち、高月老人が言ったことを思い出した。長いあいだ市之瀬の女だった坂井有理紗が質の悪いところに金を借りて、二進《にっち》も三進《さっち》もいかなくなっていると。

市之瀬が警察官僚というもっともリスクの高いターゲットを選んだのには、有理紗の嵌まり込んだ厄介な事情があったからだ。相手は反社とも繋《つな》がる金融会社。表立って動けばすぐに反撃をくらう。新地で働く限りは、そんな敵を作る訳にはいかない。だから貴美佳の弱味を握って、警察権力を利用しようとした。それが駄目でも恐喝で金をゆすり取ろうと考えた。金でも力でも、有理紗をヤバい連中から救うには必要なものだ。

貴美佳自身に力はなくとも、バックには警察組織がある。醜聞や不祥事を避けるために市之瀬の要求を呑むのではと考えた。危険性は高い。だが反社や半グレを相手にした場合のように、法を無視した過激な反撃はされないという利点もあった。

それでも有理紗が協力者であることは極力知られないよう図った。

「あなたは市之瀬さんをつけ回し、貴美佳さんをSNSで告発するほど憎んでいたにもかかわらず、幼稚園では変わらず笑顔の優しい先生だった。同僚の皆さんも、有理紗さんに変わったところはない、恋人ともうまくいっているようだと言っていたわ」

杏美は直接、園で聞き込みもしていた。

「市之瀬さんとグルなのね。そして貴美佳さんの写真を預かっている」

唐突に告げたことに有理紗は踏ん張って顔色ひとつ、目の動きひとつ乱さなかった。その代わり、バッグを持つ手の指に僅《わず》かに力が入ったのを杏美は見逃さない。

「もう一度、ちゃんと話し合った方が良さそうね。今度は四人で」

「四人？」

「市之瀬さんは貴美佳さんと新地の雀荘で待っているわ」

「新地の、雀荘？　どうしてそんなところに」

杏美は肩をすくめる。「わたしが好きなのよ」そう言って両手を持ち上げ、パイを掻《か》きまわす手振りをして見せた。

「四人でやりながら話しましょう」

「わたしは麻雀《マージャン》なんかしたことないわ。ケントだって」

「あら、市之瀬さんは昔、お客とやったと言っていたわよ。大丈夫、教えてあげる。簡単だからすぐ楽しめるわ」

「……」

「待たせると悪いわ。さっさと行きましょう。二人じゃできないのよ、麻雀は。二人でできることといったら」と思わせぶりに有理紗を見て笑った。

「よりを戻すかもしれないわね。元々、貴美佳さんは市之瀬さんにぞっこんだったし。あ、ぞっこんなんて言い方わからないわよね。夢中ってこと、たぶん、今も。あなたの存在に気づいて、逆に火が点《つ》いた、みたいな」

有理紗の目が尖《とが》る。バッグを握る手に力が入っていき、体が前かがみになった。

「嘘《うそ》よ、そんなこと。あんなクソ中年女をケントが選ぶ訳ない」

「市之瀬さんがあなたの面倒をいつまでも見てくれるとは思えないんだけど？　今のあなたは彼にとって、お荷物以外のなにものでもない」

「ケントに訊くわ」

すぐにバッグからスマートフォンを取り出す。耳に当てるが、繋がらないらしく有理紗の眉間《みけん》に深い皺《しわ》が寄ってゆく。何度もかけ直すが上手くいかない。

「繋がらない？　切っているのかしらね。それとも、取れない状況にあるのかしら、二人で」

杏美の言葉に、有理紗はきっと眉《まゆ》を跳ね上げ、大きく胸を上下させた。

「どこ。その雀荘って」


午前二時近くになって、夜の街はようやく眠りにつく。ゴミ出しや片付けの音が響き、色んな匂《にお》いが交じり合った空気が地を這《は》う。やがて闇の吐息のような静けさが満ちた。

杏美は唾《つば》を飲み込み、そっと時計を確認する。

通りの端でタクシーを降り、有理紗と共に人気のない暗い道を歩き出した。すぐ後ろを歩く有理紗は、何度も電話をしているようだが繋がらないらしく、そのたび息を吐いては苛立《いらだ》ちを募らせていった。

細い路地を入る。有理紗がなにか言ったが、無視して進む。角を曲がればもうそこに『ロン』がある筈だった。

ようやく足を止め、携帯電話を取り出した。有理紗が睨みつけてくるのを見ながら、相手が出るのを待つ。間もなく貴美佳が応答した、振りをする。

「今どこです？」

いきなり、近くでなにかがぶつかる音がした。有理紗はぎょっとし、杏美までも思わず声を出しかける。

走り回る足音。叩《たた》く音、壊れる音、駆け抜け、追いかける音。それに被《かぶ》さるようにいくつもの男の怒声が響く。

「まずいことになったわ」

電話を持ったまま、有理紗を振り返る。「市之瀬さんが警察に捕まる。今、雀荘に警察の手入れが入ったと」

最後まで言い終わらないうちに有理紗が脱兎《だっと》のごとく走り出す。杏美もすぐにあとを追った。

角を曲がった途端、赤い光が目を射た。回転する光が真っ暗な新地を照らし出す。

「ケント？」

有理紗が茫然《ぼうぜん》と立ちすくむ。すぐに周囲を見回す。雀荘の表の道を渡った角に、貴美佳と市之瀬が身を寄せ合うようにして、突然の騒ぎを注視している姿があった。貴美佳の方もすぐに有理紗を認める。そして両腕を市之瀬の首に回して、しがみつくように体を寄せた。男の耳になにか囁《ささや》く。片手でスマホをいじっていた市之瀬は、怪訝《けげん》そうに貴美佳を見るが、慣れた手つきでそのまま抱き寄せた。

それを見た有理紗の形相が変わった。右手にスマホを握っているから、左手でバッグを振り上げると、犬のように飛びかかる。市之瀬はそんな有理紗に気づいて目を剝《む》く。甲高い声を上げて、何度もバッグを二人に叩きつける。杏美はタイミングを見計らって有理紗のバッグのストラップを引き、ふらついたところで今度は腕を思い切り叩いた。有理紗はたまらずスマホを落とした。それを杏美は蹴《け》り飛ばし、割烹《かっぽう》料理店の表に飾ってあった石の招き猫を唸《うな》り声と共に持ち上げると、スマホの上に叩きつける。画面が割れ、有理紗が飛びかかってくるのを押さえながら、足で素早く側溝に蹴り入れた。

「なにしやがる、このアマ」

市之瀬が怒鳴る。貴美佳が市之瀬を突き飛ばすようにして素早く離れた。杏美は体勢を整え、市之瀬と向き合った。

「あら、悪かったわ。ついうっかり壊しちゃった。そんなに大事なスマホだった?」

一度脅迫で使ったネタは処分すると言っていた。だが、もしまたいつか利用しようと保存するなら、有理紗のスマホは格好の隠し場所だろう。

悲痛な表情を浮かべた有理紗を見て、間違っていないと確信した。杏美は声が震えそうになるのを踏ん張って、「もちろん、携帯電話は弁償させていただくわ」と笑って見せる。

「ふざけるなっ」

市之瀬がいつもの作り物めいた顔を豹変《ひょうへん》させた。真の心根が表に出ただけだが、案外とありふれた悪党の顔だった。

通りの向こうでは、本部組対によって一斉取り締まりが続けられている。逃げる組員や客を追いかけ、地面にねじ伏せているのが見えた。何事かと、残っていた新地の従業員がビルの窓から顔を覗《のぞ》かせている。

「田添さん、危ないっ」

貴美佳の悲鳴のような声が聞こえ、はっと目を向けると市之瀬が飛びかかろうとしていた。優男《やさおとこ》だったので、まさか荒っぽいことはしないのではと考えたのだが、甘かった。やはり、自分は捜査部門には向かない。

咄嗟《とっさ》に避けようとしたが拳《こぶし》が肩に当たってよろけ、そのまま地面に倒れ込む。すぐ側では、本部の捜査員が走り回っているが、誰も通りの向こうで尻《しり》もちをついているオバサンになど目を留めない。

「くっそう、バカにしやがって、ババアが」

市之瀬が憤怒の顔で、杏美に襲いかかる。両腕を顔の前で交差させ、攻撃を防ごうとした。だが、なにも起きなかった。慌ただしい気配と、「ぐえっ」と妙な呻《うめ》きが聞こえただけだった。腕を下ろして見回すと、離れたところで市之瀬が倒れている。地面にねじ伏せられ、腕をひねり上げられている。制圧しているのはスーツを着た若い男で、見たことのある顔だ。そして、女性が市之瀬の肩から首にかけて特殊警棒をぎゅうぎゅう押しつけていた。

「野上？」

野上麻希は顔を振り向けると杏美を見て、にっこり笑った。

「大丈夫ですか。お怪我はありませんか」

「どうして」

若い男性の方は、野上とペアを組んでいる花野班の捜査員だ。杏美は打たれた肩に手を当てながら、貴美佳の助けを借りて立ち上がる。

市之瀬も腕を取られたまま、引き起こされる。野上はそんな市之瀬を見、杏美に顔を向けた。

「班長から」

「え」

「詳しいことはなにも聞かされていません。ただ、花野班長が副……田添さんを気にしておけと指示されたので。それでまあ、ここしばらく失礼ながら見ておりました。そして今日になって、なにがあっても目を離すなと改めて言われました」

恐らく、組対課の有谷が杏美に知らせたのと同じことを花野にも伝えたのだろう。二人は同期だし、本部が動くのに所轄《しょかつ》の刑事課に話をつけておくのはよくあることだ。

野上は不思議そうな顔をしている。副署長に襲いかかったこの男が誰なのか、そして側溝に手を突っ込んで、泥まみれになりながら地面に座り込んでいる若い女が誰なのか。そしてなぜ、署長までがこんなところにいるのか。

通りの向こうで手入れがなされていることは二人の若い捜査員もすぐにわかっただろう。そちらにもちらちら視線を流す。

「助かったわ、ありがとう」

杏美は近づいて市之瀬の顔を見上げた。

「くそ、アマ。ただで済むと思うなよ。あ、うっ」

男性捜査員が更に腕をねじ上げ、手錠を取り出す。杏美は手で制し、「野上、放していいわ」と言った。刑事二人はぎょっと見返す。

「なぜですか。このまま逮捕しても問題ないと思いますが」

「いえ、それには及ばない」

野上も男性捜査員も不審げな顔で、なにか言いたそうにしたが口を閉じた。ちらりと貴美佳に視線をやるが、署長が黙っているので、渋々、市之瀬の体を突き放す。腕や肩を撫《な》でさすりながら、悪意に満ちた視線を投げるが、さすがにこれ以上暴れる気力はないようだ。有理紗が泣きながら市之瀬の腰にすがりついた。

「なんの騒ぎですか」

遠くから声が飛んできて、いっせいに顔を向けた。有谷の上背のあるがっしりした体がこちらに近づいてくる。野上らが頭を下げた。貴美佳は店舗の方へ身を寄せ、ジャケットに手を入れたまま横を向く。

「ご苦労様。うまくいきましたか」

杏美は尋ねながら、有谷の背後で赤色灯の回転する捜査車両に押し込まれる男らの姿を目で追った。格好は普通のサラリーマンや学生風だ。だが雰囲気は尋常でなく、正気を失っているような、人よりも獣に近い目の色をしていた。

「まあまあですね。規模は小さなものですが」と言って、市之瀬に目をやった。一味ではと疑ったらしい。杏美がすかさず言う。

「ちょっとした事案で、手を貸してもらった一般人なの。そちらとは無関係。あ、でも本部の課長補佐から労《ねぎら》いのひとつもかけてもらえたら嬉《うれ》しいわ。肩を軽く叩くとか」

有谷はちらりと杏美に視線をやり、にやりと笑った。そして、市之瀬の肩に太い腕を回すと、耳になにかを囁いた。すぐに離れて軽く片手を挙げると、「それじゃ」と警察車両へと向かう。市之瀬はなんだという顔をしていた。

「市之瀬」

呼ぶと冷たい目が杏美を睨《にら》み返す。

「この辺が引き際《ぎわ》よ。今回を最後にしなさい。そうでないと、こちらももう容赦しない」

ふん、と顔を背ける。

「ああ、そうだ。ひとつだけ言っておく。うちの組織対策課の人間とあなたが肩を組んだ姿を、今、多くの組員が見ていたわよ。今夜の情報を流したのはあなただと疑ったかもしれない。身辺にはくれぐれも気をつけなさい」

「え」

市之瀬の顔色が変わる。

「一匹オオカミにも限界がある。いつかは消えるものだと言ったのは、高月老人だったかしらね」

市之瀬の体が揺れた。揺れたと思ったら、そのまま後ろに二三歩下がってビルの壁に背をつけると、ずるずると腰を落としていった。有理紗もすがりついたまま地面に座り込む。

杏美はしばらく女を見下ろし、やがてその腕を強く引いた。真っ赤に濡《ぬ》れた目で睨み返してきたが、徐々に手に力を入れる。有理紗は、「痛い」と言って顔を歪ませた。

「仁志菜々美さんのことは覚えている？」

市之瀬の腕に片手を巻きつけたまま、「なに？」と吐く。杏美は強い口調で繰り返した。

「仁志菜々美さんよ。あなたの勤めるハンナ幼稚園に六年前通っていた。その後、行方不明になった五歳の女の子」

有理紗は眉間に皺を寄せ、ひととき視線を宙に放った。そうして、ああ、と声を漏らす。

「お祭りで消えたって子？　知らないわよ。わたしはその年の秋にハンナに雇われたんだから。なによ、なんだってそんなこと訊《き》くのよ」

杏美は有理紗の目を見つめ、ちらりと隣の市之瀬にも視線を向けた。市之瀬はまだ茫然としていて生気を失ったような有様だった。

杏美は、有理紗の腕を放して背を向けた。有理紗の表情に嘘は見えなかった。一度は、市之瀬と共謀して菜々美さんを誘拐したのではと疑った。だが、この追いつめられた状況下でも菜々美さんの名に動揺を見せることはなかった。市之瀬も同じだ。有理紗が、菜々美さんが消えた年の秋にハンナ幼稚園で教諭として勤務し始め、それまでは別の県の幼稚園に勤めていたことは確認済みだ。それでも杏美は、本人に直接確かめたかった。

深い息を吐き、貴美佳に声をかけた。「戻りましょうか」

男性捜査員が、大通りまで走って行ってタクシーを拾う。貴美佳を先に乗せて出させ、二台目が来たのを待ってドアを開けて乗り込むとき、野上を振り返った。

「花野さんに」と言いかけて首を振った。「いえ、いいわ。今日は二人ともご苦労様。ありがとう。気をつけて戻りなさい」

野上と男性捜査員の二人は直立し、無帽の敬礼をして見送ってくれた。

自宅に戻ると、仏壇のある和室に入って倒れ込むように腰を下ろした。

寝転びたい気持ちを堪《こら》え、もうひと踏ん張りと杏美はポケットに入れたままの左手を外に出した。手には市之瀬ケントのスマートフォンがある。

脅迫のネタになる写真は有理紗が持っていると思ったが、同じものを必ず市之瀬も持っている筈だった。そうでなければ、貴美佳に脅しをかけることができない。スマホにはロックがかかっているだろうから、市之瀬が使っている最中に奪わなくてはならなかった。それを貴美佳がなんとかうまくやってくれた。

有理紗がふいに殴りかかってきたことで市之瀬の意識が逸《そ》れ、咄嗟に貴美佳がスマホを取り上げた。それから画面がクローズしないようずっと操作し続けていたため、貴美佳は動くことができなかった。貴美佳がタクシーに乗り込む際、素早く受け取って、画面に指を当てたままポケットに入れた。

ひとまず、そのなかに写真があるかを確認する。見つけた写真全《すべ》て、一旦《いったん》、自分のパソコンに取り込み、スマホの方は消去した。これは明日にでも店の郵便受けに返しておくつもりだ。

それが終わってようやくスーツの上着を脱いだ。シャツのボタンを外す。そしてズボンの腰につけていた、携帯電話の電波妨害装置を卓の上に放り投げた。電気店街で見つけて買ったものだ。

市之瀬と有理紗が連絡を取り合わないようにする必要があった。有理紗と接触すると同時にスイッチを入れ、貴美佳も同じものを持って市之瀬と会い、それからずっと側について通話できないように謀《はか》った。本来なら電波抑止のこういった機器を使うのは問題であり、一定の状況下では免許が必要となる。問題となった場合は責任を取るつもりだが、栗木が言うところの目を瞑《つむ》るに該当するのではとの思惑もあった。

それでも自分らしくない真似をしたと、畳の上に寝転び、大の字になって手足を伸ばす。仰向《あおむ》けで首をひねって仏壇にある写真をしばらく眺め、ゆっくり半身を起こした。

パソコンに取り込んだ写真に目を通す。

対価を得た相手のものは消去していると言っていたが、やはりまだ数名の女性の、百枚近い写真が残っていた。なかには赤裸々なものもあり、さすがの杏美も眉を顰《ひそ》める。そのなかに貴美佳が写っている二十枚ほどを見つける。明日にでも、見せられたものに間違いないか確認を取った上で処分しよう。本当を言えば、これで全てが片付いたとは言い切れない。市之瀬がどこかに写真を隠し持っているかもしれない。別の脅しネタを見つけるか、ネットに書き込まないとも限らない。それでも杏美は貴美佳に、もう大丈夫、これで問題はありませんと告げることになる。そうすることで平穏を取り戻さなくてはならない。頭のいい貴美佳のことだから、そんな杏美の言葉に疑問を抱いても、納得するほかないとわかってくれるだろう。キャリアとして上を目指す者は、そういう折り合いが大事だと知っている筈だ。

「あら？」

貴美佳の写真を一枚一枚確認しているうち、そのなかに知った顔が写り込んでいるのを見つけて思わず苦笑した。

ホテルの前で抱き合う貴美佳と市之瀬の後ろで、二人を見やる三河鮎子の正面の顔が捉《とら》えられていた。帽子を被り、薄い色のサングラスをしているが、まともにこちらを向いているからはっきりとわかる。周囲の様子から、恐らく外新地ではないだろうか。再開発予定のため、店舗も少なく灯りも薄暗く思える。鮎子はビルの地下への階段を下りようとしているのか手すりを握っていた。だが階段の入り口には侵入を防ぐための鎖が渡されているから、閉鎖店舗か。鮎子の会社の管理物件なのかもしれない。深夜に見回りするとは思えないから、たまたま近くまで来ていたのだろう。気になったのは撮影された日時だった。確か、一回目の祭りの打ち合わせ会議の前々週だ。会議で鮎子は貴美佳と顔を合わせたが、見知っている素振りはなかった。

「まあ、いいわ」

二人に気づいたとしてもどうということはないと思い直す。鮎子はそんなことをいちいち言い立てたり、いたずらに噂話《うわさばなし》を広げる人物ではない。

データをUSBに落とし、パソコンを切った。電波妨害装置を不燃ごみの袋に投げ入れ、風呂《ふろ》を沸かしてゆっくり入る。濡れた髪のまま、ダイニングのテーブルに着き、缶ビールを一本、一気飲みしてから栗木に電話した。すぐに応答があり、首尾を報告すると意外にも大きな息を吐いた。栗木なりに案じていたらしい。今回、無茶をしたことで、なにかしらの問題が生じるかもしれないと念のため付け足す。栗木は囁くように、「気にするな。その程度のことならこっちでなんとかする」と言う。そして、「来春は、殿様だな」と言って切った。

携帯電話をテーブルに置いて、タオルで頭をごしごしこする。小さく息を吐き、隣の和室へと目をやり、笑いかける母に向かって肩をすくめて見せた。


翌日、花野を見つけてすぐに、市之瀬ケントの存在を教えた。多紀子の証言調書のなかに出てきた、『万が一の保障』という言葉を使っていたことも話す。小さな偶然だが、事件において偶然という理由付けはあり得ないという、刑事の言葉を重く感じたからだった。

昨夜の新地での揉《も》め事《ごと》は野上から聞いているだろう。色々訊かれるのではとそれなりに覚悟し、身構えた。だが、花野はそのことには触れず、ただ「そうですか」とだけ応《こた》える。余計な口出しをすれば昨日のことが蒸し返されると思いつつ、「市之瀬を調べるのなら早い方がいいわ。管内から消える可能性があるから」と言ってみる。

花野はただ、ふっ、という鼻息だけの返事をした。

杏美は、肩を怒らせ、憤然と背を向けた。

18

祭りまであと三日と迫った。

署の講堂で行われる各課、各部隊の担当者が集合しての祭礼警備打ち合わせ全体会議も、いよいよという緊張感のなかで進められた。

当日車両の通行封鎖するエリア、歩行者優先とする区域、神輿《みこし》の通るルートの確認、機材の配布、設置時間、担当者、担当エリアなどを全体で申し合わせ、周知してゆく。

警備課員、地域課員、交通課員は当然、留守番以外は全員出動、他に直轄警ら隊、刑事・生安からの応援に加え、機動隊や交通機動隊（白バイ）からも人員を出してもらう。県内一の規模を誇る祭礼行事は、旭中央署署員一丸となって取りかかる一大イベントだ。毎年行われる行事は、例年となにひとつ違わず執り行われねばならない。

ひと通りの確認作業が終わり、仁志菜々美さんの案件を昨年同様伝える。人手の割けない刑事課員の代わりに生活安全課が担当すること、更に今回は俵署長が陣頭に立って情報収集の呼びかけを行うことなどが説明される。

そして、もうひとつの案件。指名手配犯である上原祐介がいまだ管内に潜伏しているらしいということ。そのため、刑事課員らは祭りの警護でなく、捜査要員として出動することなどを説明する。

最後、大勢の目が向けられるなか、貴美佳が直立し、腰から半身を曲げて、協力を頼みますと言った。杏美も隣で並んで立ち、江島らと共に、「お願いします」と声を出して締めくくった。

その後は、各課、各隊が内容を持ち帰り、担当員らと細かな打ち合わせを行う。全体会議は今日が最後で、あとは当日の朝、署に集合して細部を確認の上、配置に就く。

貴美佳には全てが初めてのことで、署長室に戻っても興奮冷めやらぬ様子だ。それでもその声が明るいのは、あれ以来市之瀬ケントからなにも言ってこないからだろう。

ハンナ幼稚園から坂井有理紗が消えたことも、三河鮎子にそれとなく訊いて市之瀬がやっていた店の賃貸契約が今月いっぱいで解約されることも貴美佳に伝えていた。

栗木からは報告してからなんの音沙汰《おとさた》もない。後始末のようなことを密《ひそ》かにやっているのか、もう済んだことだと忘れているのか。杏美にはわからないが、ともかく連絡がないのは良いことだと思うことにした。

もうひとつ明るい話題は、入院していた刑事課員が全員退院できたことだ。一時は意識を失うほどの重篤《じゅうとく》となった者もいたが、それ以上悪化することなく、手厚い治療を受け快復していった。最後に刑事課長が戻って旭中央署の刑事課は、原状回復となった。

花野班はそのまま捜査本部のメンバーとして橘真冬の事件を追う。旭中央の刑事らは、捜一の捜査員と組んで、新たに傷害事件を起こした指名手配犯の上原の行方を追い、同時に橘真冬殺人事件を捜査することになった。


副署長席の窓からは署の駐車場が見渡せる。外を眺めているとやがて、夕陽が赤く一帯を染め始めた。駐車場では十人前後の署員がまだ作業を続けている。

オレンジ色のカラーコーン、小さいラバーコーン、鉄柵《てっさく》、ポール、看板、立入禁止のテープや表示板などを倉庫から出して並べ、チェックを行っている。声に出して点検し、復唱している。

去年、赴任して初めて阿佐比神社の祭礼を経験したが、確かにこれは総動員してからねばならない代物《しろもの》だと痛感した。旭中央市の住民だけでなく、県内各地からも多くの人が集まってくる。その土地に慣れない人々の往来は、思いもかけない摩擦を生み、普段ならなんでもないことが大事態に発展するリスクを常に孕《はら》んでいた。署員らもそれがわかっているから、どんな些末《さまつ》なことも蔑《ないがし》ろにはするまいと決めている。

毎年使う資材ひとつにしても疎《おろそ》かにしない。誘導灯用やスピーカーの電池も交通課員の白手袋も新品を使う。通行止めのポールを綺麗《きれい》に磨き、夜間用蛍光ベストの破れがないかを確認する。パトカー乗務員らは赤色灯、前照灯の点検を念入りに行い、マイクテストを繰り返した。

見ている間に薄墨の幕が下りてきた。署員らの姿が影になって蠢《うごめ》く。

杏美も部屋の灯りを点けようと体を回しかけたとき、一台の捜査車両が戻ってきた。眺めていると、降車した人物が駐車場灯のなかに現れる。

それが野上麻希だと気づいて、「そうだ、科捜研で調べたという音声のこと、あれきりだったっけ」と呟《つぶや》いた。

真っ暗な副署長室を出て裏口へ向かうと、ちょうど食堂の前で行き当たった。

「あ、お疲れ様です」

野上と組む捜一の若い男性も頭を下げる。どうやら野上だけ、旭中央の刑事課員とは組んでいない様子だ。まさか女性だからという訳ではないだろうが、捜一にきて一年にならないから、若手同士、捜査の後方支援に回されているように見える。いずれ花野に問い質してみようと思いながら、「ご苦労様、今、帰り？」と訊く。

男性が先に行くというのを見送り、野上に顔を向けた。

「はい。間もなく捜査会議が始まりますので、それに間に合うよう本部から戻ってきました」

「本部？　もしかしてまた科捜研？」

「はい」

「以前も一一九の音声がどうのって言っていたけど、今回も？」

「そうですね」

ふうん、と杏美は一旦、言葉を切って考える。なんとなく思いついて言う。

「ねえ、以前、花野さんがうちの直轄を何人か貸せって言ったことがあったけど、あれはなにに使ったの」

野上が科捜研を行き来することと関係があるような気がした。野上の瞳孔《どうこう》が開き、反応してしまったことで観念したのか、素直に答える。

「彼らには、現場での確認作業を手伝ってもらいました」

「確認？」

「はい。体力のある男性に走ってもらいました。何度も何度も」

現場を走る？　そういえば、借り出された隊員はみな似たような背格好をしていた。

「それと、一一九の音声が関係しているのね」

野上が素直に頷《うなず》く。杏美は戸惑いながらも頬を弛《ゆる》めた。

「ふふふ。そんなに話して大丈夫なの。あとでグリズリーに叱られるわよ」

「それより副署長」

声に妙な緊張があった。顔色もなんとなく青ざめて見える。廊下のライトのせいだろうかと訝《いぶか》しく思いながら、なに？　と訊く。

「捜査会議に出られますか」

「会議？　たぶん俵署長が出席されるから、わたしは」

「出られますか」

杏美は口を開けたまま、野上の目の奥を覗き見た。数秒ののち、唾を飲み込んで、

「出るわ」とだけ答える。野上は室内の敬礼をして、階段へと駆けて行った。

19

正面雛壇《ひなだん》中央に県警本部刑事部長と捜査一課長が座り、二人の隣に貴美佳が着く。テーブルの端には花野、その横に旭中央の刑事課長がいて、今、席を立って捜査会議の始まりを告げた。

これまでも何度か捜査会議は行われたが、刑事部長が臨席しての会議は初めてだった。そのことだけでも緊張ものだが、旭中央の刑事らは復帰してまだ間がなく、捜査会議自体が初めてという者も少なくなかった。

長テーブルひとつに二人ずつ、捜一と所轄の刑事のペアが座る。それが右に六列、左に七列ある。杏美は空いている一番後ろのテーブルに一人で陣取っていた。貴美佳は杏美が座ったのを見て僅かに反応したが、花野が視線を向けることはなかった。最後列だから捜査員は後ろ姿だけで、隣に話しかけるときのみ横顔がちらりと見えた。そんな程度でも旭中央の刑事らが緊張し、集中しているのがわかる。雑賀係長のようなベテランの捜査員ですらそんな感じだから、安上や若手の刑事らはなおいっそうだろう。口をきつく引き結び、瞬《まばた》きも我慢しているのではないか。

杏美は静かにそんな様子を見守る。ふと気づいて野上を捜すが見当たらない。少し腰を浮かせて首を伸ばすと、雛壇のテーブルの並びにもうひとつテーブルがあり、野上が先ほどの捜一の男性となにか機器を操作しているのが見えた。なんだろうと気になりながらも、捜査員の報告が始まるとそちらへ耳を傾ける。

上原祐介の捜索に関しては、もう新地にローラーをかけるしかないような感じだった。捜査一課長は不満そうな様子で、「他にないのか」と花野へと視線をやる。花野は、「ひとつ餌《えさ》を撒いてみてはどうかと考えますが」と返答する。

上原祐介が市内で目撃されてから日夜、懸命の捜索にもかかわらず、これまで見つけられずにいることからも、上原に協力者がいるのは間違いないと思われた。それが誰なのか、上原の地元での暮らしを子ども時代に遡《さかのぼ》って精査し続けた。それでわかったのは、己の立場を危うくしてまであの男を助けてやろうとする人物は、ここにはいないということだけだった。

「それで」一課長が問う。

「唯一《ゆいいつ》の可能性は、姉の多紀子です」

「でも、二人は仲が悪かったのではないですか」

貴美佳が首を突き出すようにして花野を見やって訊いた。

「そう思わせていたと考えています。その理由となるのは」花野が視線を飛ばすと、その先にいた捜査員が立ち上がった。

「報告します。多紀子と同居している男性をずっと行確していましたが、上原が目撃されて以降、しばしば現金を下ろしているのを確認しています。どうやら多紀子に渡しているようです。多紀子の店は特に流行《はや》っている訳ではありませんが、赤字で窮している様子もない。小学生の息子についても調べましたがこちらにも金を要する事実は出ませんでした」

多紀子の同居人は、仕事の合間を縫ってインスタントものやペットボトルなどを大量に買い込んだりした。

「何度か尾けましたが、同居の男は多紀子に手渡しているのか、自身でどこかに運ぶということはしていません」

「その多紀子ですが、交代でずっと張っていますが、これまでのところ怪しい素振りは見られません」

「ただ多紀子の息子ですが、たまに行方がわからなくなります。友達と遊びに出かけているだけかも知れませんが、本格的に行確するべきかと考えます」

杏美は唖然《あぜん》とする。姉の多紀子だけでなく、同棲《どうせい》相手の男性や小学生の子どもまでもが不審な行動を取っているというのか。

一課長も思わず呟く。「家族ぐるみだって言うのか」

「その可能性は否定できません」

「同居人の手前、弟とは関わりたくないと言っていたのは表向きで、多紀子は上原祐介を匿《かくま》っているというのですね」と貴美佳が納得したように言う。

花野が頷いているのを見た一課長が、「で、餌というのは」と訊く。

「上原が襲ったホームセンターの男、細井崇ですが、細井は橘真冬のストーカーでした。執拗《しつよう》に追い回し、自身の携帯カメラで真冬を盗み撮りしていたと思われます」

「なるほど。そこになら真冬の恋人も映り込んでいるかもしれんな」

「可能性は少なくないでしょう。任意の提出がないと調べることはできませんが、そこは濁して、多紀子に写真があるぞと言えば、恐らく上原の耳にも入ることと思います」

それを知った上原が細井に接触しようとするところを捕縛しようというのだ。

杏美は目をぱちぱちさせる。一般人を囮《おとり》にするというのか。花野がそんな無茶をするとは思わなかったが、そこまで追いつめられていると考えれば、一概に文句も言い辛《づら》い。実際、捜査一課長も貴美佳も言下に退けることはせず、考える風に黙り込んだ。

「真冬の恋人を撮ったものがあるようだと、まあ、真実味を持たせるためにも誰か実際の人物に当て嵌めたような容姿なり、職業なりを細かに言ってやれば更に信用するかと考えます」花野が更に言葉を添える。

「ふうむ」と一課長は腕を組んで首を傾《かし》げたが、花野は気にせず喋《しゃべ》り続ける。

「真冬がいかにも好みそうな男の見た目や雰囲気を言ってやるのです。そうだな、ここで言うと旭中央の安上邦弘刑事なんかがぴったりでしょう」

「は？」思わず声が出て、慌《あわ》てて口を覆《おお》う。一瞬、部屋の空気が固まった気がした。すぐには花野の言葉を理解できず、およそ三十秒近い沈黙が落ちた気がする。冗談としても笑っていいのかどうかもわからず、食らった不意打ちを払おうと、意味もなくもぞもぞ動き出しているのもいる。杏美は、地震でもないのになぜか体が揺れるのを感じた。

「安上」

地の底を這うような声だ。それまでゆったりと課長ら相手に説明していた花野の声と同じものとは思えなかった。呼ばれた安上だけでなく、周囲の刑事課員までもが身じろぐ。

「は、はい」

「お前は二年前の信金強盗傷害事件の際、橘真冬の事情聴取を担当したな」

「え。……はい、それがなにか」

安上は訝しそうに目を細める。

「ずい分、熱心にくどいたそうだな」と花野がにやりと笑う。

安上はむっとした表情を浮かべた。「くどいたりはしておりません。誠心誠意、協力するように説得――」

「そういう意味で言ったんじゃない」と鋭い声で遮る。安上がはっと言葉を止めた。

「刑事が被疑者の関係者を取り調べるのだ。根気よく熱心に取り組むのは当たり前だ。くどいたというのは譬《たと》えだ」

「は、はあ」なんだ？　という顔だ。杏美も眉根を寄せる。こちらを向いている花野の顔しか見えないが、さぞかし安上は不服そうな顔をしているだろうと思った。

花野は言葉を続けることなく、じっと安上を見据えている。妙な静けさが部屋中に広がり、居心地の悪さというのか気持ちの悪い空気が、目に見えるほどだった。耐え切れなくなった安上が、「真冬の調べには雑賀係長も同席されています」と言う。

花野が口元を弛めながら、すいと席を立った。ゆっくり安上の方へと近づいてゆき、周囲の人間はそんな花野を目で追う。全員が横を向くので顔の表情が窺《うかが》える。

杏美は全身に鳥肌が立つのを感じた。

旭中央の刑事課の面々はみな一様に不思議そうな顔をしている。なのに、隣に座る捜一の刑事らは落ち着いた、いや、むしろ鋭い目つきで、座っていながら身構えているような気配さえ滲《にじ》ませている。

なんなの？　なにが起きようとしているの？　杏美は震える唇だけで呟く。

「安上邦弘、お前は女にモテるそうだな。奥さんと別れたのも女性関係が原因だった。その後も、お前と付き合った女性警官は何人もいるそうじゃないか。うちのが色々調べて聞いてきたぞ。ところで、橘真冬はなかなか色っぽい女だったらしいな。女性警官にはちょっといないタイプだ」

いや、これは失言だな、撤回しよう、と花野は口角を上げ、言葉を続けた。「それで真冬に粉をかけたか。どうだ。簡単に落とせたか」

「なにをおっしゃっているのかわかりません」

「お前は真冬と付き合っているのを秘匿《ひとく》し続けた。なにせ強傷の被疑者の女だからな。用心深く、誰にも見咎《みとが》められないように。それが余計にそそったか、危ない橋を渡っていることに興奮を覚えたか」

安上のすぐ側まで花野が来て見下ろす。安上は顔を振り上げ、花野をしばらく見つめ、ふっと笑った。

「俺が橘真冬と関係したという証拠がありますか」

「一一九番したそうだな」

いきなり話が変わって、安上の表情が固まる。花野は安上を見下ろしたまま続けた。

「お前は真冬を寿ビルの下で発見し、すぐに一一九番した」

「……そうですが」

花野がすっと顔を上げ、雛壇の端に目をやる。杏美も視線を追い、野上が頷くのを見つけた。機械を操作したのか、やがて音声が流れ出した。

『飛び降りです。二十代の女性で、場所は留地二丁目の寿ビル。すぐに救急車をお願いします――』

安上の声だ。それからもやり取りがあって、電話は切れた。

憤然と、雛賀係長が立ち上がる。

「花野班長、いったいどういうことですか。なにをしようとしているのですか。さっきから聞いていれば、まるで安上を疑っているかのように見えますが。確かに第一発見者ですが、その安上が、真冬は殺害されたと証言したんですよ。自殺で片付く話だったものをですよ。あなただって最初は自殺だろうと言っていたそうじゃないですか」

雑賀がはっきり口にしたことで、部屋のなかが一気に沸騰《ふっとう》した。旭中央の同僚らが椅子《いす》を蹴倒して立ち上がり、どういうことですか、と叫ぶ。隣に座る捜一の刑事がそんな所轄の刑事を宥《なだ》め、鎮《しず》めようとする。

花野はその様子を見渡し、頷いた。

「自殺で通ってもおかしくない案件だった。それほどうまく設《しつら》えてあった。だが、疑いをもって調べ、調べ尽くしたなら見つけられるだろう、それほど僅《わず》かな疑惑の痕跡《こんせき》が残されていた」

真冬の足跡で、たったひとつだけ重なって消えた箇所があった。

花野班が気づき、怪しいと思った。自殺説が揺らいだ。あのとき、花野が呟いていた言葉を杏美は思い出していた。

『嫌な気分だ。バカ面《づら》下げて走っている気分だ』

せっかく見つけた手がかりなのに、花野は気にいらないようだった。痕跡を見つけるよう誘導され、仕組まれた結論へと向かって走らされていると、そう言いたかったのか。永く刑事としてやってきた花野の、針の先ほどの違和感が肌を刺していた。

「安上が犯人を見たと証言しても自殺説が翻《ひるがえ》らないようなら、自らそれを指摘するつもりだったのだろう。だが、あいにくお前は食中毒を起こして病院送りとなった。しかも証言ができないほどの重篤となり、さぞかし悪夢にうなされただろう」

「それはおかしい」

雑賀が割り込んで花野を睨む。

「自殺で通ったならそれでいいじゃないですか。あえて殺人だと申し立てることにどんな利益があるんです？」

そうだ、そうだと部下らが雑賀係長を応援するように声を張る。言っていることが無茶苦茶だ、と吐き捨てる課員もいる。

花野は少しも頓着《とんじゃく》せず、「犯人を見たと言っている者が犯人であるとは誰しも考えないだろう。普通の事件ならそう簡単な話とはならないが、どこから見ても自殺にしか見えないような案件で、そう申し立てた場合は意味合いが違ってくる。しかも直前まで、同僚と真冬を見張っていたのだ。そんな状況下でよもや、張り込みの刑事が対象者を殺害するとは思わない。だから、安上は自ら目撃者になろうと考えた」と淡々と語る。

「いや、だから自殺で済むならそれに越したことのない話だと言っているんです。なにもわざわざそんな面倒なことを」

「自殺で済むとは限らんだろうが。旭中央の刑事は自分達をそれほど間抜けな刑事の集まりだと思っているのかっ」花野が吼《ほ》えた。

雑賀がはっと身を固くする。他の課員らも動きを止めて、目を大きく開いた。

「どれほどうまく偽装しても気づかれるかもしれない。殺人とわかれば捜査本部が立ち、本格的な捜査が始まる。所轄だけでなく、捜一も来る。もしかすると、安上が浮上するかもしれない。そうなった場合のことを考え、そのために仕組んだんだ」

花野は雑賀から目を返して、再び安上を見下ろす。安上はテーブルの上で両手を組み、視線を落としている。

「どうしてそんなややこしい真似《まね》をしたのか。それはお前が刑事だからだ。いくつもの事件に関わって捜査をし、上司や同僚らの手腕を見てきた刑事だからだ。これまで何度も事件の様相が一変するような場面を目にしてきただろう。うまく自殺と見せかけてもバレるかもしれない。いつ発覚するかしれない不安に苛《さいな》まれるより、あえてそうなるよう誘導し、自分が容疑圏外に立てるよう仕組んだ。刑事の性《さが》が複雑さを欲した。自殺に見せかけているが本当は殺人なのだと主張し、わざわざ事件化するよう進言する。殺人が濃厚となったことで疑惑の目は安上を素通りし、むしろ手柄を挙げた形になった。雑賀係長がこれほど庇《かば》いだてするのだから、目論見《もくろみ》は成功している」

安上がなにか言っている。杏美は立ち上がって身を乗り出し、その声を聞き取ろうとした。

「……ありますか。証拠が、ありますか」

「さあ、そこだ。ここでさっきの一一九通報が出てくるという訳だ」

花野はくるりと身を返し、明るい声で会議の場を見渡す。立ち上がっていた所轄刑事が気圧《けお》されるようにすとんと椅子に戻る。野上が操作し、再び、音声が流れた。だが、今度は安上の声でなく、耳障《みみざわ》りな異音だけだった。

「報告しろ」

「はい」野上が立ち上がり、書類を手にして視線を上げ下げしながら述べる。

「これは鉄でできた外階段が老朽化によって起きる軋《きし》み音です。安上刑事が一一九通報をした背景にありました。橘真冬が転落したビルの外階段の音と同一のものであることを科捜研の音響分析によって確認しています」

「それがどうした」

誰かが呟き、今度は花野が答える。

「安上刑事は屋上から真冬を突き落とし、久野刑事に発見したからすぐ来るようにと連絡。その後、一一九番した。急いでいた。久野刑事が現場に到着する前に屋上から離れ、できれば下に戻っていたかった。久野」

「は？　は、はいっ」

後ろの方の席で久野刑事が戸惑うように立ち上がる。

「お前が現場に着いたとき、安上はどこにいた」

「は。え、いや」

久野は顔を歪《ゆが》めて言葉を詰まらせる。余計なことを言って安上の立場を悪くさせてはならないと考えたのか。花野が怒鳴る前に、雛壇にいる旭中央の刑事課長が声を荒らげた。

「言え、久野。お前も刑事なら、訊かれたことに正直に、正確に答えんか」

「わ、わかりました。僕が現着したとき、安上さんは階段を駆け上っている途中でした。だいたい三階か四階くらいのところです。下から呼びかけると、『今から屋上を見てくる、救急車を呼んだ、玄関から誰かが出てこないか見張っていろ』とそう言われました。安上さんは屋上の出入口の柵まで行って乗り越え、調べていたようですが、すぐに戻ってこられました。人影を見た以上、現場を荒らす訳にはいかないということでした。僕も殺人と思い、緊張しながらも必死で周囲に目を配っていました」

「お前が現着したとき、安上は外階段の四階辺りにいて屋上を目指していたんだな」

「は、はい」

「それは本当に上に上がろうとしていたのか」

「え。それはどういう」

「屋上から下りかけたところで、お前が思ったより早く現着したのを見て、慌てて体を返し、駆け上っている風を装《よそお》った。そうじゃないのか」

「そんな。そんな訳ありません」

久野が顔を真っ赤にして唾《つば》を飛ばす。

「野上」

「はい」

またなにか機械を操作する。走っている足音らしき音がして、すぐに鉄同士がこすれ合うような音がした。ひとつ大きく響いて、それからは規則的に甲高い鉄を叩《たた》くような足音がずっと続いた。

「今のは、ここの直轄隊員で安上と背格好体重が近い者に繰り返し現場の外階段を往復してもらった際の音だ」

杏美は、ああ、と合点する。花野が若い隊員を借りたいと言い、野上は彼らに走ってもらったと言ったが、それはこのことだったのだ。花野の説明が続く。

「錆《さ》びて老朽化した鉄階段だからどこをどう気をつけて歩いても軋む音が出る。その響きを細かく分析してもらった。安上の一一九通報のバックにあった階段の音は、外階段を上がるときの音ではなく、下りる際の音だ」

は？　杏美は一瞬、なんのことかと眉根《まゆね》をきつく寄せた。安上が素早く反撃する。

「そんなことがわかるんですか。到底、信じられない。階段を上がろうが下がろうが、あんなに古い錆びた階段ですよ、音に違いがある訳ない」

「野上、一一九の頭の部分を出せ」

「はい」

みなが一心に耳を澄ませる。走っている足音、鉄の軋む音、大きな響き。

「最初に走っている足音には鉄を踏む音も軋む音もない。地面を駆けているからだ。直轄には屋上の柵の手前からと地上からと、両方を走って同じように音を立ててもらった。ふたつの音に差異はあるが、はっきりと断定はできなかった。だが、その次の鉄の軋む音、大きな響きは、地上から駆け上がった直轄には何度繰り返させても出せなかった。なぜなら、それは屋上への出入り口にある鉄柵が立てた音だからだ。それは腰高の柵で常時鍵《かぎ》がかかっているから、お前は乗り越えなくてはならなかった。だから柵の音がし、そして柵を飛び越えて階段の踊り場に下り立った際の振動が響いた」

「信じられません。音だけで柵を乗り越えた際のものだとどうしてわかりますか。外階段に入るための扉の音かもしれない」安上は困った顔を作って、首を振る。

「あそこに扉はない。誰でもそのまま階段を上がれる。つまり地上からの音なら、すぐに階段を踏む音になっていなくてはならない」

「それなら、たぶん、階段の途中で足がもつれて思わずたたらを踏んだ音が入ったんでしょう」

「どこでだ」

「はい？」

「階段のどの辺りで躓《つまず》いた、もつれた、たたらを踏んだ」

「そんなこと覚えてはいません」

「お前は聞いていなかったのか。地面を走る足音からすぐに鉄の軋みと叩きつけるような音がしたんだぞ。階段を駆け上がろうとしていたときだと言うのなら、まだ一段目にかからないうちにあんな音を立てたことになる」

「それは――、そのとき具合が、俺は具合が悪かったんです。だからふらついて、思わず階段に倒れ込んだ」

「そんなに具合が悪くて屋上まで駆け上がったのか。久野はそんな風には言っていないぞ」

「俺も刑事です。必死で踏ん張って」

「安上っ」

花野の獣のような吼え声が空気を震わせた。

「周りを見てみろ」

「？」

「立って見てみろと言っているんだ。上司や同僚の顔を見回し、今、お前をどんな目で見ているのか、自分で確かめてみろ」

杏美はよろけるようにして二、三歩近づいた。

安上邦弘はテーブルに視線を置いている。横顔は強張《こわば》り、その目は飛び出さんばかりに大きく見開かれていた。すぐに体が小刻みに揺れ始め、意を決したのか徐々に徐々に顔を上げていった。

安上の目には、安上を見つめる仲間の刑事の顔が隈《くま》なく映っただろう。同じ所轄《しょかつ》の刑事として共に働いた者らの、驚愕《きょうがく》に染まった目、憤《いきどお》りと絶望と諦《あきら》めに滲んだ目が。

「安上……」「そんな」「安上さん、まさか」

雑賀係長が崩れるように椅子に座り込むのが見えた。

追いつめられた被疑者が、なんとか逃れようと次から次へと弁明を繰り出す。嘘《うそ》から嘘へ、それがどんどん整合性や現実味を失ってゆくのを当人は気づかず、果てしない迷走を繰り返す。これまで散々見てきた光景を今、目の前で見せつけられた旭中央署の刑事らは、必死で衝撃に耐えようとしていた。

刑事が疑いを抱いたのだ。仲間を信じる気持ちを凌駕《りょうが》し、ひとたび疑惑を持ったからには刑事はもう刑事にしかなり得ない。目の前にいるのが誰であれ、一人の容疑者となる。そのことは安上が誰よりもわかっていた。

「お前は、上原が戻ってきたと聞いて慌てた。真冬に口止めしようとも考えたが、上原に問い詰められたなら白状するのは目に見えていた。そうなったら、短気で暴力的な上原がなにをするかしれやしない。お前のことを暴露するだけでなく、真冬と共に制裁を加えるだろう、このままでは全てを、命まで失うと思った。追いつめられて出した答えは、真冬を冷徹にも見捨て、殺害することだった。お前は張り込みをする時間帯を見計って隣室に出前を頼み、真冬をアパートから抜け出させた。急ぎ、対策を考えようとでも言って誘い出したか」

花野は一歩近づく。

「屋上に行ったら手すりのところで待つように指示したのだろう。真冬がアパートを抜け出したあと、久野と二手に別れて捜す振りをして真っすぐ寿ビルに向かった。お前は真冬に近づき、手すりの向こうへ落とした。寿ビルは事前に下調べを済ませ、自殺に見せかけるよう前もって準備もしていた。お前は上原が戻ってきたことを知るなり、すぐにこの殺人を計画したんだ」

大きく何度も胸を上下させながら、杏美はゆっくりと雛壇へと目を向けた。刑事部長も一課長も、そして貴美佳さえも冷ややかな目で成り行きを見つめている。この捜査会議が、安上邦弘を追いつめるためのものだと知っていたのだ。知らなかったのは杏美と旭中央署の刑事課員全員だ。

この部屋は、いわば大きな取調室なのだ。まず、真冬の本当の恋人を撮った写真があるらしいと不安を誘う。突然、一一九番通報の話をして矛先を変えて不意打ちを食らわせる、そしてお前が犯人だと告げ、更に詳しい証拠を突きつける。尋問の定石通りだ。それを捜査一課の班長自らが行ったのだ。

ただ、こういう曲芸めいた取り調べをしようとするにはさすがに上長の許可が必要となる。杏美は自分が外されたことに、腹立ちよりも合点する気持ちの方が強くあった。

花野は、確たる証拠を手に入れることができなかったのだ。だから満座のなかで尋問し、仲間の信用を失墜させ、同僚が全て敵に回ったのだと安上に自覚させる。旭中央の刑事課員を責め具にして追いつめようと考えた。そして、そんなやり方を事前に知らされたなら、杏美は必ず反対しただろうということもわかっていたのだ。

安上が被疑者なら、どんな方法を使ってでも、自白を引き出すに必要な証拠を探し出せばいい。それが捜査一課だろうし、花野司朗なのだ。だが、それが難しいからと、所轄の仲間の気持ちを道具扱いするのは許しがたい。幹部や捜一の捜査員が身構えるなかで、所轄刑事だけがなにも知らされず、花野の手練に乗せられ、同僚を自白に追い込むための手伝いをさせられたのだ。

安上邦弘が真冬と通じ、久野刑事を利用して殺人を行ったことは問答無用の罪だ。犯罪だ。だがそれでも、昨日まで一緒に事件を追っていた仲間を追い落とすのに、こんな方法があるだろうか。捜査一課だからこんな真似が平気でできるのか、いや違う、花野司朗だからできるのだ。

「安上っ」

はっと顔を上げる。紙のように白くなった安上は、「そうじゃない。俺じゃない。間違いだ、あの女は自分から飛び降りたんだ。俺は関係ない」と叫ぶ。椅子を蹴倒《けたお》すと、背を向けて駆け出そうとした。すぐに捜一の捜査員がわっと飛びかかる。それを見た旭中央の刑事らが反射的に動き、止《よ》せと手を出す。怒声が響き、大勢が入り交じって混乱の様相を呈した。

轟《とどろ》くような声がした。

「そいつは殺人の容疑者だぞっ」

そのひと言は刑事を本来の刑事に戻すのに充分だった。ベテランの雑賀係長だから放てる言葉でもあった。顔を真っ赤にして、「捜一に任せろ」と静かに、そして厳然とした声で指示する。青ざめた刑事らは捜一の連中から手を離し、黙ってうな垂れた。そのなか、安上が膝《ひざ》を折って床に座り込む姿が目に入った。雑賀が花野を振り返って言う。

「調べには我々も同席させてもらいたい」

花野が、「もちろんだ」と頷いた。

安上が三階の刑事課取調室へと運ばれた。刑事らもあとに続き、やがて幹部が席を立って部屋を出てゆく。

杏美の前で貴美佳が足を止めた。

「黙っていてごめんなさい。こんなやり方をあなたは認めないだろうと言われたし、わたしもそう思いました。でも、これしか方法がないと言われて許可しました」

杏美は黙って室内の敬礼をした。

部屋には、雛壇で生気が抜けたように座り込む旭中央署の刑事課長とテーブルに尻《しり》を乗せたまま深く首を垂れる雑賀係長、そして花野が残っていた。

杏美は頭の芯《しん》が熱を帯びてくるのを懸命に堪《こら》えて尋ねた。

「いつから安上が怪しいと思っていたの」

花野は、事件そのものが怪しいと最初から思っていたと言った。

屋上にあった痕跡は自殺を示していた。だが、足跡に疑惑が起きた。誰かが、真冬のあとから踏んだかのように見えた。

「なのに、他にそれらしい足跡はひとつもなかった」

真冬は、エレベータを使って、言われた場所で安上が来るのを待っていた。安上は外階段を使って上がり、シューズカバーを履いて真冬に近づいた。

「足跡を残さず人を殺せるやつがいると言われても、にわかに信じがたかった」

またそれほど用意周到なやつが、ひとつだけ真冬の足跡を消すようなミスをしたこともおかしかった。

「わしは二年前の事件を隅々まで見直した。真冬の取り調べは常に安上が担当していた。真冬の自立を促し、協力を得るため、熱心に説得し、相談にも乗っていた。男への依存が高い真冬にしてみれば、安上は頼りがいのある人間に見えただろう。そこで気づいたことがあった」

「なにを？」

「真冬を見張っていたとき、隣室に出前がきてそのために開いたドアの陰になって真冬が部屋から出たのに気づかなかったと言った」

「ええ」

「真冬はどうしてその角度からなら見えないだろうと思ったのか。見張られていることは知っていただろうが、どこで張っているかまでは知らない筈《はず》だ」

ううう、と呻《うめ》いたのは雑賀係長だ。

「確信したのは」

黙って杏美は花野を見上げる。もうなにを訊《き》いても驚くことはない。

「わしが病院に、回復したばかりの安上を訪ねたときだ」

「……」

「安上はわしの顔を見て、一瞬だが不安そうな目をした。わしを見てだぞ」

「？」

「捜一の花野、刑事課で知らぬ者のないこの花野司朗を見て、誰が不安に思う？　普通ならこれで事件は解決するだろうと安堵《あんど》するものだ。それを不安に思うということは、己が仕組んだことをわしに暴《あば》き出されるのではと思ったからだ」

杏美は片手で額を何度も拭《ぬぐ》った。だから、あんな思わせぶりな登場の仕方をしたのか。回復した安上らを誰も見舞うなと厳命したのも、杏美が病院について来るのを嫌がったのもそんな企《たくら》みがあったからなのだ。

バカバカしいと思いながらも、どこか納得している自分がいた。それは疲れたように肩を落とす雑賀も同じらしく、口元が微《かす》かに弛んでいるのが見えた。

「こういうやり方をお宅は必ず反対するだろうと、俵署長に言ったのもわしだ」

「ええ、その通りよ。事前に聞いていたなら絶対に許さなかった」

「うちは手段を選ぶような上品な班ではないんでね。殺人犯を捕まえることに恐れるものなどなにもない、取り逃がすこと以外にはな」

四十八時間後、安上邦弘は検察に送られた。

真冬は安上のことを信じ切っていて、言われるままに動いたという。靴を脱いでみろと言われればそうしたし、渡していた携帯電話を返せと言われればそうした。そして手すりを握って下を覗《のぞ》いてみろと言われれば、体を乗り出して覗いたのだ。

刑事課の部屋は安上以外、全員復帰しているのに集団食中毒を起こしたとき以上に閑寂としていた。課員はみなそれぞれ粛々と仕事をこなしている。声をかけ合い、相談する話も聞こえるのになぜか静かだと思った。

間もなく、祭りの日を迎える。

20

マスコミ対応で、本来の仕事が全くこなせなかった。

記者相手だけでも大変なのに、本部警務部からも頻繁に連絡が入り、記者以上に細かな説明を求めてくる。しかも会見ではキャリア署長を前面には出すなと念を押してきた。杏美は吐き気と頭痛を抱えながら、なんとか二日間を乗り切る。

ようやく解放されようかというころ、見計らったかのように今度は、栗木洋吾から電話があった。

「監察として、うちも改めてそちらへ出向くことになるから」

刑事課の上司や同僚だけでなく、旭中央署の署員全員から聴き取りをするかのような口振りだった。そこまでする必要がありますか、と一応、抵抗してみるが、あっさり、「ある」と言われる。

「それでは、お祭りが終わったら受け入れます」

「ああ、そうだったな。じゃ、またそのときに」

「はい」

「あ、それとね」

「なんでしょう」

「今回のことは失点ではあるけど、なにせそこのトップがキャリアだからね。まあ、そこはあえて突っ込まないということで落ち着いた。だから例の話、問題なく進むと思う。こう見えて俺も頑張ったんだよ。だから安心して春を待っていてくれ」

問い直す前に電話は切れた。例の話というのは、署長として異動するという件だろう。椅子に深くもたれながら電話の内容を思い返す。こんな事件があって、てっきりなくなった話かと思ったが、そうではなかったらしい。貴美佳のために奮闘したことが、予想以上に栗木らを安堵させたようだ。

春には署長となる。

副署長に抜擢《ばってき》されたとき以上に、県初のノンキャリ女性署長として話題になるだろう。それは杏美の一挙手一投足に厳しい目が向けられることでもある。副署長と署長では一文字違う以上の大きな差がある。

栗木が言うように署長は城の主だ。ただし、ドラマとは違って現実の藩主がそうであったように、部下を自由勝手に使うことも、思いつきだけで振舞うことも許されない。なにをするにも幹部と綿密に打ち合わせをし、バランスの良い采配《さいはい》を振るうよう努めねばならない。頂点に就く者としての義務があり、我慢があり、耐えなくてはならない仕儀は山ほどある。多くの目があるから人の範ともならねばならないし、決断力、判断力、指導力のどれを取ってもその署で一番にならなくてはならないだろう。

だが、それでもやってみたい。杏美はそう思った。

「痛っ」

無意識に胸の階級章をいじっていたらしい。角で指の先を突いた。少し赤らんだが血が出るまでにはなっていない。執務机の椅子のなかで大きな息を吐き、苦笑いした。なにを気の早いことを考えているのだ。今はそんなことをしている場合ではない。まだまだすべきことはあるのだ。

「よいしょっと」と掛け声を上げて、勢い良く立ち上がる。

窓から駐車場を見るが、バイクも自転車もほとんど出払っていた。ドアの向こうの受付からも、普段聞こえる話し声が聞こえない。

旭中央署の署員は、必要最低限の人員を置いてみな出動している。

机の脇《わき》に置いていた紙袋に手を差し入れ、黒い法被《はっぴ》を取り出した。鏡の前で青い夏制服の乱れを整え、手を通す。

阿佐比神社の神事は午後二時に始まる。

今から総務に車を出してもらい、駅の近くで降りて徒歩で向かう。

幹線道路や駅から神社へと繋《つな》がる道路、生活道路などの車の通る道はみな封鎖され、迂回《うかい》するようバリケードが張られた。大きな交差点には機動隊のバスが停車し、歩行者天国となる道を確保している。

白い反射テープのついたチョッキを身に着けた交通課員が、消灯した信号機の下で誘導灯を握って立つ。白バイ隊員らは道の角にバイクを停めて歩行者の通路を保持し、自転車には降りて歩くよう声をかける。

商店街や新地、神社参道の道筋には提灯《ちょうちん》が下げられ、紙垂《しで》のついたしめ縄が張り巡らされている。駅に電車が着くたび、大量の乗客が吐き出され、周辺の密度が徐々に高くなってゆく。

どこに立っていても祭りの音が聞こえる。

杏美は、仁志菜々美さん捜索の陣頭指揮を取る貴美佳に挨拶《あいさつ》し、人混みのなかを総務課員らと共に本殿を目指して歩いた。

去年は署の留守を預かっていたので、この喧騒《けんそう》を間近で感じることはなかった。いざこの場に立つと、思った以上の興奮を感じる。尋常でない雰囲気に取り巻かれるのを意識した。

見知らぬ顔が押し流されるように次から次へと過《よぎ》ってゆく。浴衣《ゆかた》を着ている人はまだちらほらしか見えないが、団扇《うちわ》を手にした親子や友人グループ、恋人同士、学生仲間らしい姿が賑《にぎ》やかな声を上げていた。日が落ちれば、そこに商売を終えた人や休日出勤の人も加わる。

神輿《みこし》の巡行のために車や歩行者を除けた大通りを歩く。真っすぐ神社へと延びる道は、信号の灯りもなく人も車もなく、神聖なほどに遠く遥《はる》か先まで見通せる。警察官の特権でそんな人のいない道をさくさく歩きながら、規制テープに沿って立つ警官らに挨拶の頷きを繰り返した。

改めて多くの人間が同じ場所を目指し、談笑しながら歩く不思議を感じる。集団と言うより群れだと思った。平時とはかけ離れた、異様とも思えるような喧騒の時間が、どうか無事に、何事もなく終わって欲しいと強く願う。それは、昨夜の宵宮からずっと交代で配置に就く全警察官の意志でもある。大通り沿いに立つ旭中央署のほとんどの署員、そして応援の部隊、全員が年に一度のこの行事のために特別の心構えで臨むのだ。

決して、問題が起きてはならない。杏美は拳《こぶし》で制服の胸を二度叩き、鳥居を潜《くぐ》った。

階段を上り切った本殿脇に、白いテントを張った警備本部がある。簡易的に設えたものだが、関係者が座る長テーブルにパイプ椅子、その並びに迷子や落とし物を受け付けるエリアが設けられている。奥には具合の悪い人を保護する救護エリア、火災に備えて消防隊員が控えるエリア、そして警察官が常駐し、各所の警備状況を把握し、臨機応変に対応するため指示を送るエリアがある。今、そこには警備課長が座っていて、地域の係長らも制服姿でそれぞれ忙しく動き回っていた。

杏美がなかに入ると課長以下が挨拶をくれ、桜木と共に奥の席に座る。

間もなく神事が始まり、そこに列席することになる。

「田添さん」と声がかかった。桜木と共に椅子から立ち、三河鮎子に顔を向けた。今日は吉祥文様の入った藍色《あいいろ》の絽《ろ》の着物を着て、白に唐花風柄の入った西陣袋帯を締めている。髪をアップにし、いつもよりかは化粧も控えめだ。着物の上には杏美と同じ、氏子用の黒い法被を纏《まと》っている。鮎子の後ろには県議、市議会議員の面々、商店街の会長らの顔も見える。旭中央市の市長はもう本殿に行って、宮司らと話をしているらしい。

「今年は田添さんがいらっしゃるって聞いて楽しみにしていたのよ。お重にいっぱいお料理を作ってきたから、あとで一緒に摘まみましょうね。田添さんはビール？ 焼《しょう》酎《ちゅう》派？」

思いっきり苦笑いを作り、「仕事ですから」と言う。当然、鮎子もわかって言っているのだろうが、それでも残念だと哀《かな》しそうな顔をした。

「お腹《なか》がすくから、料理だけでも食べてね」と軽く手を振り、お歴々と一緒に警備本部を出て本殿へと向かった。

杏美も警備課長らに声をかけ、桜木と一緒にテントを出る。

笛の音が境内を流れる。透き通るような神楽鈴《かぐらすず》が響き渡る。太鼓が厳《おごそ》かに打ち鳴らされた。

宮司が白装束に幣《ぬさ》を抱え、本殿に拝礼する。その後ろに氏子総代を始め、氏子や地域の顔役、行政関係者らが整列して頭《こうべ》を垂れる。杏美も一緒に並び、姿勢を正す。

神殿に灯《とも》る燈明《とうみょう》のなか、白々と浮かぶ祭壇に向かい、朗々と唱えられる祝詞《のりと》の声を聞く。厳粛な時間が満ちるなか、神が本殿前に控える神輿へと座を移す様を見つめた。歓声が轟き、威勢のいい男衆のときを告げる声が空を貫いた。神輿が大きくひと揺れすると巨大な獣が立ち上がるように眼前にせり上がる。お囃子《はやし》が盛大に繰り出され、合いの手や掛け声にくるまれ、拍手のなかを進み始める。

遠くで馬のいななきが聞こえた。子どもの笑いさざめく声が広がる。

長い行列が動き出し、祭り準備委員会のメンバーや街の重鎮、鮎子や商店街のお歴々が紋付袴《もんつきはかま》姿で練り歩く。

それらを見送って、杏美はひとまず警備本部のテントに戻って息を吐《つ》いた。

「これからが長いですよ」

桜木がどこからか湯呑《ゆのみ》を持ってきて横に座る。礼を言って受け取り、温《ぬる》いお茶をひと口飲んで、わかっているという風に杏美は頷《うなず》いた。

警備状況を見て回るうち、日が沈んだ。

大きな問題もなく、明るい夜を迎えることができた。警備本部に戻って、テントの奥の席に着く。これからが本番だ。

神社はもとより、その周囲、駅や幹線道路から続く道の全《すべ》てが多くの提灯の灯りに照らされ、赤みを帯びた光のなかであらゆるものが普段と違う顔を作って浮き上がる。

どうして祭りの夜だけ、こんな異世界じみた景色が広がるのだろう。翌朝の白けた雰囲気との落差を思えば、まるで誰かによって欺《あざむ》かれているかのようだ。

大抵の人々は、祭りの由来や意義など知らないだろう。それなのに提灯が灯され、闇《やみ》に白い紙垂が揺れるのを見ただけで畏敬《いけい》の念に打たれる。そしてお囃子の響くなか、浴衣の衣擦《きぬず》れや下駄《げた》の音を耳にするだけで、もう有頂天だ。興奮し、些細《ささい》なことにも笑い声を上げる。数多《あまた》の屋台の下、白熱灯の光を浴びているだけで、なんでもない風船や綿菓子が特別なもののように目に映る。特殊な夜だ。だが、どれほど特殊で非日常の世界であっても、現実をしっかり見据えて、平静を保ち続けるのが杏美ら警察官だ。

現実という場から一歩も踏み外すことなく、機械のように周囲を見渡し、注意喚起し、厳しい視線を振り撒《ま》く。融通が利《き》かないとか、四角四面で祭りの気分が台無しだとか言われるが、それで充分だと思う。それこそが望むところでもある。明日という現実世界を無事に迎えてもらえるのなら、どんな嘲《あざけ》りも罵《ののし》りも気にならない。祭りのあとには、日の光に満ちた日常があるのを知るのも警察官だ。

杏美は暇を見つけては、総務課員と共に周囲を巡回し、警備状況を確認した。

署員の顔は全てわかるから声をかけ、問題はないか、具合はどうだ、休憩は取ったか、次はどの配置だと尋ねた。そしてテントに戻るとパーティションの奥で、先に夕食の弁当を広げている桜木に駅の様子はどうでしたか、と訊いた。弁当を配るために総務課員らと手分けして歩き回っていたのだ。貴美佳のいる駅にも行き、様子を見てきている。

箸《はし》を持ちながら、大きく頷いた。

「花野班長がいましたよ」

「え。どうして」

「そりゃ、情報収集のためじゃないですか」

「以前、頼んだときは忙しくてそこまで手が回らないようなことを言っていたけど」

「ひとつ片付いたからでしょう」

桜木は湯呑のお茶をあおって、小さくげっぷをする。「副署長も今のうちに食事をされたらどうですか」と近くの署員に弁当を持ってくるよう手を振った。

桜木の言葉を聞いて、もしかしたら、と思った。

花野が、捜査会議を取調室にし、所轄の刑事をダシにするような乱暴な手を使ってまで安上を自白させようとしたのは、一刻も早く解決したいという思いが強くあったからかもしれない。

指名手配犯の行方を追いながら、真冬の事件も捜査していた。手いっぱいだったのは本当だろう。だが、どちらかでも片付けることができたら、仁志菜々美さんの件にも関われると考えたのかもしれない。もちろん、刑事なら事件を早く解決したいと考えるのは当たり前のことだ。ましてや祭りの日が刻一刻と近づいていた。この県一賑わう祭礼の夜なら、上原祐介も逃亡を図る好機と見るだろう。上原確保に集中するための花野なりの段取りだとも考えられる。

けれど今、花野があの巨体を駅前にさらして、菜々美さん捜索のための情報収集に手を貸していると知って、そんなこともあるかと思った。

プラスチックの蓋《ふた》を開けて、用意された弁当に箸をつける。衣ばかりの魚のフライに固い唐揚げ、サツマイモが一切れ、玉子焼きが一切れ、乾いたキャベツに漬物。ごま塩を振ったご飯をひと口入れたところで、悲鳴のような声が後ろからした。杏美だけでなく、桜木や近くで弁当をかき込んでいた署員まで噴き出す。

「いやだ、なにそれ。それって人間の食べ物なの？ もう、いいからそんなのうっちゃって、こっちを食べなさいよ。まだまだ夜は長いんだから、ちゃんとしたもの食べないともたないわよ」

三河鮎子は桜木を押しのけると、隣に座って重箱を広げた。みなが覗き込むのに気をよくして、作り方やかかった手間暇をとうとうと述べる。杏美だけでなく周囲の署員らにも声をかける。物欲しげな顔を見て取った杏美は、小さく肩をすくめると、「それじゃあ、遠慮なく」とまず箸を伸ばした。許可が下りたとばかりに署員らがわらわらと手を出す。お世辞でもなく、うまいうまいという声を聞いて、鮎子は更に喜色満面となる。

柔らかく煮しめたタコを口にし、杏美も褒めると大きく頷き、そしてすいと体を寄せてきた。

「お祭りが終わったら、本格的に婚活しましょうね。お料理を教えてあげる。男なんておいしいもの食べさせたらイチコロよ」と笑う。むせかけるのをお茶を飲んでやり過ごす。桜木が怪訝《けげん》そうに見るが、すぐに重箱へと意識を向けた。食事をすると落ち着くし、むしろ気分は上がる。祭礼警備自体、大変ではあるが楽しい業務でもある。事件や事故ではないから取り組む方に緊張や疲労はあっても、悲惨さや辛《つら》さがない。小さなテントの下で身を寄せ合い、階級関係なく、こっそり手料理を摘まむ行為もそんな楽しさに一役買うのだ。これで少しでも疲れが癒《いや》されるなら、長丁場の仕事も先が見えてくる。

そう思った矢先、パーティションの向こうで箱型の無線応答機から交信する声が聞こえた。音量を絞っているから、箸を止めて耳を澄ます。小さないざこざがあって交番に連れて行くというような事案だった。地元以外からの人も多いから、揉《も》め事、喧《けん》嘩《か》はしょっちゅうだ。慣れたようにさくさく進めているのがわかる。聞き入っていた担当者や警備課員もすぐに力を抜いた。

食事を終えた署員らが手洗いや配置交代に出て、いっとき奥のスペースに杏美と鮎子だけになった。

機嫌の良い顔をしていた。重箱を片付ける鮎子のそんな横顔を見ながら、杏美は訊いてみた。

「外新地の件はどうなりましたか」

「え。ああ、再開発？　うーん、難しいわねぇ。市にはもう少し待ってもらうしかない感じだけど」

「そうですか。そういえば、外新地のホテルの横でしたか、ビルがありますよね。その地下にライブハウスみたいなお店がありますけど、もしかして、あれも鮎子さんのお店？」

「え」と手が止まる。すぐに風《ふ》呂《ろ》敷《しき》で重箱を包み始め、「あれがなあに？」と横顔のまま応《こた》える。

「いえ、少し前、あの辺りを通ったとき、空き店舗なのにガスのメーターが動いていたみたいなので。万一、漏れているようなら大変ですし」

外新地を訪ねたのは本当だが、ガスメーターは嘘だった。貴美佳と市之瀬の写真の背後に鮎子が写っていたのが、なんとなく気になって出かけたのだ。店は長く放置されている感じがしたが、階段に落ちている紙屑《かみくず》に最近踏まれた痕跡があるのに気づいた。写真に鮎子が映っていたのだから、何度か行き来したのだろうし、その際、階段を下りればそんな跡も残る。けれど、なぜこんな古い店に用があるのだろうかと思った。再開発の話で取り沙汰《ざた》されているのが外新地で、件《くだん》の店舗を含めた周辺が該当している。

そんなとき、捜査会議の席上で、上原祐介が姉に匿《かくま》われているという話が出た。新地の店で働く多紀子が弟を隠すとしたら、やはり新地ではないかと思った。花野もそう考え、新地にローラーをかけようと考えている。

「嘘、本当？　やだ、すぐ確かめるわ。ありがとう、田添さん」と鮎子は微笑《ほほえ》む。

「華やぎの」

「え？」

「ご存じですよね。新地の洋装品店『華やぎ』で店長をされている遠野多紀子さん、旧姓上原多紀子さん」

「ああ」とがっかりしたように息を抜く。「もちろんよ。上原祐介くんのお姉さんでしょ。あの人も悪い人じゃないんだけど、弟には昔から苦労させられていたわね」

「お互い地元ですから、よくご存じなんですよね」

「うーん、知っていると言っても多紀子さんのお店が新地組合に加盟しているってことと、祐介くんがうちの息子と同じ小、中学校だったたってことだけの繋がりよ。息子の方が二つ上で、淳史は高校は私立だし、大学も県外に行ってその後はアメリカでしょ。親しくしていたってことはないわね。祐介くんは高校を出てすぐ働き出したから、顔を合わせることはめったになかったわ。まあ、多紀子さんとは、新地のお仲間だからたまに話をしたことはあったけど」

「そうですか」

鮎子のおしゃべりは今に始まったことではないが、妙に説明っぽい。

「どうして？」とすぐに訊き返してきた。

杏美は苦笑いするようにして、「いいえ。まだ発見できないので、うちもちょっと焦《あせ》っていまして」と答える。

「そうよね。どこに行ったのかしら。もう、とっくに市から出ているんじゃないの。県も離れてずっと遠くに逃げているとか」

そろそろ話を切り上げようと、口を閉じて湯呑に手を伸ばす。これ以上話しているところへと飛び火する。

「でも、結局、その祐介くんの恋人を殺したのがお宅の刑事さんだったなんて。あれには驚いたわ。強盗事件の取り調べで知り合ったんですって？」

はあ、と言って、杏美は残り少ないお茶を飲み干す。署員が誰か戻らないかと目を上げるが、気配を察したのかこちらのスペースには入ってこない。

「刑事が被疑者と関係するなんてドラマでは見たことがあったけど、本当にあるのねぇ。杏美さんは、その刑事さんを知っているの？」

いきなり杏美さんと呼ばれる。しまったなぁ、と思いながら、ええまぁ、と言葉を濁す。

「だけどさ、祐介くんが自分の恋人を殺したのが旭中央署の刑事だと知ったら、恨みを晴らそうとしないかしら」

「は。恨み？　誰にですか」

「だから、犯人の刑事はもう捕まっているから、その上司よ。課長さんとか、ほら、あの新しい女の署長さんとか。なんて言うの？　あれよ、使用者責任よ」

うーん、と思わず唸《うな》ってしまった。案外、こういう人の方が周囲のことが見えているのかもしれない。当事者の杏美や貴美佳にしてみれば、自分の身内から殺人犯を出したという動揺で目先のことしか見えなくなっている。三日前、安上を逮捕してから送検するまで、貴美佳は何度本部に出向いて釈明に追われたことか。食中毒を出しただけでなく、殺人犯まで出したのだ。今春、赴任したばかりの貴美佳にすれば、なんなのだこの署は、という感じだろう。

だが、なにひとつ文句も愚痴も言わず、淡々と事件の収拾に努め、マスコミからの非難や本部からの叱責《しっせき》にも黙って耐え、今日もまた、仁志菜々美さんの案件のため駅や周辺で情報収集の呼びかけをしている。仕事だからと言ってしまえば簡単だが、キャリア署長ということで、自分もまた署員と同じようにお飾り的なものと考えていたことを恥じた。

「確かに、それもあり得るかもしれません。心しておきます。ありがとう」

鮎子は、驚いたように目を瞠《みは》るとすぐに大きく笑んだ。

「杏美さんて素直な方ね。やっぱり気が合いそう。歳《とし》が同じというだけで、他はなにひとつ似たところはないんだけど。ああ、独り者っていう共通項はあるわね。ねえ、いい友達でいましょうよ。わたしにはこれまでそんな女友達一人もいなかったから」

とちょっと潤《うる》んだ目を向けた。杏美は笑って応えず、すいと視線を湯吞へ落とした。

杏美は今、ある疑いを持って鮎子に話を向けた。結局、自分はいち警察官で、信じることよりも疑うことを優先しているのだ。鮎子が上原と関係があるとは思えない。それでも気になることが出た以上はそのことを刑事課に、花野に報告するつもりでいる。鮎子に気さくに語りかけていても、頭では警察官としての思考を巡らし、警察官としての正しさを持って対応しようと決めていた。

一般人と友情を育《はぐく》むのは、警察官になる前と比べて格段に難しくなった。誰でも彼でも信用することができない。信用していいのかわからないから距離を取り、真の友人となることに躊躇《ため ら》いを覚える。警察官の職業病と言っていいかもしれない。

警察官以外の誰かと胸襟《きょうきん》を開いて語り合うことなどあるのだろうか。できるのだろうかと考える。この人は大丈夫か、罪を犯していないか、法を破っていないか、妙な組織や団体に属していないか、身内に前科者はいないか。なんとさもしい人間かと思う。だが、そうしなければならない立場で、職務なのだとも思っている。

パーティションの向こうで数人の男性の声がした。話しぶりから刑事課の人間だとわかった。駅から神社の参道へと情報収集のため歩き回っていたのだろう。警備本部に寄って、休憩を取りにきたのだ。応える桜木の声もする。街頭の様子や署長のことなどを話して、ふと刑事の一人が愚痴めいたことを言った。

「そりゃ、草臥《くたび》れますよ。なんせこれから新地に合流するんですから」

「なんだ。祭りの警備じゃないのか」

ごくりと茶を飲む音がした。杏美は慌《あわ》てて立ち上がり、パーティション越しに声をかけた。はっという気配が立ち、桜木が顔を覗かせ、引っ込むとすぐに刑事を追い払う様子が伝わってきた。旭中央の刑事が三人、テントを出て駆けてゆくのが見えた。

舌打ちしたい気持ちを隠し、「新地といえば、あの特殊詐欺《さぎ》のセミナーはどうでしたか」と話を振った。鮎子が目を瞬かせ、首を傾《かし》げるのに更に言葉を繋ぐ。

「お店で働く女性に詐欺を働く客がいるからということで、生活安全課の方で詐欺の手口や予防法なんかお話しさせていただいたかと思うんですけど」

ああ、という風に大きく頷き、鮎子は空になった重箱を膝に抱えて椅子《いす》に座り直す。

「良かったって言ってたわ。ああいうの、手口なんかも色々変わるのでしょう？　また来年もお願いできるといいけど」

「そうですね。生安の課長に言っておきますから、またいつでもご相談ください」

「ありがとう」と鮎子は微笑み、そのままの顔で表情を止めた。形ばかりの笑みを張りつかせて、「ねえ、田添さん」と訊く。目の色が深まった気がした。杏美は構える気持ちで、なんでしょうと訊いた。

「今日、新地でなにかあるの？」気のせいか、鮎子の声がかすれているようだ。

「さあ。わたしは聞いていませんけど」

「そう。お神輿が通るから沿道のお店は休んでいるけど、二階三階なんかはむしろお客がたくさん通るからって開けていたりするのよ」

「でしょうね」

「なにか調べているのかしら」

「気になることでもあるんですか」杏美はあえて踏み込んでみた。それほど鮎子の様子にはおかしな点が見られた。鮎子は応えず、風呂敷の結び目を神経質そうにいじる。

「新地の店を片端から調べるって聞いたんだけど」

すねたような言い方だ。もしそうなら組合の長である自分にひと言あるべきだと思っているのか。

「刑事課のすることですから詳しいことまではちょっと。明日にでも、直接訊いてみられたらどうですか」

「そう」と言って、鮎子は結び目から手を離す。「そうね。訊いてみるわ。新地にいきなり刑事さんらが大勢で来て騒ぎになったら困るし」と自ら言い聞かせるように何度も頷く。

また無線機から声がして、すぐに桜木が入ってきた。杏美は、申し訳ないけどと言って鮎子に出て行くよう促す。重箱を持って、パーティションの向こうに回ったのを見届け、杏美らは音量を絞ったまま、箱型の無線機に耳を寄せる。聞き慣れた声がした。刑事課の人間だ。

『マルヒが目撃された。場所は外新地一丁目……』

桜木が思わずボリュームを上げる。切迫した声がひっきりなしに飛び交う。聞いているだけでこちらも緊張が増し、血が滾《たぎ》る気がする。桜木も同じらしく、瞬《まばた》きもせずに無線に聞き入っては喉《のど》を鳴らした。

祭りの最中に上原祐介が逃亡を図るのは充分考えられたことだ。花野の指揮の下、捜査本部の面々は祭礼警備に就く警察官に紛れるように朝から走り回っていた。新地に集中することになる筈だと聞いている。

どうやらそれが功を奏したらしい。喜色を浮かべる桜木を見て、杏美も頷く。無線を聞いた刑事らはいっせいに新地へと走るだろう。

いきなり携帯電話の音がした。思わず桜木と互いを見やるが、どちらも違うらしい。

杏美はさっとパーティションの向こうへと飛び出す。

警備本部の表のスペースでは長テーブルに着いて、のんびりジュースやお茶を飲みながら談笑している準備委員会のメンバーがいる。そのテーブルのあいだを抜けて、携帯電話を耳に当てた鮎子の後ろ姿があった。無線の声を聞かれたのではないかと、咄嗟《とっさ》に追った。近づくと、焦ったように呼びかける声が聞こえた。

「どうしたの。なに？　待って、駄目よ。今行くから、そこにいて。動いちゃ駄目」

「副署長？」

タイミング悪く桜木が呼んだ。杏美が振り返るより先に、前に立つ鮎子が振り返った。提灯の暖色の灯りに照らされているのに、鮎子の顔は青く変わり、今まで見たことのない目の色に染まっていた。

「鮎――？」

鮎子は手にあった重箱を投げ捨て、脱兎《だっと》のごとく駆け出した。転がった重箱に視線を向けると、側に仁志菜々美さんに関する情報を集めるためのチラシが破れて落ちていた。

杏美は鮎子の背に視線を当て、反射的に走り出していた。

「副署長っ？」

桜木の戸惑うような声が後ろで聞こえた。戻って連絡すればいいのだと頭のどこかではわかっていた。けれど確証がない。なぜ、三河鮎子が急に焦ったように走り出したのか。電話の相手は誰なのか。重箱を捨てるほどの緊急を要する事態とはなんなのか。

この程度の疑いでは、花野を動かすことはできない。今、旭中央署に集結している刑事は全員、上原祐介を追っている。新地の隅々を捜し回っているのだ。生半可な心象情報ではかえって混乱を招く。

だが、それは建前だ。本音を言うなら、今、鮎子が向かっている先は、花野らが目指している場所と同じなのではと考えた。

上原祐介は地元出身だ。姉が新地で働き、祐介も遊び場にしていた。一方の鮎子の子どもらも新地で育った。祐介と鮎子の長男淳史は年も近い。鮎子は良く知らないと言ったが、果たしてそうだろうか。淳史の知り合いとして祐介とも親しくしていたのではないのか。

しかも姉の多紀子は新地で働く女性で、鮎子のように女手ひとつで息子を育てている。上原姉弟を気遣う気持ちは他の人よりも深い気がする。

これほど捜しても上原が見つからないのだから、どこかで誰かが手を貸しているのは間違いない。新地には多くの店舗があり、また空き物件も多数ある。外新地の再開発に反対しているのは、本当に一部の賃借人だけだろうか。市に協力する振りをして、鮎子が裏で反対するよう仕向けていたとは考えられないだろうか。

もちろん、単なる心象に過ぎない。それを裏付けるものを杏美はなにも持っていない。だが、それならそれで捉《つか》まえて直接、訊いてみれば済むことだとも思っている。腹を割って話してくれと説得しよう。大したことではないかもしれないではないか。早とちりねと、笑って済む可能性の方が大きいし。

そう楽観する一方で、杏美は提灯の明るさのせいで色を濃くする影の暗さに怯懦《きょうだ》を覚えてもいた。蠢《うごめ》く不穏な気配に戸惑う気持ちを抱きつつ、青い制服姿で駆ける足が止められないことに自ら困惑している。

少し前を行く鮎子の背がある。そぞろ歩く群衆が密になっていて思うように近づけず、見失いそうだ。鮎子がふいに道路を渡ろうと向きを変え、規制線のロープを潜ろうとして、立哨《りっしょう》する警察官に注意された。神輿巡行のため道路は封鎖されていたが、歩行者天国になっている個所を除いて他は間もなく規制が解かれて車両が入ってくる。そのため、警察官はどこよりも警戒の目を光らせていた。

鮎子の横顔は焦燥に塗《まみ》れ、左右に渡れる道がないかと必死に首を振っている。規制線に沿って駆けるのを見て、追いかけようとしたがすぐに人に紛れて見えなくなった。

杏美はロープに手を伸ばした。道の向こう側に行こうとしていたのは確かだ。

「あ、副署長、お疲れ様です。どうぞ」

警官がロープを持ち上げ、潜らせてくれた。

「ありがとう」

綺麗《きれい》な敬礼をして見送ってくれた。杏美は道路を横断し、そのまま真っすぐ外新地を目指した。鮎子がここを渡りたがったのは、この向こうが新地に続く最短の道だからだ。迂回させられる鮎子に先んじて、目的地に着けるかもしれないと思った。

新地の入り口から、そのまま一気に奥新地を走り抜ける。浴衣姿に団扇を扇《あお》ぎながら歩く人々。不機嫌そうに汗を拭い、足を止めてビールやジュースをあおる人。大声を上げながら、いきなり方向を変える人。いつもと違う速度で流れる群衆を避けるのは容易ではない。ぶつからないよう懸命にすり抜けながら走った。目の端にビルの角や路地に背広姿の男が動き回っているのが見えた。見知った顔ばかりだ。どこへ向かっているのか気になったが、杏美は足を止めなかった。

すれ違い様、「あれ?」と戸惑うような声がしたが、杏美は通り過ぎた。

若い女性が振り返った気がしたが、誰だか確かめることはしなかった。

21

外新地のラブホテルは、祭りの夜も営業していた。

こういう夜だからこそ稼げると思ったのだろう。周囲は空き店舗に加え、祭りのために休んでいるからいつにも増して寂れた感じが漂っている。ただ道沿いに掲げられた提灯と紙垂が、その暗さを払拭《ふっしょく》しようと灯りを揺らしているのが救いのように見えた。


遠くで笛の音が聞こえる。太鼓の規則正しい音が響く。

杏美は上半身を屈《かが》めて、両膝に手を置いて息を整える。汗がどうっと溢《あふ》れ出した。

「はあっ、はあっ、はあっ……。こんなに走ったのは……いつ振りかしら」

無性に水が飲みたかったが、近くにコンビニはおろか自販機もなかった。太鼓の音に合わせるかのように提灯が揺れ、その灯りを頼りにビルの地下の階段の手すりに手をかけた。

階段奥の様子を窺《うかが》うが人の気配はない。鮎子は規制線に阻《はば》まれて、最短コースを取れないでいるのだろう。若《も》しくは、杏美の思い違いで、別の場所へとっくに着いているのかもしれなかった。

ともかく、ここまで来た以上は確かめておこう。

入り口に渡してある不動産管理の札が下がった鎖を乗り越えて、手すりを摑《つか》んだまま、ゆっくり一歩ずつ階段を下りた。さすがに提灯の灯りはここまでは届かず、ほとんど真っ暗に近い。目が慣れるのを待って、重厚な雰囲気の木の扉の前に立つ。

以前来たときは鍵《かぎ》が掛かっていた。今もそうだろうと思いながら、深呼吸ひとつしてそっと手を伸ばす。青銅製の装飾ノブを握って引いてみたが動かない。周囲を見渡す。他に出入口がないのは前に確かめている。扉に覗き窓やスコープのたぐいはない。どうしようかと扉を見上げた。天井近くに小さな丸いステンドグラスの窓が切ってあるが届きそうにないし、第一、人が潜れる大きさではない。

深く息を吐いたのち拳を作り、思い切って戸を叩《たた》いた。何度も忙《せわ》しなく叩いた。そして、手を止め、扉に耳をつけて気配を探った。なにも聞こえない。もう一度と手を振り上げかけたとき、音がした。はっと把手《とって》部分を見る。鍵が外された音だと思った。瞬間、把手を握って扉を引いた。同時に大声を放つ。

「誰かいるの？」

すぐ側でなにかが崩れる音がして、動く気配がした。影が奥へと走り込むのがわかった。

「誰っ？　隠れても無駄よ。警察よっ」

気配が消えて、音はなにひとつ聞こえなくなった。

一歩なかに入る。壁にあるだろう電気のスイッチを探すが見当たらなかった。暗い。暗いが、完全な闇でもなかった。外の提灯の灯りが届く訳はないから、なかに光源があるのだ。歩き出してすぐ膝《ひざ》を打ちつけた。丸いスタンドテーブルが倒れている。目を凝らすと他にもいくつか転がっている。それを避けて更に進むと厚いカーテンが下がっているのがわかった。ライブハウスでもしていたときの名残だろう。防音のために少しでもこういう分厚い幕を下げると聞いたことがある。カーテンの合わせ目から微かな灯りが漏れていた。

杏美は手を伸ばすのを躊躇う。これ以上は進むべきではない。自分一人で、武器もなくなにができる。鮎子もしかするとやって来るかもしれない。いや、きっと来るだろう。

扉が開いたのがなによりの証拠だ。この部屋の奥にいる人間は鮎子に連絡し、来るように促した。だから叩きつける扉の音に鮎子だと思い込んで鍵を開けてしまったのだ。

そして恐らく、それは酷《ひど》く切羽詰まった状態で、冷静な判断力を失《な》くしている。

杏美はパンツのポケットに手を伸ばして携帯電話を取り出した。すぐにでも所轄《しょかつ》の刑事か花野班に連絡すべきだ。今なら、新地のなかを走り回っているだろうから、呼べばたちまち駆けつけるだろう。まずはこの場を離れ、安全な場所まで退避してかけようと、ゆっくりあとずさりした。前しか見ていなかったから、なにかに足首をぶつけ、痛みに思わず呻《うめ》く。

その途端、奥でけたたましい音が響いた。思わずひっと肩をすくめる。金属製のなにかを落としたか投げつけたかしたようだった。動きを止めて息を殺していると、また響いた。激しく叩きつけている感じだった。続けて異様な音が聞こえた。獣の唸る声のようにも聞こえた。

上原祐介の声なのだろうか。やはりここに匿われ、潜んでいたのだろうか。違和感のような疑惑が湧《わ》いて、杏美は前に踏み出した。カーテンに手をかけ、その隙間《すきま》からなかを覗く。

広い部屋のようだが、障害物があってよく見えない。カーテンのすぐ向こうに、格《こう》子《し》状の柵《さく》や板が立てかけられ、さっき転がっていたのと同じスタンドテーブルや細身のチェア、ラック棚、椅子などが積み上げられてバリケードのようになっていた。顔を左右に振って、隙間から目を凝らしていると、恐ろしいほどの悪臭が鼻をついた。ゴミの臭《にお》いだけとは思えなかった。臭いで目が痛くなるのを我慢しながら、また一歩近づく。

以前は滑らかな床だったのだろうが、今は幾筋もの傷に塗れ、埃《ほこり》や汚れが柄のように散らばる。部屋のほぼ中心には大理石でできた円柱が立っている。その後ろ側から蠟燭《ろうそく》のような弱々しい灯りが漏れていた。柱の右手、部屋の奥の壁際《かべぎわ》には革の破れた大きなソファとアームチェアが見える。手前にあるローテーブルにノート型のパソコンが置かれていた。周囲には弁当の空箱やお菓子の袋、ペットボトルがいくつも転がっていて、いっそう悪臭が目を射るのを感じた。

杏美は辺りを見回し、骨の折れた傘を見つけて拾った。それを握ったままカーテンを潜った。バリケードのどこかに通り抜けるだけの隙間がないか探す。さっきの影はここを通って奥に入っているのだから、どこかに抜け道がある筈《はず》なのだが見つからない。仕方なく揺さぶってみた。一旦《いったん》手を止め、隈《くま》なく視線を注ぎ、耳を澄ませて集中する。奥にいる筈のものの気配は動かない。杏美は更に、バリケードを行ったり来たりして、テーブルを僅《わず》かずつずらし、椅子をどけてかろうじて、小柄な杏美だからこそ潜れそうな隙間を作った。

そして携帯電話をポケットにしまって、踏み出した。なんとか向こう側に出、円柱に素早く背をつけ、周囲を窺う。また音がした。呻いているような、悶《もだ》えるような低い声。今度ははっきり人の声だとわかる。壁際のソファの向こうから聞こえる。声を必死で殺してはいるが、思わず出てしまったという感じだ。

もしかして痛みを堪《こら》えている？　そんな気がした。なかにいる人間は具合が悪いのか。鮎子が焦りながらも、動くなと宥《なだ》めていたのを思い出す。助けを求める電話だったのか。

それでもなにがいるのかわからない以上、安易には動けない。杏美は床を滑るように歩いて足音を消し、身を屈めながら低い位置から柱の向こうへと顔を覗《のぞ》かせた。

確かに灯りがあった。小さなナイトスタンドだ。コンセントに繋がれているから電気は通っているのだ。ここにも多くの食べ物の残り滓《かす》が落ちていて、酷い臭いがした。

更に、視線を左側へと移す。

がくんと体のどこかが崩れるようなショックを感じた。目を剝《む》き、息を吞《の》んだ。開けたままの口は、なにかが喉に詰まったかのように強張《こわば》る。

ナイトスタンドを手にとって、そちらに向けた光の先には檻《おり》があった。

鉄の格子を組んだ簡単なものだが、檻には違いない。動物などを囲うための柵のようにも見える。だが、大きい。とても犬や猫を飼うサイズではない。

しかも檻のなかには確かに生き物がいる。小さな灯りを避けるように檻の最奥《さいおう》、壁際で丸く固まる影があった。それは小刻みに揺れ、生きる証《あかし》のような呼吸音が微《かす》かに聞こえる。

鉄が擦《こす》れる音がした。杏美は更に目を開く。鎖だ。鎖をつけられているのだ。檻のなかに閉じ込めるだけでなく、暴れて逃げないように鎖を結びつけられている。足になのか、首になのか。なかの生き物が動くたび金属質の耳障《みみざわ》りな音が響く。

杏美は、誰かが潜んでいるらしいソファの後ろを睨《にら》みながら、横に這《は》うように体を動かし、ナイトスタンドを両手で握ってさっと檻の隅へと光を向けた。

え？

光のなかにうずくまる黒い塊。犬？　まさか子熊《こぐま》か。いや、あれは人間だ。そう思った瞬間、全身が痺《しび》れるように震えた。小さい。大人ではない。大人だとしても相当小柄でやせ細っている。髪はまるで薄汚れた毛糸がからみついているようだ。長く伸ばしっぱなしで洗髪もしていないらしく、堅く捩《よじ》れて、房のように垂れていた。

ライトを握ったまま檻に近づき、光を当てて柵のあいだから目を近づける。

「あなた、誰？」

びくりと動いた。膝を抱えて丸まっていたようだ。僅かに顔の部分が動き、黒く縒《よ》れた毛糸のような髪の隙間から白いものが覗き、それが目であることに気づく。顔も肌も汚れ、着ている服だけはなぜか真新しい。そのギャップが余計に不気味さを醸《かも》し出していた。

悪臭は、この檻のなかからもしている。髪のあいだの小さな目が揺れた。感情のない目。きゅっと体を抱くようにして縮こまった、その小ささ。

周囲に食べ物の残り滓や空き箱が転がっている。そのなかにぬいぐるみや人形、おもちゃのキッチンセットなどが無造作に置かれているのが見えた。まるで子どもの遊び道具のように――。

突然、杏美の息が止まった。全身を強い衝撃が貫いた。口を開けて喘《あえ》ぐが、息がうまくできない。はっと吐き出すようにして、なんとか呼吸をし、「まさかっ」と悲鳴のような声を上げた。

まさか、まさか、そんな。ショックで手足が痙攣《けいれん》する。息を整え、かすれさせながらも声を振り絞った。

「菜々美さんっ」

小さな黒い塊が、びくんと跳ねた。杏美は何度も叫んだ。

「菜々美さん、菜々美さん、あなた、仁志菜々美さんなの？」

スタンドを落とし、両手で檻にしがみついた。激しく揺らし、揺らしながら声を投げた。

「なんてこと、なんてことなの。菜々美さん、助けるから、待っていて、もう大丈夫だから」

後ろから微かな音が聞こえた。踏みつけたせいでなにかが割れる音。異様な緊張感に包まれていたからこそ、かろうじて拾えたのだろう、杏美は反射的に振り返った。大きな影が伸びあがり襲いかかってくる姿が視界いっぱいに広がった。咄嗟に横に飛び込むように逃れるが、なにかに腰の辺りを激しく打ちつけた。襲撃者はそのまま檻にぶつかりよろけ、体勢を整えると再び武器を持ち上げ、床に転がる杏美を狙《ねら》った。尻《しり》をつきながら、両手で後ろに下がる。

「お前は誰っ」

容赦なく、なにかが振り下ろされようとした。杏美は手で防ぎながらぎっと睨みつける。

だが、襲撃者は体を折り曲げると、そのままよろよろと部屋の反対側へと歩く。大きい。大人であるにしても、異様な太り方をしている。片手を右の脇腹《わきばら》に当てて上半身を深く折る。杏美はさっと立ち上がり、襲撃者が落とした武器を拾い上げた。細長い鉄製のポールのようなもの——これはマイクスタンドだ。

それを両手で握り、襲撃者を追った。大きな黒い背は体を屈ませたまま、手負いの獣のような声を上げる。

「やっぱり、病気なのね。お腹が痛いということは食中毒？　いえ、その位置なら盲腸かもしれないわね。我慢できず、助けを求めた。三河鮎子に」

鮎子の名前を口にすると、襲撃者は屈んだ姿勢のまま動きを止め、そっと振り返った。

ぼさぼさの髪、垢《あか》で汚れた顔、伸び放題の髭《ひげ》。狭い空間に閉じこもり、スナック菓子や弁当だけの不摂生な食事を続けたお蔭《かげ》で、体型は細かった昔の面影もなく、醜く太った。

着ているものだけは、この場に不似合いなほど新しい。ソファの足元に紙袋が何枚も落ちているのを見つけた。鮎子が孫娘のためにと買った洋服を入れた百貨店の袋。及川彩里に渡すために、杏美が二階の部屋まで取りに上がった。その途中、息子の部屋でも見かけていた同じ袋。あの紙袋のなかには、息子のための着替えだけでなく、少女の服や下着も入っていたのだ。

「あなたは、鮎子の息子、三河淳史ね」

マイクスタンドを握ったまま、ゆっくり近づく。淳史の顔は怒りに醜く歪《ゆが》んだが、すぐに痛みによる苦悶《くもん》へと変わった。お腹を両手で押さえ、ふらふら揺れながらも杏美に牙《きば》を剝く。言葉にならない唸り声を聞いて、まるで獣だと思った。異常者などという生易しい言葉では足らない。人の道理も感情もわからず、己の欲望のままひとりの幼い少女を攫《さら》い、監禁し、まるでペットのように飼い続けた。

六年ものあいだ――。

仁志兼太郎、英里子夫妻の深く、褪《あ》せることのない悲しみ。永遠に続く悔悟と焦燥、辛い記憶。どれほど己を責め、悔しんだことだろう。周囲の目も気にせず捜し続け、その生存と帰還を信じ続けた。信じ続けようと必死で踏ん張ってきた。たった一人の我が子、幼い娘の声を今もずっと聞き続けている。

両手が怒りで震えた。これまで経験したことのない憤《いきどお》りで全身が破裂しそうだ。こんな人間を許してはならない。断じて許してはならない。

鎖の音がした。はっと視線を檻に向けたとき、目の端に動く気配が過《よぎ》った。すぐに身を返し、檻から離れるのに合わせて、体をひねるようにしてスタンドを振り回した。思い切り襲撃者の横腹に打ちつけた。淳史はよろけて床に片手をついて膝を折る。杏美はその背に向かって、両手で握り締めたスタンドを振り下ろす。

獣の弱々しい悲鳴がして、大きな荷物が落ちたかのように、ドスンと床に伏した。

杏美はスタンドを握ったまま、今度は檻に向かって振り上げる。激しい音がして、奥で菜々美さんが逃げ惑う姿が見える。

「大丈夫、ここから出るのよ。出て、帰るのよ。おうちに帰ろう」

簡単な囲いだったので、すぐに壊れた。身をすくめて震える少女へ優しく声をかける。

もう十一歳の筈だが、小学校低学年くらいの体格だ。手足は枯れ枝と見紛《みまが》うほどか細い。垢で汚れた肌、伸びっぱなしの爪《つめ》。膝を抱え、音が聞こえそうなほどに震えている。そっと手を伸ばしながら、何度も大丈夫と言った。

「菜々美さん、お母さんとお父さんが待っている。さあ、お巡《まわ》りさんがおうちまで連れて行ってあげる。菜々美さん、帰ろう」

杏美の手を避けようと足を引いたとき、鉄が擦れる音がした。見ると少女の足首はバックルが嵌《は》められ、鎖で繋《つな》がれていた。そしてその鎖を隠すかのように白い布が巻きつけられている。そっと指でほどいて広げた。それは金魚の柄の浴衣《ゆかた》の生地だった。

いきなり菜々美の手が伸びて、杏美から布を奪い返した。そして胸元に大事そうに抱く。小さな端切《はぎ》れはぼろぼろで薄汚れているが、菜々美にとっては大事な記憶であり、希望の綱なのだ。杏美は溢れそうになる涙を堪え、細い足にある鎖を取り外そうと躍起となった。どうしても取れない。繋がっている先をなんとかしようとスタンドを握ったまま、鎖を辿《たど》って壁際へと行く。暗くて気づかなかったが、扉があった。開けてみるとトイレだ。便器がひとつあるが酷く汚れていて、悪臭もした。鎖の端は、その便器の周囲を回して鍵で留められている。引っぱってみたが、外せそうにない。

「菜々美さん、あっちを向いて。顔を覆《おお》ってね、両手でこうするのよ」

杏美は自分でして見せ、にっこり微笑んだ。菜々美は、恐る恐る背を回して俯《うつむ》いた。それを見て、トイレの便器に向き直る。スタンドを振り上げる。

「このぉー」

両手が感電したかのように痺れ、大きく跳ね返ったスタンドを思わず落とした。痛みを堪えながら、くぐもった声を漏らす。もう一度、振り上げる。激しい痛みと振動に体がばらばらになりそうだ。

このっ、このっ、このっ。

息が苦しくなって、喉が焼けるように痛んだ。それでも振り上げる手は止められない。一分一秒も止めてなるものかと思った。

何度目かで白い便器に罅《ひび》が入った。それに力を得て、更に強く打ちつける。水が溢れ出てきた。白い欠片《かけら》が飛び散り、濡《ぬ》れた杏美の顔を切った。それでも止《や》めずに続け、ほとんど便器の形がなくなったのを見て、ようやく膝を折った。喉がひりつくほど痛く、懸命に呼吸を繰り返し、よろけながらも体を動かして鎖を抜いた。

「さあ、はぁはぁ……行きま、しょう」

菜々美は戸惑うような目を向け、白い布地を握ったままあとずさる。杏美は慌てず、手を伸ばす。唾《つば》をかき集め、ごくりと飲んだ。喉を潤《うるお》し、柔らかな声を絞り出す。

「帰ろうね。おうちに帰ろうね。菜々美さんの家にね、お母さんが待っているよ」

黒い毛糸のような髪の隙間の目に、感情らしい揺らぎが走った。唇を震わせる。なにかを言いたそうにゆっくり開け閉めするが、声にならない。

杏美は頷《うなず》き、濡れた髪を手で払うと細い菜々美の腕を取った。抱え起こそうとしたが、足が弱っているらしく、すぐに膝から崩れる。何度も繰り返し、ようやく立たせ、腰を抱きながら、一歩踏み出す。

引きずる鎖の耳障りな音がするが仕方がない。そうだ、と思い出し、右手で菜々美を抱えながら、左手でポケットを探った。だが、争っている最中に落としたのか、携帯電話はなかった。唇を嚙《か》むが、探しているよりもここを出た方が早いと思った。外にさえ出れば、きっと所轄員や花野の部下が近くにいるに違いない。外にさえ出たなら。

いきなり菜々美が倒れた。慌てて引き起こそうとしたら、倒れたまま体がずるりと動いた。そのまま引きずられる。

「えっ」

振り返ると淳史が床に座ったまま、正気を失った目で鎖の端を握って引いていた。

「俺のだ。俺のだぁー」

杏美は慌てて菜々美の上半身を摑むと、足首の先の鎖を力いっぱい引き返した。淳史の上半身が揺れ、痛みなのか憤怒《ふんぬ》なのかわからない形相で、鎖を離して飛びかかってきた。手を伸ばすが、スタンドはトイレの側に置いてきたことに気づく。大きな体がのしかかり、杏美は床に倒れ込んだ。仰向《あおむ》けになった上に信じられないような負荷がかかって圧迫されて息ができない。小柄な杏美では逃れようがない。淳史の手が首にかかりそうになって、必死で上半身をのけぞらせる。暴れるうち背中に当たる堅いものに気づいて後ろ手に探った。菜々美を結ぶ鎖の端だった。それを摑んで引き出し、淳史の横面《よこつら》を狙って振り切った。ぎゃっという声がし、体を浮かしたところを全身の力で突き上げ、隙間からなんとか転がって脇に逃れると、杏美はそのまま鎖の端を鞭《むち》のようにして振り回し、淳史の顔や背をぶった。

ひいひいと子どものような声を上げて丸い体が逃げ惑う。それを追いかけ、足で背中を踏みつけると腕をひねり上げて制圧、素早くナイトスタンドのコードを引き抜き、両腕を背中で縛り上げた。

「痛い、痛い、腹が痛い」と喚《わめ》く。

杏美は倒れ込みそうになるのを必死で堪え、息を整えるとよろよろと菜々美へ近づく。鎖を引き集めて抱えると、再び菜々美の腰を抱いて歩き出した。

バリケードを潜《くぐ》り、カーテンを引いてテーブルや椅子などをよけながら扉へと近づいた。

開けたままの扉の向こうに階段がぼんやり浮かぶ。もう少し。扉から半歩分体を出すと、上からほのかな灯りの気配を感じた。見上げた階段の上に提灯《ちょうちん》があった。その暖かな色に大きな安堵《あんど》が広がる。

「さあ、もう大丈夫」

そう声をかけた瞬間、杏美の背になにか熱いものが押し当てられた。

22

地面が揺れる。いや、違う、踏み出した足に力が入らず、心もとなく揺れているのだ。

「なに？」

やがて体の自由がきかなくなって、その場で膝を折った。なにが起きたのかわからなかった。側で菜々美が戸惑うように立っている。

菜々美さん、と声を出したつもりが、力が入らず乾いた息だけが漏れる。

すぐ後ろで忙しなく呼吸する音が聞こえた。膝を突いたまま、ゆっくり振り返る。

扉から入ったすぐの壁際に、三河鮎子が立ち尽くしていた。

綺麗にアップした頭からほつれ髪が何本も垂れ、汗に濡れたせいで化粧が無残にも崩れている。襟元は乱れ、深い皺《しわ》と共に鎖骨が覗く。激しく上下する両肩、手には銀のナイフだか包丁だかが握られ、切っ先が濡れていた。飛び出さんばかりに見開かれた目を見て、杏美は自分に起きたことを悟った。

手を背に回してゆっくり前に翳《かざ》すと、赤黒いものがべったり付いている。

「鮎子、さん？」

半開きの唇が痙攣するように震え、鮎子は顔をくしゃりと歪ませた。ナイフを握った両手がぶるぶると細かに揺れる。

「お、お願い、許してやって。あの子は、あの子がこんなことしたのはわたしのせいなの。わたしがこんな仕事をしたから、息子は、淳史はずっと苛《いじ》められて引き籠《こも》って。県外の大学に行ったら変わるかと思ったけど、駄目で。心がね、弱い子なのよ。友達も作れなくて、どんどん自分を追い込んで、だから、わたし」

「……それで救ったつもりですか」

杏美が睨むと、鮎子はぎっと目を剝いた。

「だってどうしろと言うの。あの子は大学を卒業できず、家に戻ってまた部屋に引き籠った。不健康に太って、髪は伸び放題。そんな格好だから夜中に一人でうろつくことはできても、昼日中は恐《こわ》くて動けない。働くことも、大声で笑うこともできない。娘がそんな兄を怖がり始めて、居辛《いづら》くなったから、わたしがここで暮らすように勧めたのよ。それが、それがまさか祭りの日に出歩いていたなんて。外へ出ていたなんて、知らなかった」と涙を流した。

すっかり様変わりしていたから、祭りの人混みのなかでも誰も淳史と気づかなかったのか。それとも光溢れる祭りの裏側の闇《やみ》を選んで、彷徨《さまよ》い歩いていたのか。

「……い、つ、気づいたんですか。あなたの息子が、とんでもないことを、しでかしたことに」

杏美は激しい痛みを感じながら、声を振り絞る。鮎子はふるふると首を振る。

「携帯電話とパソコンは与えていたから、必要なものはネットで買わせていた。わたしのクレジットカード番号で。あるとき、明細を確認していたら、防護柵とか鎖が買われているのに気づいたわ。そしてすぐにここに来て、鍵を開けてなかに入ったら、バリケードがされていて、奥から子どもの声が聞こえた……」

左手を額に当てて、鮎子は悲鳴のような泣き声を上げた。

「息子は寂しかったのよ。世間と離れて引き籠っても、一人でいることにたまらなく寂しさがあったんだと思う。わたしがこんなところに追いやったから。だから、わたしのせいなの。淳史がしたことがどんなに酷いことかはわかっている。わたしだって母親だからわかるわよ。もちろん、説得した、何度も何度も必死で。だけどどんなに頼んでも解放しようとしないのよ。無理に入ろうとすると、この子と一緒に死ぬと言って脅した。そのうち、事件はどんどん大きくなるし。わたしはどうしていいかわからなくて。怖くて怖くて。だけど、だけど、息子を警察に売る真似《まね》だけは、どうしてもできなかった」

鮎子が化粧の崩れた顔を醜く歪めて懇願する。

「どんな人間でもわたしの息子で、わたしは母親だから。ねえ、そうでしょう。息子を守れるのはわたしだけなんだもの」

「ふざけないでっ」杏美の権幕に、鮎子ははっと身を強張らせる。「なにを、なにを言っているのかわかっているの、鮎子さん。母親だから、息子を守る？　いい加減なこと、言わないで。ハア、ハア……。あなたは、あなたは菜々美さんのご両親の気持ちを少しもわかっていない」

杏美は息が上がって、頭がくらくらするのを不思議に思いながらも、力を溜《た》める。

「罪に、目を瞑《つむ》ろうとした時点で、あなたはもう、母親でもなんでもないのよっ。あなたは、幼い少女を監禁し、拘束し続けるのに加担した、極悪非道の、ただの悪党よっ」

「そんな。そんな」

あなたはわかってくれると思った、と鮎子は哀《かな》しそうな顔をする。

「わかる訳な……」急に力が抜けた。そのまま手を床に突くこともできず、うつ伏せに倒れ込んだ。

「た、田添さん、大丈夫？　ごめんなさい、こんな酷いことして」もう、鮎子は訳がわからなくなっている。ずるずるその場に座り込むと子どものように泣き始める。杏美は手を突いて、上半身を起こす。ぶるぶる震える両腕に力を入れ、唇に笑みを乗せて少女に顔を向けた。

「菜々美さん……あ、歩いて。歩けるわね、あなたなら。だ、大丈夫。ごほっ。さあ、あの、あそこの、ね、階段を上るのよ。お巡りさんが、ここで、見ていてあげるから、だから」

細い棒のような菜々美は布を握り締めたまま、ぼんやりと杏美を見下ろす。

「さあ、歩いて……行けるわね」

金属が擦れる音がした。と思った途端、目の前で、菜々美が足払いをかけられたようにひっくり返った。ぱっと振り返ると鮎子が鎖の端を握って引いている。

「駄目よ。行かないで、お願い。あなたが出て行ったら、あの子が、淳史が警察に捕まる。だから、行かないで。行かせない」

「鮎子ぉおっ」

杏美は片足を床に突いて懸命に踏ん張ると、唸《うな》り声を上げながら体を起こし、両手を伸ばして摑みかかった。鮎子は引きつった顔で鎖を離すと、落としたナイフを慌てて拾う。杏美が被《かぶ》さると腹に衝撃が走った。そのまま鮎子と重なるように倒れ込んだ。組み敷かれたまま、鮎子は血だらけの両手を震わせた。杏美を刺したナイフは側に転がっている。ごめんなさい、ごめんなさいと引きつったように泣き叫んだ。

その鮎子の顔めがけて、杏美は渾身《こんしん》の力を込めて拳《こぶし》を振るった。うぐっと籠った悲鳴が聞こえる。もう一度殴る。何度も何度も殴りつけた。口が切れ、鼻から血が出て、声が聞こえなくなったのを確かめて、杏美はようやく体をずらして鮎子から離れた。

そして床に座り込んでいる菜々美の膝に優しく手を置いた。声を出しているつもりだけど、ちゃんと出ているだろうか。唇が乾いて、意識がもうろうとする。瞼《まぶた》が半分閉じかかる。それでも声を絞り出した。

「さ、あ、立って……行きなさい。怖がらなくて、いいの。あの、階段をね、上ってね、明るい方へ、向かいなさい」

菜々美は白い布を握り締めたまま、不思議そうに杏美を見やる。唇に力を集中し、笑みの形を作る。

「菜々美さん、行きなさい。大丈夫だから」

菜々美は、ゆっくりと立ち上がった。ふらふらしながらも、階段の手すりに手を置いた。ちらりと杏美を振り返る。頷いて見せると、一歩踏み出した。

すぐ側から床を擦る音が聞こえた。顔を向けると、鮎子が伏したまま、鎖に手を伸ばそうとしているのが見えた。杏美は、ごほっと喉を鳴らし、鉄錆《てつさ》びた味の液体を吐く。そして震える右手を胸に当て、階級章を摑むと引きちぎった。それを鮎子の手の甲に突き刺す。

ぎゃっ、と声がして、動きが止まった。

杏美は、菜々美さん、と声をかけた。声になっていると信じながら、唇を動かす。

「光を目指して行きなさい。そこにあなたを待っている人がいる。だから、怖がらないで」

菜々美が頷いた気がした。よくわからなかった。ただ、滲《にじ》んだ視界に、細くて小さい影が戸惑うように揺れ、上ってゆくのが見えた。

ずっと見ていたかったけれど、体がいうことをきかない。どうと床にうつ伏せた。

ふいに慌《あわ》ただしい音がした。はっと途絶えかけた意識を戻す。だけどもう体のどこも動かせる気がしない。どこにも力が入らない。どうしようと思った。

階段の方から聞こえたのは若い女の声だった。聞き覚えのある声だと思った。

「あら、あなたどうしたの。あっ。なんてこと、さあ、こっちに来て、ゆっくりでいいから。そう、大丈夫よ。ここにね、この提灯の下で待っていてね。いい？　動かないでここにいてね」

駆け下りてくる音がした。

「ああっ」

悲鳴のような言葉にならない声。そうだ、これは確か、と思いかけたとき意識が引っぱられ、どこか暗い静かな方へと落ちてゆくような気がした。

「副署長っ。田添副署長っ。待って、待ってください、今、救急車を呼びます」

酷く慌てた声だ。いつもはもっと落ち着いている人なのに。はっきりした性格だから、向きになって突っかかることはあっても、こんなに動揺するのは珍しい。どうしたのだろう。

「目を、目を開けてくださいっ」

開けているけど。笑って応《こた》えようとしたが、舌が喉に張りついて力が入らない。疲れた。おまけに眠い。とても眠く、なってきた――。

「――！」

すぐ側に温かな気配がするのに、声が遠い。

「班長っ」

誰かを呼んでいる。

「花野班長っ――」

誰だっただろう。知っている気がする。笛の音が聞こえた。もう――。

なにも、感じない。

23

真夏の空は晴れ渡り、作り物めいた青をバックに白い雲がピン留めされたように動かない。

蟬《せみ》の声が驟《しゅう》雨《う》になって乾いた路面を濡らす。木の葉が路上に影を落とすも、揺らぐことなく染《し》みのように張りついていて、暑さがひとしお濃くなるのを感じる。

午後二時。

陽光は頭上から突き刺すように降り注ぎ、地を行く人はみなこめかみや首筋を流れ落ちる汗を拭《ぬぐ》うのに忙しない。俯けば少しでも熱線を避けられると思うのか、視線を足元に落として黙々と歩く。

大通りから奥に入った青と白の四角いタイルを張った通路を今、途切れることなく黒い服がぞろぞろ歩いてゆく。腰高に並ぶ花壇の脇を通って、冷房の効いた会場に入るとようやくひと心地つける。

県警本部の隣にある警察会館には柔らかな音楽が控えめに流れている。

会場を埋め尽くすほどの人が集まっていながら、流れる曲の一音も聞き漏らすことないほど静まりかえっていた。声を潜めて段取りや指示を告げる声と無駄のない動きで床を滑る音だけが微かに響く。

制服を身に着けた多くの警察官が左右に整列し、参列者を迎え入れる。広い会場いっぱいに並べられたパイプ椅子《いす》に関係者らが腰を下ろし、もっとも祭壇に近い席には県警本部の本部長を始めとする幹部や公安委員会のお歴々が座った。

儀礼用の制服を身に着けた一団が、姿勢を正したまま近くに控える。

間もなく始まるというアナウンスが流れた。

野上麻希は、上着とネクタイのある制服を着て、会場の席に着いていた。帽子を膝の上に置き、時間が来るのを待つ。他の刑事は黒いスーツか私物の喪服を着ているが、あえて制服にした。帽子を被らないと挙手の敬礼はできない。見送るのなら、挙手敬礼でと思っていた。パイプ椅子からそっと目を上げる。

会場正面には左右の端から端まで白い菊が広がって、まるでたゆたう海の波のように見えた。その波に囲まれて田添杏美の制服姿を写した遺影が掲げられている。

膝の上で両手に力を入れ、口からほとばしりそうになるものに蓋《ふた》をした。

あのとき——。

あのとき、麻希は田添杏美を目にしていた。上原祐介を追って、外新地のなかを走り回っていたときだ。すれ違い様に青い制服が見えた。足を止めて振り返ると確かに見知った姿だと思えた。『副署長？』と声に出していた。けれど聞こえなかったらしく、杏美は夜のネオン街を駆け抜けて行った。

人混みのなか、遠ざかってゆく背中を見て、追いかけようかと一瞬、迷った。

少し前、花野班長から田添副署長を気にかけておくよう命じられた。理由は聞かされなかったが、班長には珍しく案じているような気配があった。だから、捜査から外れる憂《う》き目にあっても、本気で杏美に張り付いていようと思った。そして花野が危惧《きぐ》した通り、杏美は襲撃され、あわやという目に遭いかけた。なんとか間に合って、事なきを得たことに心底ホッとした。その後は捜査に戻ったのだが、今さっきの杏美の姿を見て、嫌な気がした。まだ、花野の憂慮は続いているのではないか。花野の命令はもしやまだ生きているのではないか。

同僚に、『野上、行くぞ』と呼ばれて、気持ちを残しながらも目を離した。

麻希が刑事になれたのは、佐紋署の副署長だった杏美が推薦してくれたからだった。

小さな所轄だったから女性が刑事になりたくても枠が取れず、そのことに鬱屈《うっくつ》を抱えながら働いていた。同僚や男性刑事に反発を覚え、ときに生意気な態度さえとったが、そのことに杏美は気づいていながら、なにも言わなかった。それでいて決して、女同士という甘さで接してくることはなかった。ただ、部下として、警察官として励め、そう言われていた気がする。

わたしは、あのとき追うべきだったのだ。あとを追うことが、刑事として、警察官としてなさねばならないことだった。

そんな埒《らち》もないことを胸のなかで繰り返し、苦いものを無理に呑み込んだ。

司会者がマイクの音を軽く鳴らす音が聞こえた。そして告げた。

「ただ今より、田添杏美警視長の警察葬を執り行います」

会場が息を止めたように静まった。

「全員、起立っ」

儀礼用の制服を着た警察官がいっせいに背筋を伸ばし、その後方で通常の制服、喪服姿がざっと立ち上がる。麻希も帽子を被って姿勢を正した。真正面に杏美の笑みを迎える。

「田添杏美警視長にぃー敬礼っ」

制服の波が一糸乱れず、会場全体を覆い尽くした。

手の指の先を真っすぐ伸ばして、帽子の庇《ひさし》に触れる。麻希は背を伸ばし、肩を張って、敬礼を送った。

ふいに喉《のど》の下を拳《こぶし》で叩かれた気がした。熱く、痛い。

唇が震え出して止まらない。制帽の庇にかかる敬礼の指が離れてゆく。ちゃんと敬礼をしなくては。ちゃんと見送らなくては。あなたの最期の言葉を聞いた者として、きちんと別離の挨拶《あいさつ》をしなくては――。

『――を、目指して』

抱え起した麻希へと手を伸ばし、その言葉を告げて目を閉じた。髪は乱れ、制服は破れて階級章が消えていた。けれど、杏美は警察官として最後の挨拶をした気がする。

腹の底から逆流するように慟哭《どうこく》の感情が噴きあがる。堪えきれない。ああ、どうしよう。制服を着て泣くなんて、そんな見苦しい真似をしてはいけない。絶対してはいけない。

わたしは、警察官だ。

写真の顔は、わかっている、という風に微笑《ほほえ》んでいた。

空き缶が、カラン、と音を立てて落ちると、青と白の通路を軽快に転がっていった。

それを目で追いながら花野司朗は、座っていた体をよっこらしょと持ち上げる。先に拾い上げたのは、県警本部組織対策課課長補佐の有谷警部。近づきながら言った。

「その格好で飲むか、普通」

花野は喪服の上着を脱ぎ、黒いネクタイを弛《ゆる》めている。有谷の顔をちらりと見ると、会館の周囲に設《しつら》えてある花壇の縁にまた腰を落ち着けた。

しかもこんな日に、とまだ言いながら有谷は警察会館を振り返り、反対側の手を差し出した。

手には缶ビールが二本あった。花野は一本を受け取り、有谷は自分の分のプルトップを引いた。そして花野から少し離れて縁に尻を置くと、缶ビールを掲げて、「献杯」と言った。

ごくごくと飲む。

夏の日差しが容赦なく責め立てる。防ぐ影もなく、二人は汗をかきながらビールを流し込む。有谷はたまらず上着を脱ぎ、黒いネクタイを外してポケットにねじ込んだ。

「あちこちの所轄からこぞって集まっているな」

シャツの第二ボタンまで外し、襟ぐりを弛める。

「地の果ての佐紋署からも、バスをチャーターして来ているらしい」

「前任署だからな」

「どうりで。式典は警務部が担当だが、特に監察課が隅々まで目を光らせて走り回っていたな。課長が血相変えて仕切っているのはなんでだ」

「さあな」

暑いなぁ、と有谷は残り少なくなった缶の奥を覗き込む。

「ところで、上原祐介は無事逮捕したそうだな。甥《おい》っ子の遊び場所に隠れていたって聞いたぞ。笑えるな。お手柄だったと褒めてやりたいが、なあ、花野、考えたことあったか」

「なにを」

「上原を逮捕するか、田添さんを助けるかどっちか選ばなきゃならんとしたら、どっちを選んだかな、とか」

「考えたことない」

「そうか。お、あれは太田《おおた》じゃないか。おーい」

県警本部刑事部捜査二課、太田警部は同期二人を見つけて、すぐに身を翻《ひるがえ》した。駆け寄る途中で足を止めると、警護に立っている警察官を捉《つか》まえてなにか押し問答を始めた。嫌がる制服警官を無理に押しやり、走ってゆくのを見送ると頭を掻《か》きながら近づいた。

「こんなとこでなにしてんだ。暑いだろうが」

「そういうお前はなんで来た。田添さんを知っているのか」

「ああ、ちょっとな。佐紋署のとき、うちの案件で世話になった」

「そうなのか。会場から出てきたということは献花、終わったのか」

「いや、並んでいてかかりそうだったから、最後にしようと思ってさ」

「そうか。悪いな、お前の分まで買っていない」と言って、有谷は缶ビールを飲み干した。

「いや、今、買いに行かせたから」

「制服にか？　お前、そういうのパワハラだぞ」

「そうか？　花野は？」

「なんだ」

「献花だよ、済んだか」

「いや、まだだ」

「ちゃんとしろよ。そして祭壇に向かって謝れよ」

「なにを」

「お前が側にいながら、助けられなかったことをさ」

「わしのせいか」

「花野司朗の目と鼻の先で警官を死なせたんだ。失態だろう」

「……」

「太田、酷いこと言うなよ。こいつは相棒を失くしたんだぞ」

「相棒？」

「そうさ。花野は、田添さんがもう少し若かったら良かったのにと言ったんだ。つまり、若けりゃ、もっと一緒に仕事ができるのにな、ってことだ」

「ほお」

「田添さんには伝わらなかったみたいだが」

「そうか。あ、それより花野、あれなんとかしろよ」

「なにが」

「式のあいだじゅう、ゲーム機を取り上げられたガキみたいにびぃびぃ泣いているのがいたぞ。制服着てみっともない。お前んとこのだろう」

「……」

「そういえばいたな、女刑事だ」

「……野上か」

花野は珍しくため息を吐《つ》いた。有谷と太田が不思議そうに目をやる。

「放っておいてやれ。あれも、これが最初で最後だとわかっている」

「?」

「あの晩、現場に向かう田添さんを見かけたんだそうだ。上原を追っていたから、気にはなったがそのままにした。上原を逮捕したあと、慌てて捜しに行ったが、間に合わなかった」

「そうか。それは厄介なものを背負い込んだな」

「お前のせいじゃないと言ってやれよ」

花野は、二人の同期を見て、ふんと鼻息を吐き、小さく首を振った。

「冷たいやつだな。可哀《かわい》そうだろう」

「あれもわかっているさ」

「なにを」

「これから先、その悔悟を背負ったまま、呑み込んだ哀しみや怒りを糧《かて》にして事件と向き合うんだ。それが犯罪者を追う原動力となる。そうとわかっているから、最初で最後だと決めて気持ちを吐き出しているのだろう。あれもバカじゃない」

「最初で最後か」

「ああ。野上は犯罪を憎む理由をひとつ、己のなかに蓄えた」

「これからも溜めてゆくのだろうな。そうして、刑事という異形のものができあがる」

「お前のようにな」

「お前らのようにだ」

三人は口元を歪め、低く笑うとそっと足元に視線を落とした。そこに影が差して、顔を上げると白いビニール袋を差し出す制服警官を認めた。

太田が、「ありがとうな」と受け取る。

いいえ、と言って警官は挙手の敬礼をした。くるりと踵《きびす》を返すと、また会場の警備に就いた。

新しい缶ビールをそれぞれ手に持ち、いっせいにプルトップを引く。

太田警部だけが、「献杯」と言って宙に掲げた。

三人は黙って一気に飲み干す。花野は真昼の路上に揺れる陽炎《かげろう》を見つめ、こめかみの汗を拭った。空き缶を握り潰《つぶ》し、蝉の声に紛らわせるように小さく呟《つぶや》く。

「またひとつ増えた、か」

有谷と太田が黙って視線を寄越し、それぞれ逸《そ》らす。

蟬の声がふいに大きく響き渡った。熱い風が頰を撫《な》でるように過って、思わず顔をしかめる。遠くで木々の濃い緑が揺れている。その上に空がゆるぎない青さで広がっているのを、花野はいつまでも眺めていた。

解　説

千《せん》街《がい》晶《あき》之《ゆき》

ミステリの数多いサブジャンルの中でも、現在最もポピュラーな人気を誇るのが警察小説である。多くのミステリ作家が、ヒーローから悪徳刑事までいろいろなタイプの警察官を主人公として生み出してきたが、その中には女性警察官も少なくない。

比較的多いのが捜査一課や強行犯係といった捜査の最前線で働く刑事だが、同じように高い検挙率を誇る敏腕刑事でも、例えば秦建日子《はたたけひこ》「刑事・雪平夏見」シリーズの雪平夏見が一匹狼《おおかみ》タイプなのに対し、誉田《ほんだ》哲也「ストロベリーナイト」シリーズの姫川玲子《れいこ》は「姫川班」のリーダーとしての統率力も持つ。大倉崇裕《たかひろ》「福家《ふくいえ》警部補」シリーズの福家や、佐藤青南《せいなん》「行動心理捜査官・楯岡絵麻《たておかえま》」シリーズの楯岡絵麻は、射撃や格闘とは無縁で、観察力と推理力に特化した頭脳派だ。一方、夫の仇《かたき》を討つべく悪徳刑事になった深町秋生《あきお》「組織犯罪対策課　八神瑛子《やがみえいこ》」シリーズの八神瑛子や、公安の秘密組織でダーティーな任務に従事する吉川英梨《えり》「十三階」シリーズの黒江律子のような、毒をもって毒を制するタイプもいる。
そんな多士済々《たしせいせい》の「女性警察官もの」を語る上で、最も注目すべき作家のひとりが松嶋智左《まつしまちさ》である。なにしろ、二〇二二年七月現在の時点で、殆《ほとん》どの著書の主人公が警察官または元警察官の女性なのだから。

著者は退職後に小説を書きはじめ、二〇〇五年には「あははの辻《つじ》」で第三十九回北日本文学賞、二〇〇六年には「眠れぬ川」で第二十二回織田作之助賞を受賞している（いずれも松嶋ちえ名義）。そして二〇一七年、『虚《うつろ》の聖域　梓凪子《あずさなぎこ》の調査報告書』で第十回ばらのまち福山ミステリー文学新人賞を受賞し、本格的にデビューを果たした。「退職後」と書いたが、実は著者は元警察官であり、日本初の女性白バイ隊員という経歴を持っている。元警察官であれば優れた警察小説を書けるという単純な問題ではないにせよ、組織の実情を知悉《ちしつ》していることが作家としての大きな強みであることは間違いない。

デビュー作『虚の聖域　梓凪子の調査報告書』の主人公・梓凪子は、元警察官という経歴を持つ私立探偵であり、不仲の姉の息子が変死した事件を調査することになる。シリーズ第二作『貌《かお》のない貌　梓凪子の捜査報告書』（二〇一九年）では、時を遡《さかのぼ》り、刑事課強行・盗犯係所属の新人刑事だった頃の彼女の活躍が描かれている。

一方、『匣《はこ》の人』（二〇二一年）は交番のヴェテラン巡査・浦貴衣子《うらきいこ》が一見平穏な町で起こる事件に関わる話であり、『三星京香《みつぼしきょうか》、警察辞めました』（二〇二二年）は不正を犯した上司に手を上げてしまったため十年間の警察官人生に終止符を打ち、警察とは水と油の法律事務所の調査員になった三星京香が主人公である。現時点で男性警察官が主人公の作品は、元白バイ隊員で現在は総務担当の野路明良《のじあきら》が活躍する『開署準備室　巡査長・野路明良』（二〇二一年）一冊だけなのである。

そんな著者の作品系列で、やや特異な位置にあるのが「女副署長」シリーズだ。他の作品と違って、このシリーズの主人公・田添杏美《たぞえあずみ》は、警視の肩書を持つ警察幹部なのだから。冒頭に触れたように、女性警察官が登場する警察小説は数多くあるけれども、主人公が幹部クラスという例は稀《まれ》である。

シリーズ第一作『女副署長』では、杏美は警視に昇進し、数カ月前に日見坂《ひみざか》署の副署長に就任したばかりという立場で登場する。Y県警では女性初の副署長だ。ところが、大型台風が到来する中、署の敷地内で殺人事件が起き、犯人は署にいた警察官しかあり得ない――というとんでもない事態が出来《しゅったい》してしまう。台風のせいで本部の捜査一課の到着が遅れている状況下、杏美は所轄《しょかつ》の誇りをかけて事件を解決しようとする。

第二作『女副署長　緊急配備』では、杏美は前作の事件の責任を取らされ、同じ副署長とはいえ県北部の小さな町にある佐紋《さもん》署に左遷されている。些細《ささい》なトラブルはあっても、殺人事件など長いあいだ起きていない平穏な町……だった筈《はず》が、女性の他殺死体が発見され、しかも巡査が何者かに殴打《おうだ》されるという事件まで発生する。署長が入院中のため署長代理を務めていた杏美は、これらの事態を解決すべく采配を振る。

さて、このたびシリーズ第三作として刊行される『女副署長　祭礼』は、第一作から三年後が背景。初登場時は五十五歳だった杏美も五十八歳になっている。本書で彼女が副署長を務めている警察署は、前作と打って変わって、県庁所在地がある都会の旭中央署。署員数も三百人を越す大規模な署だ。

前二作と違って、杏美の上司である署長は男性ではなく女性である。俵貴美佳《たわらきみか》、四十歳、キャリアで階級は警視正。順調に出世すれば、いずれはどこかの県警の本部長になる筈の立場だ。ところが杏美は、本部の監察課長の栗木洋吾《くりきようご》から、名指しこそしていないものの、俵貴美佳らしき女性を人の男を寝取る「エロ警官」として告発するSNSの書き込みを見つけたと知らされる。栗木の調査によると、貴美佳は旭中央署の管内でバーを経営する人物と交際しているという。双方とも独身とはいえ、キャリアと水商売の男の交際に問題はないのか、杏美は貴美佳に探りを入れたが、事態は思いのほか深刻だった――。

警察小説のうち、同時多発的に起きた複数の事件の捜査が並行して進行するタイプの作品をモジュラー型警察小説と呼ぶが（J・J・マリックのジョージ・ギデオン警視シリーズやR・D・ウィングフィールドのジャック・フロスト警部シリーズがその代表とされる）、「女副署長」シリーズの前二作はこのパターンであり、本書もその点は同様だ。旭中央署の管内では、六年前、神社の祭礼の最中に仁志菜々美《にしななみ》という当時五歳の女児が行方不明になっており、今も見つかっていない。また二年前には、上原祐介《うえはらゆうすけ》という男が強盗傷害事件を起こし、指名手配されているがこれまた行方はわからないままである。ところが今になって、この二つの事件が動きを見せ、新たな変死事件まで発生するのだ。しかもそれらの事件に、署長である俵貴美佳が抱えた問題まで絡《から》んでくるのだから、杏美は気が休まる暇がないのである。

それに加えて、変死事件を捜査すべき旭中央署の刑事課で集団食中毒まで起こり、いよいよ手に負えない事態となるのだが、このカオス状態の中に降臨する助っ人が、杏美とは因縁浅からぬ花野司朗《はなのしろう》警部である。杏美から「グリズリー」と呼ばれているように身体《からだ》も態度も大きな彼は、第一作『女副署長』では日見坂署の刑事課長で杏美の部下だったが、ある理由から杏美に反感を抱いており、副署長の彼女を容疑者扱いするなど何かにつけて対立した。とはいえ互いに実力は認め合うようになっており、第二作『女副署長　緊急配備』では県警本部捜査一課三係班長として佐紋町に派遣された。その花野が、本書では三たび杏美とタッグを組む。

もうひとり、シリーズの読者にとっては嬉《うれ》しい再会がある。『女副署長　緊急配備』に佐紋署の生活安全係の巡査長として登場した野上麻希《のがみまき》だ。前作では小さな署だったため刑事になれる枠がなく鬱屈《うっくつ》を抱えていたが、重要な発見をするという手柄を立て、ラストで杏美から刑事講習への推薦を出された。彼女はその後、見事に本部の刑事となり、今は班長の花野の下で働いているのだ。

著者の作品は、警察組織のリアリティ溢《あふ》れる描写とともに、フーダニット（犯人探し）としての工夫が大きな読みどころとなっているが、「女副署長」シリーズではこの二つの特色が最も顕著である。『女副署長』では台風到来の中、部外者が出入りできない警察署の中の署員たちがすべて容疑者となる……という、本格ミステリの定番「嵐の山荘」を警察小説に導入する趣向でミステリファンを驚かせた。『女副署長　緊急配備』の、農協と漁協が対立し、有力者が幅を利《き》かせている小さな町という舞台設定も、『獄門島』や『八つ墓村』などの横溝正史作品に出てくる「二大旧家が対立す

る旧弊な集落」を現代風に翻案したかのようだ。そのような本格ミステリファンに馴
染みやすい舞台で、趣向が凝らされたフーダニットが繰り広げられるのがこのシリー
ズの特色なのである。

本書も例外ではなく、本格ミステリによく見られる、名探偵が関係者一同を集めて
謎解きを行い、意外な真犯人を暴くという外連味たっぷりの趣向が、花野警部によっ
て繰り広げられるのだ。その関係者一同の集合の場は警察小説ならではの舞台であり、
本格ミステリと警察小説の醍醐味をミックスするという、このシリーズで著者が試み
たかったことが本書からも伝わってくる。

そう紹介すると、肝心の杏美の見せ場はどうなるのかと思われそうだが、当然なが
らクライマックスで大活躍する。ただし、読者の誰も予想しないようなかたちで。

作中では栗木が杏美に、俵貴美佳の件を上手く解決すれば県警初の女性署長になれ
る可能性があると示唆する場面があるが、警察小説としてのリアリティを重視するこ
のシリーズの場合、杏美がいつまでも副署長のままいろいろな署を転々とするのは不
自然なので、署長に昇進するか、さもなくば不祥事の責任を負わされて降格を余儀な
くされるか、いずれにせよ「女副署長」シリーズとしては長くは続かない筈だと予想
していたけれども、「こう来るとは思わなかった」というのが、本書を読んでの感想

である。強い正義感と責任感を持ち、幹部でありながら率先して行動する田添杏美という警察官の真骨頂が、本書のラストには凝縮されている。著者の作品中、最も印象深い幕切れを味わっていただきたい。

（令和四年七月、ミステリ評論家）

本書は新潮文庫のために書下ろされた。
本作品はフィクションであり、実在の人物や団体とは無関係です。

女《おんな》副署長《ふくしょちょう》　祭《さい》礼《れい》

新潮文庫　ま－58－3

令和四年十月一日発行
令和四年十月二十日二刷

著者　松《まつ》嶋《しま》智《ち》左《さ》
発行者　佐藤隆信
発行所　株式会社新潮社
郵便番号　一六二―八七一一
東京都新宿区矢来町七一
電話　編集部（〇三）三二六六―五四四〇
　　　読者係（〇三）三二六六―五一一一
https://www.shinchosha.co.jp

価格はカバーに表示してあります。

乱丁・落丁本は、ご面倒ですが小社読者係宛ご送付ください。送料小社負担にてお取替えいたします。

印刷・株式会社光邦　製本・株式会社植木製本所

ISBN978-4-10-102073-0 C0193